当代诗人自选诗

张清华——著

新世纪诗歌：一个人的编年史

《星星》历届年度诗歌奖获奖者书系

梁 平 龚学敏 主编

四川文艺出版社

星星与诗歌的荣光

梁 平

《星星》作为新中国第一本诗刊，1957年1月1日创刊以来，时年即将进入一个花甲。在近60年的岁月里，《星星》见证了新中国新诗的发展和当代中国诗人的成长，以璀璨的光芒照耀了汉语诗歌崎岖而漫长的征程。

历史不会重演，但也不该忘记。就在创刊号出来之后，一首爱情诗《吻》招来非议，报纸上将这首诗定论为曾经在国统区流行的"桃花美人窝"的下流货色。过了几天，批判升级，矛头直指《星星》上刊发的流沙河的散文诗《草木篇》，火药味越来越浓。终于，随着反右运动的开展，《草木篇》受到大批判的浪潮从四川涌向了全国。在这场声势浩大的反右运动中，《星星》诗刊编辑部全军覆没，4个编辑——白航、石天河、白峡、流沙河全被划为右派，并且株连到四川文联、四川大学和成都、自贡、峨眉等地的一大批作家和诗人。1960年11月，《星星》被迫停刊。

1979年9月，当初蒙冤受难的《星星》诗刊和4名编辑全部改正。同年10月，《星星》复刊。臧克家先生为此专门写了《重现星光》一诗表达他的祝贺与祝福。在复刊词中，几乎所有的读者都记住了这几句话："天上有三颗星星，一颗是青春，一颗是爱情，一颗就是诗歌。"这朴素的表达里，依然深深地彰显着《星星》人在历经磨难后始终坚守的那一份诗歌的初心与情怀，那是一种永恒的温暖。

时间进入20世纪80年代，那是汉语新诗最为辉煌的时期。《星星》诗刊是这段诗歌辉煌史的推动者、缔造者和见证者。1986年12月，在成都举办为期7天的"星星诗歌节"，评选出10位"我最喜欢的中青年诗人"，北岛、顾城、舒婷等人当选。狂热的观众把会场的门窗都挤破了，许多未能挤进会场的观众，仍然站在外面的寒风中倾听。观众簇拥着，推搡着，向诗人们"围追堵截"，索取签名。有一次舒婷就被围堵得离不开会场，最后由警察开道，才得以顺利突围。毫不夸张地说，那时候优秀诗人们所受到的热捧程度丝毫不亚于今天的任何当红明星。据当年的亲历者叶延滨介绍，在那次诗歌节上叶文福最受欢迎，文工团出身的他一出场就模仿马雅可夫斯基的戏剧化动作，甩掉大衣，举起话筒，以极富煽动性的话语进行演讲和朗诵，赢得阵阵欢呼。热情的观众在后来把他堵住了，弄得他一身的眼泪、口红和鼻涕……那是一段风起云涌的诗歌岁月，《星星》也因为这段特别的历史而增添别样的荣光。

成都市布后街2号、成都市红星路二段85号，这两个地址已经默记在中国诗人的心底。直到现在，依然有无数怀揣诗歌梦想的年轻人来到《星星》诗刊编辑部，朝圣他们心中的精神殿堂。很多时候，整个编辑部的上午时光，都会被来访的读者和作者所占据。曾担任《星星》副主编的陈犀先生在弥留之际只留下一句话："告诉写诗的朋友，我再也不能给他们写信了！"另一位默默无闻的《星星》诗刊编辑曾参明，尚未年老，就被尊称为"曾婆婆"，这其中的寓意不言自明。她热忱地接待访客，慷慨地帮助作者，细致地为读者回信，详细地归纳所有来稿者的档案，以一位编辑的职业操守和良知，仿佛春风化雨，润物无声地温暖着每一个《星星》的读者和作者。

进入21世纪以后，《星星》诗刊与都江堰、杜甫草堂、武侯祠一道被提名为成都的文化标志。2002年8月，《星星》推出下半月刊，着力于推介青年诗人和网络诗歌。2007年1月，《星星》下半月刊改为诗歌理论刊，成为全国首家诗歌理论期刊。2013年，《星星》又推出了下旬刊散文诗刊。由此，《星星》诗刊集诗歌原创、诗歌理论、散文诗于一体，相互补充，相得益彰，成为全国种类最齐全、类型最丰富的诗歌舰队。2003年、2005年，《星星》诗刊蝉联第二届、第三届由中宣部、国家新闻出版总署、国家科技部颁发的国家期刊奖。陕西一位读者在给《星星》编辑部的一封信中写道："直到现在，无论你走到任何一个城市，只要一提起《星星》，你都可以找到自己的朋友。"

2007年始，《星星》诗刊开设了年度诗歌奖，这是令中国诗坛瞩目、中国诗人期待的一个奖项。2007年，获奖诗人：叶文福、卢卫平、郁颜。2008年，获奖诗人：韩作荣、林雪、茱萸。2009年，获奖诗人：路也、人邻、易翔。2010年，获奖诗人、诗评家：大解、张清华、聂权。2011年，获奖诗人、诗评家：阳飏、罗振亚、谢小青。2012年，获奖诗人、诗评家：朵渔、霍俊明、余幼幼。2013年，获奖诗人、诗评家：华万里、陈超、徐钺。2014年，获奖诗人、诗评家：王小妮、张德明、戴潍娜。2015年，获奖诗人：臧棣、程川、周庆荣。这些名字中有诗坛宿将，有诗歌评论家，也有一批年轻的80后、90后诗人，他们都无愧是中国诗坛的佼佼者。

感谢四川文艺出版社在诗集、诗歌评论集出版极其困难的环境下，策划陆续将每年获奖诗人、诗歌评论家作品，作为"《星星》历届年度诗歌奖获奖者书系"整体结集出版，这对于中国诗坛无疑是一件功德无量的举措。这套书系即将付梓，我也离开了《星星》主编的岗位，但是长相厮守15年，初心不改，离不开诗歌。我期待这套书系受到广大读者的青睐，也期待《星星》与成都文理学院共同打造的这个品牌传承薪火，让诗歌的星星之火，在祖国大地上燎原。

2016年6月14日于成都

目录

自序

　　2001年暑期中的一天，我在济南接到复旦大学陈思和教授的电话，思和先生说，希望我能够参与由他牵头的一套"21世纪文学大系"诗歌卷的编选工作，他的思路是做一套分文体的年度选本，因为进入新世纪之后，诗歌在发生着深刻的变化，应该以年选的方式将这些变化记录下来。我自然高兴地接受了。一来难得思和老师这样名家的邀请，不免有受宠若惊之感；二来诗歌阅读和批评又是我的持续多年的主业之一，有这么一个机会，自然不能轻易错过。

　　这就是我的所谓"一个人的编年史"的缘起。自2001年，倏忽已经十五年过去了，我已从三十几岁的年轻人变成了五十开外的人，如同"新世纪"早已不再让人感到有什么新鲜，这份心情也逐渐变得苍老而迟钝，连我本人，屈指也从山东来到北京谋生十有一年余了。有时我疑心时光在哪里私吞了我的库存，让我未及细细体味，就匆匆拿走了它们。

　　但这个选本总算是坚持了下来。前十年，是由春风文艺出版社出版，但其间因为某些原因，思和先生和部分编者退出了该项工作；之后的五六年中，是春风文艺出版社的社长韩忠良先生亲自主持。照理说我也可以退出，但每年秋冬之际形成的集中阅读的习惯，却让我停不下来，所以在出版社的邀请下，便一直做到了2010年。满十年后，春风社大概也觉得有些疲劳，宣布不再继续做了。于是我便联系了原来的几位编者，与凤凰出版传媒集团麾下的江苏文艺出版社续签了协议，得到了黄小初社长和于奎潮副总编辑的支持。奎潮兄本人也是诗人，笔名"马铃薯兄弟"，所以也热心诗歌方面的选题，这样我的工作也便持续下来。一晃五年又过去了，累算下来已整整一十五年。在每年的编选之后，我大抵都会写一个差强人意的序言，试图将这一年中诗歌的情况做一个大概的描述，累积下来，便成了这部《新世纪诗歌：一个人的编年史》的底本。

当代诗歌的历史，一晃已是一个甲子有余。这个历史中，前一半的三十年，基本上是原地踏步，比之20世纪40年代现代诗的成熟期，当代诗歌在许多方面不是进步了，而是蜕变和蜕化得厉害。当然问题不是那么简单，在50年代台湾的"现代诗运动"中，在六七十年代大陆的"地下诗歌"写作中，还是涌现了大量有价值的作品，关于这些，历史早已都有定论；七八十年代之交以来的又一个三十余年中，诗歌历经了初步的变革，深入的成长，到世纪之交，已孕育出一个新的格局，这就是多元而喧哗的、丰富而又芜杂的、成熟而又无中心的"新世纪诗歌"，或者"诗歌新世纪"。

我们当然要警惕新的简单进步论的观点，不能按照时间流程来理解和叙述当代诗歌的成就，与发展阶段的高低。但放眼新诗一百年的历史，她的孕育与成长的历程性也确乎很明显。没有哪一个时期能够像这个十几年一样，诗歌是在一个近乎"疯长"的状态下存在的，只有不了解诗歌的人才会说诗歌衰败了、死了，诗歌远离了大众，云云。可以说，在当代还没有哪个时期，诗歌如此地接近大众，成为越来越多的人喜欢和擅长运用的文体，并且写下如此多的文本，生发出如此多的诗歌现象。如果说1999年的"盘峰诗会"提前揭开了新世纪诗歌的序幕，那么随后发生的"民间写作"与"知识分子写作"长达数年的论战，民间写作内部的分化，"中间代"的自立，"70后"新一代的崛起，网络诗歌写作的喧闹，新世纪初几年中各种极端的"诗歌行动"与笔战，关于"底层诗歌"与写作伦理的大讨论，关于地震诗歌的伦理性问题的争议，关于草根或草根性写作的论争，还有每年必有的各种诗歌热点与话题……总之，没有哪个时期的诗歌能够像这个十几年这样，是如此自在和内部地发生发育着，争执和分化着，裂变和成熟着。一方面，边缘化运动使得它确实离开了被政治宠爱和钳制的矛盾处境；另一方面，也使得它真正获得了独立和自在的生长条件与独立品质。曾几何时诗人们悲叹诗歌离开了社会生活的中心，但现在看来，这种离开是值得庆幸的，不是诗歌的没落，而是诗歌的正途，以及艺术的本然。

本书中所收入的，其实就是十几年来笔者在做年度选本时所做序言的集合。单篇地读来，它们是每一年度的扫描或简介；但连起来读，它们便成了一个编年的简史，就会彼此联系地生发出更多有意思的情境，便会获得某种奇妙的互文性的历史感。因为当初笔者并未考虑更长时间跨度的整体性，所以也更保持了历史的原貌与痕迹，保持了鲜活的场景性；连文字也保有了"非知识化"的现实性与在场感，不完全是观念化的归纳，而更多地保留了事件和人物的原委，保留了一个观察者的个人立场，一句话，保有了"一个人的编年史"的性质、笔墨和味道。

这看起来像是一个王婆卖瓜的自夸，因为问题也同时存在：这便是缺少整体性的归纳和分析，缺少主线的清理与爬梳，缺少宏观上更高角度的问题意识等。这些笔者心中自然也很清楚。但聊以自慰的是，在这些比较感性的文字之外，笔者也还做了一些"将历史总体化"的工作，写了一点比较宏观和整体的文章，如此便可以反证这些文字的价值，其可读性和更多的个人感慨，也便获得了某种意义上的合法性。这也是笔者愿意将其单独成卷，编做一本书的理由。相信最终决定其价值有无的，还是读者自己。

需要说明的还有，在本书的末尾，我附录了几篇访谈，都是关于新世纪诗歌话题的问答；另外还有一篇整体上谈新世纪以来诗歌问题的文字，也收入在这里，以备作为一个见证——在"年度审计报告"之外，也还有略微宏观的讨论。

2011年春，笔者侥幸获得了由《星星》诗刊颁发的新诗理论奖，据说这是该刊新诗奖第一次设立理论奖。感谢他们的厚爱，去岁秋，梁平主编告知我，凡获此奖者可以由他们主持出版一部诗集或者批评文集，于是我就钻空子编了这个集子。也借此机会，向十几年来支持我的年度编选工作的朋友们，致以衷心的谢忱。

2016年春节，记于山东—北京之间

"好日子就要来了"么

—— 世纪初的诗歌观察

> 是女人的手把耳朵扭转过来
>
> 从春天的狂热野兽扭转到一个婴孩：
>
> 这是下一代的春天
>
> —— 欧阳江河：《歌剧》

> 像一阵风暴
>
> 其实是一个醉汉……
>
> —— 韩东：《他摇晃着一棵树》

在诗歌的修辞越来越变得简明而具体的时候，言论的修辞也从原来的晦暗不明而一变成为触手可及的暴力。刚刚过去的世纪里，伴随着"不知所终的旅行"和"蒙蒙细雨"等"象征"字眼而发起的争论，竟演变成一场直白而短兵相接的、在诗歌史上罕见的词语与口水相混合的大战。不错，这场纷争及其尚未完全停息的"余波"，是掺和了太多夸张的表演，不无商业动机的自我炒作，太多的非诗与非艺术的成分，吵骂揭短，撒野耍泼，让人回忆往昔"论战文体"的"网战文体"，还有傲慢与偏见，投机与弄巧，哗众与霸道，充斥着纷纷攘攘的诗界。而且某些已然"成功"的例证，还在诱惑着初出的新人，让他们沿着"策略性写作"和因之易于暴得大名的道路继续舒服地向前滑行——因为这一戏剧性的纷争所产生的好处，正在为诗歌中人依据"表演"的动作幅度以及"成功"的程度，进行幸福的瓜分。

诗歌在现今的问题与危机，确然是存在日深且由来已久的。然而，因为这样的问题而把这场纷争完全看作是一场无关诗歌本身的闹剧，而不去对其所关涉的诗学问题，及其对当代诗歌的内在历史脉动的影响做进一步的深究和总结，也是比较主观和浅薄的。毕竟诗歌在迈入新世纪的时候已经发生了微妙的变化，诗歌的美学要素在网络新媒体的参与、在全球化文化情境的影响、在商品时代物质与欲望的驱动、在青年一代新的生活与价值观念的主导下，正发生着重大的调整，不看到这一点是短视的。当我有机会比较全面地检视和阅读2001年度的诗歌写作之时，这种认识就更加强烈。因为这一次诗歌争论所包含着的美学分化的后果，正在2001年的诗歌写作中展现出来。

历史联系与两组对照

因了上述的缘故，我觉得有必要对这样一个背景进行一点历史的回顾和分析。否则无法给予这次诗学变异与分化及其后果——2001年诗歌写作中所呈现出来的新动向——以基本的定位与估价。有两组对比可资我们对这场世纪末论争的认识和理解。一组是20世纪初的五四新诗运动与介于七、八十年代之交的朦胧诗，这两场重要的诗歌运动都伴随了激烈的理论论争。现在看来，两场争论的关键与焦点核心，实际上是新诗的现代性如何确立、在何种意义上确立的问题。在五四新诗那里，现代性首先包含了内容的平民化、思想的启蒙性和形式上的口语与白话化，因为重要的是使诗歌不再作为表达少数知识贵族或达官贵人的情趣的、而应当成为传播新思想的载体，这样的现代性当然首先包含了美学上的大众化与平民性，其次才是其艺术上的自我完善与发展。而对于发生在七、八十年代之交的朦胧诗来说，现代性的内涵当然已经发生了改变，面对已经沦为政治奴仆和群众话语的战歌局面，诗歌必须要回到艺术与秩序，同时成为人性与美的同路人，所以知识分子自身的理念和情趣再次在诗歌中占了上风，象征主义的美学与启蒙主义的主题，也再次成为"现代性"这一历史范畴的基本构成要素。

然而这秩序一形成，就又引发了另一场诗歌观念的瓦解与分裂的运动，这就是"第三代"的出现。"第三代"内部比较复杂，但主要又分为两种流向，一是在后期朦胧诗的文化主题与玄学倾向上继续向前滑行，但又融合了外来的结构主义理论的一派，如"整体主义"、"非非"等；另一流向是反对朦胧诗的文化贵族心理与唯美倾向、主张粗鄙的平民美学的一派，如"莽汉"、"他们"、"大学生诗派"等。其实90年代后期渐渐分化出来的"知识分子写作"与"民间写作"，早在"第三代诗歌"中就已经孕育了其雏形。当然，在"第三代"那里，两种倾向之间更多的是交叉，而在世纪末的"知识分子"和"民间"的两派这里，分立则似乎更加明显。

另一组对比是五、六十年代台湾现代诗运动与世纪末的"盘峰论战"延伸出来的"知识分子写作"与"民间写作"之争。与前一组对比不同，他们不是"新的一代"与掌握着诗坛权力的"老一辈"之间的"弑父"式的斗争，不是由布鲁姆所说那种"影响的焦虑"所导致的，而是"同辈兄弟"之间的分立与斗争，是"该隐杀约伯"式的行为。而且这两场争论中，争论的双方在地位上谁都说不上是占有什么"优势"的，基本上是旗鼓相当的，而且论争的结果是使得诗歌的美学空间获得了比较大的扩展。目前，从后者的结果中还不能看得很明显，但在五、六十年代的台湾现代诗运动那里，这种结果则是早已被证明了的。由纪弦所领导的主张"横的移植"的"现代诗运动"，同由覃子豪、余光中等人领导的主张"纵的继承"的"蓝星"之间的对立争论，其结果非但没有导致事实上的单一的"横"或"纵"，而且还导致了现代诗运动诗学与美学空间的空前拓展，导致了大量优秀文本和重量级诗人的出现。这种争论不同于"代"之间的对立与"断裂"——事实上，在中国新诗以至整个新文学的发展道路上，"断裂"式的情形确实是出现得太多，而类似这种平行的分立则是太少。尤其是在诗歌的内部意义上，在没有政治与其他因素参与的情况下的争论，似乎只有这两次。因此我以为如果能够深入到诗学的内部，而不是限于某种"意气之争"，我想争论的最后结果将不但不会是像有些人所预料的那样，是一种深深的伤害和分裂，相反还会是一次真正把中国现代诗歌推向前进的机遇，会大大促进现代汉诗的成熟。因为说到底，"知识分子"和"民间"两种写作的理念本身都没有错，而且还都代表了中国现代诗歌不可或缺的精神与美学的向度，而且他们在某种情景与意义下，还确实具有相反相成的性质。所以，这种"对立"如果发展得好，将会是诗歌的福音。但如果是就这么不了了之，或继续局限于狭隘的圈子式个人意气式的攻击的水准上，则诗歌可悲，诗人可鄙，一次很好的机遇也就此丧失了。

基于以上的一个联系对照，我宁愿相信这次"知识分子"和"民间"的论证是一个积极的兆头。虽然正像有人所说的那样，这两个名称本身就有问题，但约定俗成了也就可以这样使用了。我感到，给两者以一个高低优劣的评价是很难的，这并不是因为我是一个"骑墙派"，因为他们本身的确是长短互现的。事实上，20世纪初的白话诗正是在赢得了读者的同时又失去了读者；而朦胧诗则是在"抛弃"了读者的时候恰恰又得到了读者——当然，也正是他们的过分追求"典雅"的"小资美学"，使之最终又失去了读者。这是很有意思、也很奇怪的事情。80年代的"第三代"中出现了平民诗学和口语化写作的迹象，可是公众反而没有对此表现出什么明显的兴趣。伊沙曾经骂一些诗歌界以外的喜欢他的读者是"傻B"，可正是这些人构成了他的作品的基本买主，当然我想有一天他们也肯定会像当初热情地买了它们一样，又弃若敝屣。普遍的道理正是这样，新诗实际上一直是处在一个破坏/建设、俗化/唯美、本土化/西化、口语化/规范化的二元互动的过程之中，读者的选择、甚至包括政治对诗歌在一定时期的介入也一样，都是不断变化的，此一时，彼一时。五四新诗人所张扬的白话写作，同"讲话"后的"学习工农兵"，同新中国成立后的"古典加民歌"、"新民歌运动"之间，难道不存在一种历史在内在演变吗？而另一面，知识分子所强调的精神高度、文化和美感的含量，同陈独秀在《文学革命论》中所曾反对的"雕琢的贵族文学"、"迂晦艰涩的山林文学"之间就没有什么内在联系吗？正是两者的这种互相约制、互见长短，使诗歌获得了一种"均衡"的力量，也正是这种由此及彼的消长变化，给诗歌的发展带来了机遇，给诗歌带来了更大的美学空间。从深层来讲，"知识分子"与"民间"的论证应该是一场美学与诗学意义上的纷争，而且从写作格局在整体上发生的微妙变化来看，这场纷争的意义正在显现出来。

这便牵扯到了"相对性写作"的问题。人们一般会认为，破坏性的、解构性的、反唯美的写作是相对性比较明显的写作，然而它也同时赋予了唯美的、建设的、抒情的和典雅的"知识分子写作"以同样的相对性。事实上现在已经不存在单面的"策略性写作"问题，这也是一个一般规律，文学史上一直存在着类似的现象。向上，再向下；拟古，反泥古；追求形式，反对追求形式；抒情，主智；经典化，俗化……这样的二元对立与运动一直在进行。所以即使存在着"知识分子"或"民间"写作中的相对性的策略的写作，也应该属于正常情况。

一个概观

这样一个潦草的"概观"，我说不出有什么意义，但既然是"新世纪文学大系"的诗歌年选，当然要照例说说。2001年的诗歌写作格局是由1999年的"盘峰诗会"之后形成的格局的一个延伸，诗歌在整体上的生存状况要比一两年前改良了许多。与小说界在20世纪90年代红火的局面曾形成过尴尬对比，诗歌在20世纪90年代整体上出现了"专业化"和技术上的成熟迹象，也出现过一些优秀的诗人和作品，但总体上却显得沉寂和日益封闭化。自从"盘峰论争"之后，这种局面大获改观，争论导致产生了分化和"圈子"，但也打破了原来的一些圈子与秩序，特别是给一群更年轻的诗人提供了崭露头角的机会，难怪有的民间和更年轻的诗人情不自禁地喊出了"好日子就要来了"，"我们为所欲为的日子到了"云云。①伊沙掩饰不住得意地写道，"当年轻的身体带来了更多荷尔蒙的气息，我仿佛又回到了中国新诗的1986——也许，中国新诗在'盘峰论争'之后所发生的一切也正是在完成着一次历史性的对接，这是2000与1986充满神奇的对接……"虽然他所解释的这种"神奇"的内涵的"一边倒"很难让人认同，但他的关于诗歌前景的描述和自信还是令人向往不已，"像以往起自中国诗歌界的任何一场革命那样，你会在十年以后广泛的知识界听到它的回响，如果你不准备参加进来的话，就请等待吧！当久违的自由主义气息再度重临诗坛的时候，真正的创造已经大张旗鼓地开始，新人辈出佳作迭出的景象开始出现，直指中国新诗的下一个十年……"②相信这样的预言不会完全是一种呓语和狂想。

诗歌作品的出版出现了近十年中前所未有的"热"。这种热，有出版商发现和刻意制造"新卖点"的原因，也有单纯来自诗歌

---

① 见轩辕轼轲：《好日子就要来了》，《下半身》第二期；朵渔：《我们为所欲为的日子到了》，《诗文本》（四），2001。

② 伊沙：《2000年中国新诗关键词》，《诗文本》（四），2001。

内部的原因。因为在今天真正的诗歌载体正是不可能卖钱、却拥有最好质量的民间刊物与资料。甚至我看到在2001年广为传播的民间诗歌读物，许多在印刷质量上已经完全不次于"正式"的刊物，像《诗江湖》《诗文本》《诗参考》等，其印刷精美程度简直令人惊叹。另一些虽然纸张和印刷档次没有如此奢华，但其风格和情调的丰富也让人花眼。在2001年能够读到的民刊中，类似这种标准的不下三十种：《扬子鳄》《下半身》《诗歌与人》《小杂志》《或者诗歌》《外省》《界限》《阵地》《偏移》《自行车》《东北亚》《漆》《葵》《翼》《云》《原创性写作》《中间》《人行道》《唐》《在人间》《放弃》《第三说诗》《终点》《国际汉语诗坛》《未名湖诗会》《新诗人》《太阳》《守望》……鉴于我个人视野的窄狭，实际上可能还要多出很多。这还不说大量的诗歌网站和个人主页，"诗江湖"、"诗生活"、"橄榄树"、"橡皮"、"界限"、"个"、"甜卡车"、"终点"、"唐"……还有民间操作的各种诗歌选本，如各种"年鉴"或"年选"（所选作品为2000年以前，2001年的还未出）大都属于诗歌界人士编选，还有一些同人诗选，如由广东一位青年诗人黄礼孩编选的一本影响甚广的《'70后诗人诗选》，另外还有山东的《七人诗选》、北京的《九人诗选》等。有的虽然是采用了公开出版的形式，但编选眼光却是比较同人化和个性化的，比如臧棣、孙文波、肖开愚等人编选的《中国诗歌评论》、李青松、陈旭光、谭五昌等人编选的《新诗界》等。可以毫不夸张地说，时至今天，原来"主宰"诗坛的公开诗歌刊物实际上已经退出了真正的"主流诗坛"，而代之以一个曾经被挤兑在主流诗坛之外的"民间诗坛"——形象一点说，"江湖"真的终于战胜了"庙堂"。实际上如今连《诗选刊》这样的公开出版的"官方"刊物，其中所选作品也已是以民刊和"网络诗歌"为主打了。

嗅觉灵敏的策划家和出版商也看到了诗歌行当"人气"的骤增所带来的市场前景，所以也纷纷推出了各种诗歌选本，仅是关于"九十年代诗选"就已经有了几个选本，甚至在几种"70后诗人诗选"之类的选本问世之后，还跟上出现了"60年代""50年代"诗人的诗选。除了当代诗人作品的出版比往常更加看好以外，连现代的诗人也似乎跟着"沾了光"。

当然，公开的诗歌刊物也不是完全无所作为，几十年来一直以中国诗坛老大的身份自居的《诗刊》，在2001年也打破了金身，硬是从自己肋骨上又分出一个"下半月版"来，并且已于10月份推出了《诗刊·下半月版》的试刊。"下半月"当然不是"下半身"，但目的却是把"架子"放得更低些，以更接近青年人的口味、更易于团结青年诗界、占领一个原来长期漠视的重要市场。但愿"下半月"会比"上半月"好些。相比之下，另外的一些专门诗歌刊物的状况似乎还在延续着往常的样子，惨淡经营还力图有所起色，可是实际影响和地位与自发而蓬勃的民刊相比却依然是江河日下。如果说曾经有那么一个时期，民间的诗歌刊物是在竭力与公开诗刊的"权威"较劲的话，那么后来是它们根本不再把公开刊物当作一回事，而现在这种"无视"更变成了一种"无所谓"，好些已然通过民刊而确立了自己"权威"地位的诗人，也开始经常"做客"公开诗刊了，因为从那里或许能得到一点虽不多，然而却也聊胜于无的稿酬，而又无大碍于诗人的"先锋"

形象，何乐而不为呢？说不上这是公开刊物的悲哀呢，还是进步，但愿是进步吧。也许终有一天，"公"和"民"之间不再有什么区别和差距。相比之下，倒是一些综合性的文学刊物更少一些腐朽气，在诗歌界人士的心目中更多些"权威"，比如《人民文学》《上海文学》《花城》《芙蓉》《山花》《作家》等，能够照例推出一些质量好的和新人的作品。这种现象不能不说是有点怪，但也已是多年以来的旧例了。

其实在2001年真正能够称得上是"事件"的，或许是这样两个：一是"70后诗人"的如燎原之火般的迅速崛起；二是以部分"70后诗人"为核心的"下半身美学"的逐渐成形。其中后者当然是个有争议的事件，但也将是对未来中国诗坛有长久影响的事件——至少是诗歌在未来即将发生大的美学变化的一个信号。在后文中，我将着重谈谈这两个现象。

理论方面，在所接触的大量民刊资料中，我突然意识到一个理论的"繁荣"时代或许也正在酝酿之中，因为"盘峰论争"之后，诗界中人先是经历了一个集体的"口角嘴仗"式的争执阶段，而在今年以来则出现了两个动向，一是某些争执更"内部"和个人化了，比如在网上曾吵得热火朝天的"沈（浩波）韩（东）之争"，就是"民间阵营"自身发生的"内讧"。但这并没有破坏1999年以来形成的诗坛的基本格局，而且就"民间阵营"本身来讲，他们还"主动适应"了这样一种分裂的局面，于坚说："诗……'坛'的生命力就在于分裂，如果铁板一块，就是死路。真正的民间诗坛应该是不断地分裂，一个坛出现了，又分裂成无数的碎片，直到那些碎片中有生命力的个体鲜明活跃清楚起来，成为独立的大树。"①更年轻的70后诗人朵渔则更直接地叫出了"在民间，不团结就是力量"的口号。②这样的心态想必是比较聪明的，它会将诗界中人引向一个比较能够平等和敞开地进行诗学论争与对话的氛围之中；第二个动向是，各家阵营开始倾力于自身的诗学建设，"知识分子"们忙着搞自己的诗选、网上评论和《中国诗歌评论》，而"民间"和"70后诗人"则忙着搞自己的民刊、网上论战、各种访谈、诗论甚至诗歌行为艺术的"酷照"。从热闹的程度来看，"民间"要甚于"知识分子"，"70后"要比老的"民间"派红火。"民间"有伊沙、徐江这些"混江龙"式的人物在其中搅和着，又有于坚这样的"大王"不断在理论上搞出新的建树（在最近的一两年中，于坚以其《当代诗歌的民间传统》《诗言体》等系列文章日益奠定着其"民间派"理论旗手的地位），所以"人气"显得旺些，抛掷出的理论也与当下诗坛状况纠缠得紧些。而"70后"中最具活力和火力的以"下半身"为旗帜的一派，也在十分努力地炮制着他们自己的美学，尤其以朵渔、符马活和沈浩波等最为活跃，同时在黄礼孩编的《70后诗人诗选》中，也收入了10多篇专论"70后"的写作特点与诗学主张的文章，加上在《诗江湖》《下半身》《诗文本》《漆》等里面的，关于"70后"写作的诗论文章已经相当丰富。另外，从网上看，比较活跃的一些新派诗论家如张柠、敬文东等，也以其比较"酷"的文风而有不小的影响。

---

① 于坚：《当代诗歌的民间传统》，见中岛编：《诗参考》第17、18期合刊，2001。
② 朵渔：《在民间，不团结就是力量》，见虫儿等编：《漆》（5），2001。

新的一代又"崛起"了

"70后诗人"的成功的集体登台亮相，称得上是2001年诗歌界最"壮观"的风景了。虽然他们最早的汇聚据说是始于1998年出现在南方深圳的民刊《外遇》，但那时他们的影响基本上还是地域性或"圈子性"的，诗歌质量也未得到广泛认可。而在2001年就不同了，他们的出现不禁使人想起了一个久违的词：崛起。2001年的民刊几乎成了"70后"一代的天下，在《诗参考》《诗江湖》《诗文本》《下半身》《扬子鳄》《漆》《葵》《诗歌与人》……中，"70后"诗人们蜂拥而至，占领了今天诗歌的大片版图。这咄咄逼人的情势不禁令人依稀记起了20世纪80年代曾有过的场景，不过细想也很自然，因为自朦胧诗以来，当代中国的新诗潮是以不断"崛起"的方式次第向前推进的，"崛起"也成了批评家和研究者们指称新诗歌流向的基本的修辞。为中国人所习惯的、被屡屡证明是有效和可以"进入文学史"的运动式的诗歌事件，早已成了"推动"当代中国诗歌历史的基本叙事构架与"叙事单位"。只是跨入20世纪90年代后，在世纪末的情境下，20世纪80年代原有的疾风骤雨的诗歌前进速率再也难以为继，诗歌失去了社会生活与公众意识的支撑，所以"中年写作"、"减速诗学"、"个人写作"等说法和概念变成了另一种时尚话语，诗歌几乎是前所未有地变成了"寂寞的事业"。然而，也许是由于这种逻辑的固执，也许因为诗歌中人已经失去了耐心，他们已经寂寞得太久，必须用新的事件来刺激人们对诗歌渐次消失的消费欲望，同时也对写作者自身注入一针兴奋剂，"盘峰论争"就是在这样的期待下发生的——当然，对更年轻的一代来说，诗界已然形成的新的权力秩序，已经成了他们作为"新人类"出场的障碍物，他们必须采用集体性的行动来将它们予以搬除。因此不难设想这种争论和分化，对尚未取得诗歌"话语权"的"70后"一代来说，意味着多大的机遇和欢乐。在今天的角度看来，"盘峰论争"不过是一场序幕而已，真正要粉墨登场并大获其益的，不是辛苦一场的于坚、伊沙和徐江们，而是稍后坐收渔人之利的"70后"一代。虽说他们并未在这一现场露面，但"民间"对"知识分子"秩序的挑战却为他们的出场制造了气氛和无暇顾及的缝隙，并为"70后"的新美学找到了一个先导和跳板。正像沈浩波所说的："'盘峰论争'使一代人被'吓破'的胆开始恢复愈合，使一代人的视野立即变得宏阔，使一代人真正开始思考诗歌的一些更为本质的问题……中国诗歌新的春天即将到来，'70后'们将加速度开始成长并'抢班夺权'。"他强调："可以说，'盘峰论争'真正成就了'70后'"。[①]

那么，"70后"的"内部图景"究竟是怎样的呢？在这里，我想引用他们"内部"的人士朵渔所进行的"版图划分"，他把这个年龄段的诗人划成了"四个板块"：

A、起点很高的口语诗人：他们大都受过高等教育，这

---

① 沈浩波：《诗歌的70后与我》，《诗江湖》创刊号，2001。

是70后诗歌写作者的主流；

B、几近天才式的诗人：他们一般没有大学背景，他们一入手就是优秀的诗篇，很本质，娘胎里带来的。这种人很少。

C、新一代"知识分子写作者"。

D、有"中学生诗人"背景者：对发表的重视、对官方刊物的追求，对一种虚妄的过分诗意化的东西过分看重，大多没有受过正规的高等教育。

显然，最后一类在他看来是无足轻重的，尽管他们可能在人数上占了很大的比例；第三类是有"划线"的意图在其中的，可能是指与"60年代"以前出生的"知识分子"派系有比较紧密的关系——大约是以"北大出身"的为主的一批。朵渔对他们的描述是"对（知识分子）这一身份明显表现出一种'偏移'态度，对自己的写作策略进行小心翼翼地调整"，至于是以肯定为主还是更多保留，朵渔似乎语焉不详，读者也不好妄加猜测。但作为"北师大出身"的诗人，他所着力肯定的无疑是前两类。第一类经历了痛苦然而有再生意义的"转型"之后，构成了当今"70后"的主流；第二类则散发着天然的"金属的光芒"[①]，他们纯然是来自"民间"的，靠了对当代文化情境的天才而准确敏感的体验而成为"70后"的另一有生力量。

从目前看，"70后"的一代在其内部的分化还是显得相当

---

① 朵渔：《我们为所欲为的时候到了》，《诗文本》（四），2001。

初步和和缓，除了个别人物比较"张狂"以外，绝大部分都显得比较平和。其中潜在的分野实际上和"60年代出生"的一群中的分歧差不多是一样的，有的"文雅"些，写作背景比较"知识化"，比较多地受到王家新、孙文波、臧棣式的"叙事"写法的影响。林木等人编的《偏移》《小杂志》、森子编的《阵地》，大约还有廖伟棠等人编的《新诗人》等，是"新一代知识分子"写作的阵地；另一些则比较倾向于与外省诗人的结盟，如沈浩波、尹丽川为首的一伙，他们开始虽未很直接地参与"知识分子写作"与"民间写作"的争论，但他们和"民间"一派有着利益和美学上的一致性。简单化地说，韩东、于坚——伊沙、徐江——沈浩波、尹丽川，这是一条线。从年龄上也差不多是以10年为一个阶梯的。随着时间的延伸和他们自身的成长，他们内部的分野还会逐渐加深，但至少从目前看，所有"70后"写作者的共同特征还是明显的，特别表现在，他们的写作题材都十分"日常化"，审美趣味都比较个人化、细节化，所表现的道德倾向都比较现世化、"底线化"。这样说有过于"概念化"之嫌，借用朵渔在其文章中所引述的一种使用"关键词"所做的涵盖，应该比较形象些："背景——生在红旗下，长在物欲中；风格——雅皮士面孔，嬉皮士精神；性爱——有经历，无感受；立场——以享乐为原则，以个性为准绳；作品——向世纪末集体逼近的突围表演。"①这种说法虽然被"70后"的诗人所反讽和否认，但我想它还是有一些概括力量的。

---

① 朵渔：《我们为所欲为的时候到了》，《诗文本》（四），2001。

在70后写作者中，我想专门提及的是一些比较特殊的人物，一些"无学院背景"的写作者，如在"下半身"与"诗江湖"群体中被备受推崇的盛兴和轩辕轼轲，他们两人的"学历"都低得很——而且巧的是他们还都是生活在山东的山区小城里，前者是在莱芜，后者是在临沂——但是他们的诗歌却写得鲜活又敏感，能够触及生活的"痒处"，往往妙不可言，相形之下，比起许多"文绉绉"的学院背景的写作者，和许多仅靠"下半身修辞"、靠粗暴地裸露性器而增加"力度"的写作者来，更能显示出生命力。而且到目前为止，他们的写作资源还未见有"枯竭"的迹象，这种现象似乎是值得研究的。

另外，"70后"的一代对网络新媒体的适应能力是十分惊人的，这是他们作为一个群体焕发着强劲活力的一个原因，他们用日常的生活、日常的心理与潜意识活动，还有十分"底线"的道德感，以隐身与"假面人"般的狂欢气质，像"拉粪便"一样写作着，根本不用顾及自己的"声誉"。的确，像有的"知识分子"诗人所批评的那样，"他们降低了写作的难度"，但另一种意义上，正是这种写作难度的降低，才使得他们在网络上获得了优势，把诗歌变成了"一次性消费"，使一般读者——完全非专业的人士——都可以来过一把写诗的瘾。几乎没有人能够抗拒这样的一种写作的"好玩"的吸引力——我想举出轩辕轼轲的题为《是××，总会××的》的一首诗："很久很久以前/我们敬爱的班主任/给我们上了第一堂课/他说：是××，总会××的/说的多好啊/顺理成章，铿锵有力/这句话像是火苗/直窜进我们青春的血液里//是金子总会发光的/是玫瑰总会开花的／是骏马总会奔驰的／是天才总会成材的／是龙种总会登基的……"可是多年以后，学生各奔东西，老师的"预言"句式不再用了，什么也没有变成期待中的现实，"金子已经变成了废铜／玫瑰已经变成了枯草……"唯一证实了这一逻辑的"现实"的，是班主任老师的死。当大家都来参加老师的葬礼时，才又想起了当年的这个"公式"，所以最后一句是学生的新归纳："是活人，总会死掉的"。又严肃，又戏谑，让人玩味许久，又直白得无需回顾，既可以任意添加，还可以删减篡改。可见网络世界这种"高科技的民间社会"对艺术的改变，在某种意义上要超过以往任何时代，看不到这一点是短视的。而"70后"群体差不多已经结束了当代写作者尚残存的"职业抒情者"的心态，他们从肉体到精神的生存都已经完全"江湖化"了，已经废除了通过诗歌写作建立功勋进入权力（或精神）的庙堂的传统的"心理制度"，这样的写作方式和心理，以及他们的类似于"小生产者的每日每时的"日常化写作，无疑将构成一种"汪洋大海"般的存在。

出生于20世纪60年代的诗人中岛在编完他的新一期《诗参考》（17、18期合刊）时，毫无保留也不无难过地说了一句，"这说明70年代出生的诗人，要占领中国诗歌的高地是不可避免的"。这句话应该是说出了一个事实，只是这个"高地"同我们原来一直以为的那个"高地"的概念相比，已经发生了变化罢了。

"下半身"的美学

诞生于2000年的以沈浩波等人为首组织的《下半身》诗刊，毫无疑问应该是"下半身美学"的起点和标志。不过在这里，"下半身的美学"是一个比喻的说法，我的意图并不是仅指"下半身"的写作群体，而是要试图涵盖以此为代表的一种新的美学动向——我没有把握，这样的一个概念能否成为指称"第四代"或"70后"诗歌的一个重要的美学特征或侧面的特殊的诗学范畴。或许这是他们所不能接受的，但我以为，这种动向无疑地构成了今天诗歌的一种挟带了暴力与快感的标志性特征。不能说现时代的诗歌美学已然完全显身于人体的"中线"以下，我这里也无意做什么夸张的概括和渲染，但无疑地，它可以是一个富于象征意义的东西——实际上，毋宁说这是一种"极致"的说法，它策略性地，然而也是有效地表达了诗歌在今天的一种同平面化的生活相胶着的状态，可以成为一种标志。

有人说，这"下半身"是诗歌写作的"最后一个空白"，现在被"70后"的一批人给抓住了，这种说法不无道理。但这其中有两个可能被忽视的原因必须说明，一个是"第三代"中的平民诗学和身体诗学的传统，其实早在多年前韩东的《甲乙》就已然是"下半身"的经典之作了，读那首诗给我的体验是深深的绝望、震惊与荒诞感，也似乎可以说是一种类似于"存在主义"的意念："甲"和"乙"大约是一对夫妻，夜里显然有过一番媾和，也许是柔情蜜意，也许是应付公事。早上起来，"甲"一边在"系鞋带"，一边茫然地望着窗外，"乙"则空洞地看着屋内；"甲"下意识地想起了自己自童年就学会了系鞋带的情景，几十年来一直是这样延续着的，他心里一片出神的空旷与灰暗。而这时，在"乙"身上则发生了一件看来寻常又隐秘的、令人齿冷、恶心，感到荒谬和无意义的事情："为了叙述的完整性还必须指出/当乙系好了鞋带立起/流下了本属于甲的精液"。这是"下半身"的写作，但它的震撼力使我感到了韩东常常被人指责的"阴损"的力量，这里是有哲学的。"70后"的诗人张大了这种下半身的特点，但阴暗的哲学思考则被代之以放浪的身体快乐。另一个因素当然是社会情境的延迁，肉体和快乐在这个时代似乎有了不言而喻的更多的合法性。

在2001年大量的民刊诗歌读本中，我看到了大量的"下半身"题材的作品，它们以比前人更大胆到无以复加的程度的裸露，更多的放肆和快意，书写着其半真半假、半是行为半是潜意识的动物性的欲望与动作。这类诗在《诗江湖》《诗文本》《诗参考》《下半身》《葵》等中最具代表性，在其他一些民刊中也可以见到。不过，和2000年的"初创"时相比，今年的"下半身写作"似乎已经少了一分过于简单的粗鄙，而多了一分影射生活与现实的弹性和厚度，甚至也还注重了启示性的内涵，我想这是一个信号。而且包括沈浩波、朵渔、符马活等在内的"下半身诗学"的理论摇旗手，也都在不遗余力地进行着阐释深化的工作，这些都使得"下半身"作为一个美学与诗学范畴更加充实明晰起来。从他们的言论中，可以看到他们实际上是很在意人们对这个名称的看法的，沈浩波对有人说"下半身"只是强调"性"的主题的说法十分恼火，认为是"屁话"。他辩解说，"强调下半身写作的意义，首先意味着对于诗歌写作中上半身因素的消除。知识、文化、传统、诗意、抒情、哲理、思考、承担、使命、大师、经典……这些属于上半身的词汇与艺术无关……所谓下半身写作，指的是一种坚决的形而下状态，指的是诗歌写作的贴肉状态，追求的是一种肉体的在场感，意味着让我们的肉体体验返回到本质的、原初的、动物性的肉体体验中去。"①其实倒可以这么说，"性"当然是下半身写作的重要领域，但下半身写作的目的却不能说仅仅是性，性只是一个必要的策略，一个隐喻。

前一代的"民间"诗人于坚、杨黎、何小竹，乃至韩东，构成了"下半身美学"的先导、支持者和"同盟"，而伊沙、徐江一伙则更切近地构成了他们的同道。以五岁到十岁为梯次，他们构成了一个序列中的三个"代"的概念。从某种意义上，他们之所以能够又汇聚在一起，一方面是"前辈"的推波助澜和摇唇鼓舌对后辈的成长大有裨益，另一方面也可以说正是"下半身"群体的成长反过来给前者注入了新活力和新气象，显得"后继有人"；而相形之下，"知识分子"群体的后继力量就松散和平静得多了。

如果简单地归纳一下"下半身写作"的艺术与美学特征，我想大致应该有以下几点：

---

① 沈浩波：《香臭自知——沈浩波访谈录》，《诗文本》（四）2001。

A．以日常化的场景与事物为写作对象，降低写作难度，消灭形而上的想象、追问、知性、思考、隐喻，但保留对社会与现实的所指与影射力量，放大形而下的细节、场景、事件、遭遇、直感、欲望等内容。

B．性意识／潜意识的混合式"暴露"，构成基本的经验／意识内容和仅存的深度模式。以潜意识的敏感活动，来增加文本的精神张力与经验空间，增加对读者相同但又从未给予其"合法化认证"的潜意识经验的刺激与唤起。这使得"下半身写作"具备了强劲的陌生化与熟识感同在的刺激性特征，使读者体验到意识的历险与欲望的发泄——这类的生理性与心理性同在的"犯罪感"与"快感"。

C．词语的暴力性。暴力的产生源自词语的"泛性化转喻"，比如说"操场"、"干吗"一类词在其"菲勒斯中心主义"语境中就发生了词义的偏移，变成了"泛性化话语"。泛性化话语的蔓延源自前一代的词语的泛暴力化和现今社会意识的败坏化，"红色词语"的"泛黄色化"趋向，体现了社会意识的大变动与语言的自我解构性。这是一个社会问题，在现今的日常生活中普遍存在。泛性化话语成为下半身写作者对上述社会意识的回应、反讽或者同流合污的便捷方式。这同他们写作中所表露的"道德底线"甚至"底线下"的倾向是一致的。

D．叙事因素是"下半身写作"过程中向前滑行的推动力。这与近年来包括"知识分子写作"在内的诗歌界整体的写作趣味有一致之处。但"下半身"群体在叙事过程中更注重戏剧性和随意性，推进速度也明显快于其他，比如沈浩波的《静物》，就很富戏剧性地呈现了作为"目击者"和"在场者"的"我",与一个"卖肉"的妇女之间的相遇和对视。"卖肉"在这里又构成了一个泛性化的转喻,戏剧性即缘此而产生:"瘦肉、肥肉、肥瘦相间的肉/排骨、腔骨还有一把/切骨的刀/都放在油腻的案板上//案板后面/卖肉的少妇坐着/敞着怀/露出雪白的奶子//案板前面/买肉的我,站着/张着嘴,像一个/饕餮之徒"……在这里,在作者所蓄意营造的一个欲望性的语境里,读者的理解力很容易受到一个诱导,然而在接下来的叙述中,作者又突然戏剧性地一转,使读者感受了一次"愚弄":"而唯一的动静/由她怀中的孩子发出/吧嗒吧嗒/扣人心弦"。这种叙事的诱惑力在于,它把一种本是极端个人化的处境与意念,转化成了一种被挑动和被反讽的共同经验或集体潜意识,更易于被读者所进入。

E.类似"网络隐身化"的写作心态,导致了一种"面具感"与"狂欢情结"。网络化生存给当代的写作者的最大影响,似乎还不在于写作的随意性与难度的降低,而在于主体心态的微妙变化:写作者变成了网络大海中的隐身人,或类似置身于"狂欢节"人群中的戴假面者,他可以以词语的暴力游戏恣意妄为。所以,"身体语言"成为普遍的表达符号。仅从"70后诗人"笔名的起法上看就很具有这种意味:比如"竖"、"冷面狗屎"、"晶晶白骨精"、"花枪"、"恶鸟"、"魔头贝贝"、"安眠药"……甚至莫名其妙的"朵渔"、"巫昂"等。这不仅是一个起名字的趣味问题,它显示了写作者在进入一个诗歌人角色时的心理,并当然影响着写作的风格。在这样一种心态下,原来一切固有的写作规范和秩序对他们都很难再起到什么作用。

以上的浅表概括或许使"下半身美学"这一概念更显粗疏和不恰当。不过我要特别予以说明的是，这里没有以"下半身美学"的红火来预计中国新诗的前景的意思，更不意味着将下半身美学推选为"方向"和"代表"。谈及这个话题，完全是因为强调了一个"客观观察"的角度，是一种"可能"意义上的客观评估。实际上"新事物"和"好事物"，"存在的"和"合理的"完全是两种不同的概念，只是我们在过去不善于、也不愿意加以区分罢了。所以我无法像新一代诗歌人所坚定地预言"好日子就要来了"那样，来为这篇废话不少的序文做结，然而我不能无视事实，因为"70后"诗歌写作和在其中孕育的"下半身美学"的确已经构成了近期诗界最重要的现象，这一现象无疑将影响到未来中国诗歌的发展进程，当代中国的诗歌写作也已经由于这些新因素的加入而增加了活力，这一点无需避讳。

2001年10月30日于济南

人民需要干货

——2002年诗歌一瞥

> 看着你的照片，我哭了：
>
> 我与我的老年在镜中重逢
>
> 莫非你某个眼神的暗示
>
> 白发像一场火灾在我头上蔓延
>
> ——寒烟：《遗产——给茨维塔耶娃》

一个现今的诗歌读者最明智的选择是闭嘴，只读而不说，那不但是愉悦的，简直还充满快感。因为在霸道或者粗蛮的喧嚣里面，做旁观是最有意思的。而如果你一旦想说出，那必定是尴尬的：你要引据和评论的，可能正是你内心中最不愿认同的，你必须要予以批评指摘的，可能又是最快意的东西——我们的时代已经把诗歌的行文和对这行文的理解语境彻底分裂了。你说它是好的，可能会被它戏弄，你说它是坏的，可能更会被它戏弄。你倾向"知识分子"趣味，你会被说成"买办"，你选择"民间"趣味，又会被说成与市场和庸众"合谋"。你赞成精神的"上半身"，会说你假惺惺，你称赏肉体的"下半身"，又会说你堕落，你两边的都喜欢，又落个"没立场"……但这还无所谓，更尴尬的，是你很难把自己的评价与态度一以贯之下去，因为"形势的发展"是如此之快，去年的编选经历还犹在眼前，但去年的观点今年就变成了旧皇历。这就像海子的诗里说的，"道路的前面还是道路，风的前面还是风。"只能忙不迭地往前赶。不过有一点是令人乐观的，因为据说现今社会流行的最新人类是叫作"布波"的一族，"布波"是"布尔乔亚"与"波希米亚"的结合体。这让我感到得意，因为我曾引用了一位青年诗人的一句"我们的好日子就要来了"，作为去年选本序言的题目，这话如今怕是要"应验"了，因为小布尔乔亚虽然有和现代诗歌背道而驰的一面，但至少与传统诗歌也有"近亲"或同源的关系；而波希米亚则纯然是诗人的异体同构了，按照本雅明的说法，他们差不多是真正"现代"的诗人的代名词了。当诗歌与流行文化之间不再是纯然的敌人，而充满了某种敏感的共振性关系的时候，你还能阻挡它与时俱进的脚步吗？

这当然带有玩笑的性质——所谓"布波"的说法有可能已是"后现代"语境中的产物。所以我在那序言题目中还是给它加了"问号"。我承认这是不无"滑头"或暧昧的态度，但事实上也的确表达了我内心的犹豫和矛盾：我欢呼诗歌在现今出现的繁兴，但又对这狂欢般的热闹深怀纳罕；我赞赏写作者因为生活的压抑，而对诗歌中艺术民主的近乎幼稚的狂热追求，我赞美这样的勇气和激情，因为我痛恨在艺术的范围里、在诗歌的领域里也滋生着无聊和莫名其妙的优越权；我赞美真正的"知识分子精神"，而对"职业化的知识分子"的专业优越感深恶痛绝，尤其是这种"专业的优势"实际上还是借助过去腐朽的学术文化或艺术体制而获得的，是不公正的"霸权"；我赞美"民间"的自由艺术精神，文学的主体和创造权利，永远是任何权威所无法垄断的，在我们的时代，民间精神首先是一个艺术家应该具备的素质，尤其是一个诗人，他的任何有可能对艺术的民主化产生推动作用的行为——哪怕是表现了"无法回避的粗鄙"时——都应该受到尊重，但如果把"民间"就等同于粗鄙，再把粗鄙转换为一种特权，一旦"民间"了，粗鄙也成了一种当然的优越和"前卫"的品质，那无疑也是无聊和可耻的。

所以我怀着这样矛盾和恍惚的心情，在兴奋和疑惑的交错之间完成了这个选本，并记下了如下的这些片段的感想。

喧哗而匆忙的合流

文学史上通常的经验是，一个时代文学的比较激烈的变化的标志，是出现了比较尖锐对立着的文学观念。"新"与"旧"当然是一种被解释的对立形式，而不同的美学趣味与方法也会发生冲突。这样的局面比较集中和激烈地发生时，应该是一种先兆：一种积久的相对平衡就要被打破，文学的一个新的变革时期开始了。

这当然是好事。旧的平衡被打破之后，文学的观念和艺术的形式才可能涨破已形成的茧壳，而且经验还表明，有时这种对立和分歧出现得越大、越明显和激烈，文学变革的可能程度就越大，成就也可能会越高。经过一番冲突和较量之后，对立的观念就会逐渐形成一种"混合"或者新的平衡。在这个过程中，好的作品可能已经问世了。这样，通常会有两个阶段：分裂期和融合期。一般最有"极致性"和代表意味的作品会在分裂期出现，这类作品通常会因为其过分夸大的姿态、不无偏执的倾向而招人病垢，但却又是无可替代的，像波德莱尔的《恶之花》就是如此。在接下来的融合期中，能够体现文学变革之后的特征与水准的作品也可能会出现，"象征主义诗歌"在波德莱尔之后的诞生，即是新旧诗歌艺术观念融汇后的产物。从理论上讲，这样一个过程需要长一些、分化的程度需要大一些为好，因为只有充分地分裂和融合，才会有更高水准的艺术局面出现。中国现代新诗的变革也经历了多次类似的逻辑。

1999年的诗歌论争所引发的近年诗歌的活跃局面，也许可以作如是观。继"第三代"诗人之间出现的诗学分裂之后，又有"70后"的一代青年登上舞台，他们中的一批最生猛者又在"民间"、"江湖"和"下半身"的旗帜下走得更远。加上网络载体为诗歌提供的新平台，其天然的"民间性"、"隐匿性"、"狂欢化"与"民主化"的氛围，也对这分立与分裂起到了推波助澜的作用，诗歌界持续了两三年的"天下大乱"的局面。

但这样一个局面在2002年正在面临着名存实亡，因为分立和分裂的实质已经被事实上的纷乱又接近的喧哗所代替。区别正在变得越来越模糊，各种趋向、风格、方法甚至"立场"正在趋向"合流"——顺便说明，这里"合流"的说法不是我的发明，而是《葵》的主编徐江所说，他在这本民刊的序言《合流时代的民间诗歌读本》中说，"标榜个性的民间诗歌读本过早地腐朽了……在告别了黑暗遮蔽的'90年代'之后，我们迎来了群氓平庸的'世纪初'"。徐当然更多地是指各种民刊之间风格界限的消失，其独立存在的意义日益淡化，还有"官"与"民"之间界限的消失。而我除此之外，更明显地感到的是写作者个体的消失。在阅读中，我甚至感到大量的作品是属于互相模仿的"没有作者的诗歌"——它们看上去更像是一个人，或者三几个人的东西，从语感、修辞、题材、风格上的明显地趋同化，"动粗的一族"是这样，"叙事"的一群也不例外，如此多的作品中充斥着相似的句式、接近的语调和装饰、无聊而空洞的细节，还有拥挤而时常莫名其妙的"引文"。

这不是一个令人欣喜的合流——如果这也称得上是"合流"的话。它还来得过早，也来得过于"彻底"。因为成功的合流可能、也应该是一个平衡，但却不应是写作者个性的消弭、活力的塌陷，如果"逃亡"可以是一种集体行为的话，那么之后的自立却不需要什么合唱。当一两种语感或者风格开始风行，写作则必定会在热闹的背后伴随着无可避免的仿造的平庸。

人民需要干货

这是一个可能会挨骂的陈腐的要求。之所以要"干货"，是因为我读到了太多的"水货"。水货的意思在这里首先是虚假和无聊、空洞和夸饰，是没有什么内容含量的造作产物。水货是硬写出来的，是某些成名的作者为了证明自己一直还在"写作"而生产出来的，或者是某些善于弄巧者用来"蒙人"的。我看到了一些曾经闪现过才华的后生，在这一年里不得不用一点"陌生化"的小伎俩来吃力地写作，以遮盖内里的苍白和贫乏，或者是只能继续沿用原来的套路批量制作，"姿态"或者"立场"早已做足，而作品却越来越没有内容。一些曾经攫取了很大的名声然而却面临江郎才尽的困窘的诗人，如今却只能勉力拼凑一点东西，以维持自己"诗歌人"的身份。再就是初尝禁果牛刀小试的青年们，怀着粉墨登场的兴奋像无节制的排泄一样堆积起来的产品，粗糙、贪多，尚未成形即匆忙在各处兜售。

水货是作为个人的无聊生活的夸大或作秀式记录的产物，是对生活失去实际的感受能力所导致的，是麻木和放任、自得而没有自尊的表现。我说到了"生活"这个词，生活本身并没有大小，也不单单"在别处"，但对生活的经验与感受方式却有高贵与浅薄之分。相当数量中充斥的是小资式的自恋，或者是恶少的炫耀，变态者的颓唐自曝——我当然没有资格和权力为谁"代言"，也不是以道学家的眼光来挑剔。我相信今天的读者已经远比过去成熟，他们不会再用小资的道德标准来衡量诗歌，但那些滑向了无聊与浅薄的恶作剧游戏，我相信也同样瞒不住人们的眼睛。

当然并不只是失望。我读到这样的句子的时候，心中充满了被震撼的激越："他们纷纷跳崖，不得不跳/最坚忍的思想一折两断，成为/河床向大海邀功的资本和游客廉价的盛赞//……大瀑布，你的身影顷刻幻化成我的泪水/滔滔而下，砸起万千液体的火焰……"（谭延桐：《大瀑布：天空和大地的伤口》）这是痛的、有触动力和真感受的诗歌，是干货。我读一位笔名叫"老了"的新冒出来的年轻人的诗歌时，也同样有这种感觉，他的

《阿富汗农民在吃草》，用看上去不无轻薄反讽的句子，表达了一种叫人自省的道德之痛，这样的良知之作我相信在任何时候都是一个诗人的光荣，是一个民族的精神底线。这并不是一首无可挑剔的作品，但它却是干货。我还不能不提到河南的诗人简单的一首长诗《胡美丽的故事》，我个人认为，这是近年来当代诗歌写作的一个重要收获，它对我们时代和社会生活的深层状况的看似漫不经心的揭示，是直观、形象、犀利和令人震惊的。它看上去是如此平易和浅显，但分量却是如此之重，辐射力是如此深远。而且最令人欣悦的是，它还这样地好读，轻巧、流畅、叙事的控制驾轻就熟，没有一点障碍。是真正的干货。

我当然清楚仅仅追求道义的价值判断的浅薄，诗歌最根本的还是与生命和人性最复杂的经验有关，所以我同样认同那些能够机智而富有经验深度地介入当下社会的写作，甚至是看上去刻意追求破坏和粗鄙的写作，只要它不是空洞和无聊的写作。轩辕轼轲的诗歌就属于此列，他不是一般地"动粗"和一般地满足于恶的宣泄，而总能在不经意中戳到时代的命门或"痒处"，他的一些作品能够巧妙地唤起读者的历史记忆与精神创伤，能够揭开我们时代的文化疮疤和人性缺陷，使阅读充满着快感。这是可以称得上"美学"的真正有深度和意义的"下半身写作"。我总在想，"70后"的诗人中，像这样的，还应该再多些。

"外省"的活力

"外省"的活力是相对于"京城"的沉寂而言的，这个感觉我不知道是不是客观。外省诗人的风头压过了占据地利和"文化金字塔"顶端的京城诗人。这本来没有什么可奇怪的，但由于中国特殊的文化体制，京城向来是汇聚了最多最好的诗人，他们从外省跑到首都，发言的频道也由"地方台"变成了"中央台"。但如今我却看到最有创造力和最具热情的发言，大都是来自"地方台"的偏远频道。这并不单单是指北京的"知识分子诗人"群体——他们在今年里似乎陷入了一个集体的疲倦——即便是动粗的一族，"下半身"的写作者中，最好的大约也不是北京的几个。

我想"外省"并不只是一个单纯的地理概念，而应是一个相应的文化概念，它的基本含义即是"边缘"。我注意到一些外省写作者的"学历"是相当低的，但他们的诗歌却写得好；即便有正规的学历，所从事的工作也相当边缘，前面所列举的轩辕轼轲、老了、简单等，大都属此列。而且单从"地界"上说，他们还不仅是偏居于外省，更可以说是在乡下，是在一些地市甚至更小的城镇里。在最偏远的地方生活，写着最具有时代内涵和前卫精神的诗歌，这当然说不上是令人费解的事情，因为对"生活"的敏感弥补了他们另一些方面——譬如"知识"的不足。另外，每每叫我震动的还有一些非常"业余"的诗歌理论家，他们写出了鲜活而有真知的诗歌理论，包括一些"70后"的青年人，他们的诗论常令人兴奋不已。重要的是心态，他们没有把诗歌当成自己吃饭的主业，进身之阶，这反而成就了他们的文字——绝无腐朽虚伪、与诗歌根本无关的俗套八股。

"外省的诗歌"——我愿意在今天使用这样一个词语，把它当作一个诗学的概念。它使我们通过诗歌这种形式，触摸到现今中国社会的底部，最真实的细节部分，最分裂复杂的人性的现实，就像我们在文学史上看到的诗歌的基本面貌——国风、乐府、曲词、民歌——那样，"现实"在哪里？就在诗人的作品中，是作品"使大地成为大地"，使现实得以成为现实。它是活的，没有经过书斋的过滤扭曲的；它是粗糙的，但包含了最大的真实和隐秘；它是接近原始的语言状况的，但又包含着新鲜文化的泉源和自发的精神良知……诗歌进入了时代的核心、历史的芯子，而诗人却留存在遥远的"外省"，这是多好的一个状态！他们以无业者、个体工商业者、公务员、甚至"疯人"的身份生存和写作着，永远不会谋求以"中心"的角色去写作的身份。我们正是从他们的作品中真切地感受到今天的现实，理解着我们的时代。外省的诗歌！我提请人们注意：当我们使用这样一个命名的时候，实际上更合乎现今诗歌在道德、价值与美学趣味方面的普遍状况。

长诗：血与水，金与土

> 华灯胀破了夜的内衣
>
> 是谁在道德的背后拽开了欲望的拉锁？
>
> ……

这是简单的长诗《胡美丽的故事》中的句子。写下这个标题，是试图要表达我在阅读这些长诗作品时的复杂感受。海子曾说，"我写长诗总是出于迫不得已"，可见长诗不是诗人轻易使用的一种形式。2002年里我读到了相当数量的长诗，我不知道这是否也属"迫不得已"的产物，如果是，想必也是我们的时代出现了某种精神的气候或者土壤。

这涉及很复杂的诗学问题，现代意义上的长诗作为一种以巨大形态存在的诗歌写作，其"非有不可"的独到意义在何处？在这方面，海子的范例会给我们以影响，也就是说我们会据此认为长诗是一种对精神极致的攀越，或对生命深渊的挑战的尝试与努力。但另一方面海子长诗的"不可解读性"，又使我们对这样一种体式只怀着某种"形而上学的"而非具体的认识。如果缺少海子那样的伟大人格，一个诗人能否支撑得起这样一种写作？所以成功的例证显然不多。在20世纪90年代，骆一禾、西川、钟鸣、李亚伟、于坚等人曾经有过长诗作品问世，但并没有给人一个"集中出现"的印象。而在2002年的诗歌里，我至少看到了十数部的长诗作品。

使用分类法来看这些作品显然不能给出准确的评价，但基本上可以将它们视作两个路子，一个是比较内心化的，一个则是比较客观化的，当然它们又没有清楚的界限，往往是结合的多。比较特殊的例子是简单的《胡美丽的故事》，它几乎是使用了我们在现代叙事诗中从未见过的极为客观简朴的叙事笔法，"叙述"了一个"当代女性"的并不复杂的故事，但使我感受到作者功夫的，恰恰正是在这样日常和充分世俗的事件中，作者几乎融进了一个时代全部的细节部分。来自物质的诱惑和世风的吹熏，一个女性自然而然的出轨，驾轻就熟的堕落，商海与生存的搏杀，以及无可躲避的悲剧结局，她串起了如今我们社会生活中最普遍而生动的现实。简直太妙了。类似的情景我们当然也在某些新人类小说家那里见过，但在这里却没有那种明显的商业动机、平面化的欲望叙述，而是嵌满了诗人精神的介入，仿佛腐朽的尸身上嵌满了钻石。我毫不掩饰这首作品给我带来的精神震撼，同时对作者的叙述能力与构思上的深沉用心也表示由衷地敬佩。

徐江的《看球记》和伊沙的《唐》也给我带来了阅读的快感。通过二十年来中国足球的历史，可以影射一部精神的当代史，其中的悲剧和喜剧同这个时代国人的历史记忆已经牢牢地生长在一起，这是我读《看球记》时的感觉。它表明，没有什么是不能在诗歌的叙事中出现的，经受不起考验的只有诗人的能力。伊沙的《唐》比较"破例"，诙谐和油滑仍然穿行在字里行间，但抒情和"雅"的成分也让人看到他的多面。他要求解的似乎是西京——中国古老的文化中心"唐"这块地面上所发生的和所留下的一切，它既是一块地域，也是一段历史，更是一个盛衰悲欢的神话和象征。这应该是一个极好的取材，它完全可以写成一部巨著——用作者惯用的亦庄亦谐的风格。不过现在我对它的感觉还停留在想象里，没有读到全篇。西川的《鹰的话语》由于语义的设定过于迫不得已的"私语化"，显得比较有陌生感，这似乎是没有办法的，因为它所传达的关于时代之症、文化之癖与精神之病的思考，以及一些不无"个人动机"的辩解或驳诘，必须要用一种看起来比较遥远（仿佛高翔于长空的鹰的视点）的话语来表达，在这方面，西川当然是高手。令人困惑的一点，是他采用了片段经验的汇集的写法——不予分行和押韵的散文片段，不知道这是否是"鹰的话语"特殊的表达需要？

由此我对长诗的写法产生了疑问，一些传统的形式要素到底还有没有传承的必要？在一些更年轻的诗人像福建的安琪等人那里，我也看到了几乎是大量的长诗作品，但这些作品无论是在内容还是形式、语义上都过分个人化了，过于宽大的思维跨度和私人化的经验方式使作者的主体力量消弭在其中，过于稠密的个人经验反而稀释了作品的结构与思想张力。长诗之长不是先验的优势，而最终仍然取决于诗人主体的力量，主体点土为金，化水成血，长才会具有意义。无论是金还是血，都有自明的本质。我无意在这里批评这些作品，也许是我自己的原因——没有读懂。

要说的话似乎还有很多，比如关于"网络诗歌"，我看到的网络写作大致有两种，一种是本来写于"纸"上，为了传播目的而"贴"上去的；这类作品在本质上很难看作是"网络写作"，只能说网络传播的方式对它们的风格产生了一定影响；但基本上还是遵从了纸媒体时代的"写作伦理"；另一类就不然了，过于粗暴粗蛮，基本上依据"性暴力修辞"来成文，不要说大雅之堂，实很难出口。我曾经专门谈及当代中国词语的"泛黄色化转喻"的问题，这和历史暴力、社会心理与政治伦理的沦丧有密切关系，但也反映了中国人天然的人性之恶的一面。净化的处理是必要的，否则这些东西将难逃垃圾的命运。

2003年诗歌阅读札记

……只要还有一丝气力

我就向上，我就不停

没劲了，挺住，再来一次

妈的，拼了……直到最终

——食指：《我的梦》

　　除非有重大事件发生，否则年度扫描式的文章大约是没什么意义的，因为不可能每年都有一个新的"诗坛态势"供选家和评论者去概括和预言。时间流逝得很快，同时也很慢。文章千古事，新诗走过了百年之路，在时间的长河中还是个幼稚的婴儿，而且是不是个先天不足发育不良的婴儿，还很难说。指望其时时有新的变化、有大的突破是不现实的。艺术的生产和GDP的增长也没有多大的关系，它归根结底是个慢功细活，是一个漫长的积累过程，什么时候会"成熟"，不是哪个人会说了算的。有的人就急于要让它定型，并且期盼出现大师——或以为自己就是大师级的人物了，这是很可笑的。一百年在人类历史的长河中不过是一个瞬间、一个小小的逗号、一个休止符，盛唐时代一百年中会出很多大师，但诗歌在此前走过了几百年的探求之路，出现的人物和盛唐时代比，那就显得稀稀拉拉。

毕竟在比较短的时间里集中阅读了大量的作品，有一些没有来得及消化的"心得"，便捡了一些可能诱发思考的问题写在这里。

语言和形式：并非多余的思考

这个问题的提出，首先还不是起因于编选中的感受，而是某一天突然降临的一种感叹：秋日的某个阴暗的中午，我无事随便打开了一本唐诗，读李白杜甫白居易李商隐，突然热泪滚滚，不能自已。我承认这有偶然的脆弱和特殊的心境在作怪，但又不能完全解释为偶然，因为以往也曾经有过理解和感动，但却从未有过这样的体验。我甚至有一种猝不及防的震骇，一种来自生命深处的恍惚感。事后料想这其中一定含有一种"衰老"的信息——它表明了我个人身心的一种虽不经意、但却很深刻的转变：我的精神或价值认同，发生了某种来自体内支配的、不以我以往的意志为转移的变化。它的表面看起来是一次审美趣味的调整，它背后隐藏的，则是个体生命及其经验方式的衰变。但是这样一个纯粹"个人的精神事件"，某种程度上不也暗含了普遍的经验吗？有多少曾经的激进青年，后来都变成了传统的认同者，从前曾对此感到不可思议，现在竟轮到了自己；另一方面这大约也包含了我们这个民族文化的某种规律——常常是从背离传统开始，再到重新认同传统做结。

不过事情还没严重到那个地步，我还没有"老化"到去写旧体诗、钻故纸堆。那更多的不过是一瞬间的情绪。但是这个感受却固执地留了下来：那一刻我真正体验到了唐诗中那伟大汉语的气韵——过去这只是一种"知识"，是书本和别人"告知"的，而这一次，则是自己的真真切切的体验——"君不见黄河之水天上来，奔流到海不复回；君不见高堂明镜悲白发，朝如青丝暮成雪"……这是多么壮丽的汉语，曾经的汉语啊，而今堕落到了何等地步。我体会到了汉语的败落，她那不可一世的辉煌，上天入地的寻寻觅觅，天籁般的奔流涌动，而今安在？只剩下了粗鄙、简单、一点点酸腐味道的小花样，貌似细腻的小点缀。而她的大美大雅的高贵却荡然无存。看着这些诗，而今这无边际的文本，犹如身临肮脏不堪、塑料袋随风飞扬的郊区垃圾场。

但是该打住了。谈到了语言就近乎谈到了"玄学"，这其中陷阱太多，问题太多，没办法进入到具体命题中，这样继续下去终究不是老实的思路，说说容易，可毕竟不能回到唐朝啊。

语言的问题提出来了，但这问题的起点应该在哪儿？在现今的写作实践中又该如何面对？所以还是要回到现实。几年前老诗人郑敏曾提出了整体反思现代汉语诗歌、反思新诗语言形式的观点，相信她是依据其几十年现代诗写作经验所做的思考，所郑重提出的根本性问题。但反思是一个方面，在眼下的语言实践中又应做何努力和选择，这恐怕是一个更难的问题。

显然，是语言方式的剧烈变动，带来了传统诗歌经验的瓦解，语言在现代推动了诗歌的新变，也使之陷入了困境，使之不能在稳定中将成熟的写作经验积淀下来，变成一套可供遵循的规则。而且问题还在于，现今的诗歌语言仍然处在迅速的变化中——随着网络平台的出现，语言正在迅速地"数字化"和"简化"，粗鄙化，一次性消费化，这是近些年来诗歌又出现了大的变异的一个最重要的背景，相信很多人在享受了这变异带来的"快感"的同时，也会产生惶惑：难道这就是诗歌的新状态和不可抗拒的新前景？

上述问题我自然也不能给出回答，这里也只能是把并不新鲜的问题再提出来。网络新媒体给"自发的、每日每时的"诗歌的"小生产者"们提供的这样一个无边的民间世界，正在最普遍有力地影响着我们时代的文化，影响人们的价值观和审美观。几年前有人在倡导"口语写作"的时候，大家还颇以为异端和出格，而现在连"口水"也已然如江河横溢沧海横流了。又有人说，网上的写作终究成不了主流，虚拟的世界，大家随便玩玩罢了。但殊不知正是这样的"心态"和"期待"的根本改变，带来了诗歌在总体上的持续和剧烈的变异。很显然，是网络世界使大家在一定程度上成了"隐身人"，写作的角色如今好像置身于"假面舞会"的狂欢之中，即便是"出具实名"，在心理上也有种"相忘于江湖"的洒脱，写作者几乎不用考虑"责任"以及"净化"等因素，完全可以率性张扬、任意发挥、甚至放肆涂抹。传统意义上的"言为心声"，如今已可能变成了潜意识的肆意倾倒，成了"欲望的排泄物"。而"发乎情，止乎礼仪"的说法，则完全不再具有约束力。这是催生当今的诗歌文本、注定其语言与形式特征的根本动力和原因所在。

显然，简单的否定也没有意义。站在"历史的高度"的忧虑和反思是一回事；真正坐下来谈诗歌现实又是一回事。既然语言没有一个相对稳定的状态，那么诗歌又应如何应对这一语言现实？在"破坏性"语言的写作模式中，"文化解构"的敏感含量与意义能够持续多久？口语和诗歌语言之间究竟有多大的距离？网络诗歌语言中的"泛黄色化"倾向应该如何看待？另外，在那些与此趣味比较远的"知识分子化"的写作中，其语言是否也有着缺少动力、缺少大气和表现力、敏感度等问题？

问题太多了，提出来也只能搁置。而且就语言问题本身来说也是两面的：眼下口语化的写作固然有破坏性，那此前新诗的主流语言形式就是可靠的吗？也不见得；有一些"破坏"或"解构型"诗人的语言在变"雅"，但创造力却也在明显衰退——有人就已对伊沙的近作《唐》提出了尖刻的批评。这都表明，在大的方向上，诗歌语言形式的整体变化趋势仍然不明朗。而且问题还表现在语言的日益飘浮与无力上，由于其文化解构的内涵的无法持久，原来的破坏性语言正在日益蜕变为能指的游戏，个人经验的杂耍，以"民间派"的主力诗人为例，都可以看出他们写作的语言活力的下滑。因为很明显，一旦他们的语言与公共记忆和某种当代文化的"集体创伤"相脱节，其语言当然会变得无趣、琐碎、封闭和干瘪。这种情况并不仅仅发生在"民间"写作者身上，在学院写作者和"70后"诗人那里也同样明显，只不过他们所表现出的是另一种苍白和琐屑罢了。

不过从局部来判断，似乎也有可以乐观的信息：民间性和网络化写作的不断发育，会逐步使其自身出现一种自我的约束机制，形成一定的规则和秩序。因为一旦形成了比较稳定的读者群，读者趣味的必然提高，终会反过来对写作者产生制约作用——这将是网络民间写作语言改观和质量提高在一个内在动力。比如自称"下半身"的一些曾经很"恶毒"和"生猛"的写作者，已开始变得不那么粗鄙和斗狠了。虽然有新近杀出的更令人瞠目的"垃圾派"新人，但似乎没有什么大的市场，影响也远不及前者。实际上仅仅是"排泄式"的写作，对于写作者自己来讲终究也是缺乏刺激性的，写上一阵就不那么热了。

值得一提的是，我看到了诗人食指在谈诗歌的传统和语言问题，这个饱经磨难的诗人谈这样的诗学问题，我以为特别有象征的意义。在与林莽的对话中，他着重谈到了民族语言的"美"与"奥妙"，谈到了与之相关的"心学"和"感觉式"的诗美构成，以及"中国诗的根不能断"的问题（见《诗刊》2003年6期下半月刊）等，虽然也属于老生常谈，但却格外有种沧桑感，有种"元命题"的启示和深意在其中。这里我引了他几句比较口语和比较"粗"的诗，这在它数十年的写作中是绝无仅有的，我的目的是通过他来看一看诗歌语言本身的张力，食指从来都是唯美的，但他偶尔也有"粗"那么一次的权利，只要是必要的，诗歌语言的可能性是无限的。这和他的庄严华美整饬和谐并不矛盾，而且，还有那么一点敏锐的时代感。

无边的"民间"世界

还是与网络有关系：这个虚拟的庞大世界开始主导诗歌写作并非始于今年，早在两三年前就已经初现端倪，只不过在今年看得已格外清楚而已。如今最大、最方便、也最自由地发表诗歌的平台恐怕是网络了，它似乎完整地再现出了古代中国曾有过的那个无边的"民间"和"江湖"世界。点击一个网址：www.yze.netsh.net，进入其"文学"网页，马上自动链接出的345个网站就可以一网打尽，其中大部分都与诗歌有关。这还不算许多更小些的"个人主页"与"虚拟社区"之类。有的网站原来还每年都出一两期纸刊，现在好像也不出了，有的纸刊还在出，但远不如其同名网站上信息量更大。网上时时增加的信息以及读者的参与，显出了其更为瞬息多变的优势，更有"激发性"和"互动感"的效应。所以，网络写作驱动甚至主导现今的诗歌写作的局面，恐怕是难以抗拒了。这个局面所带来的问题，前面已经说到，粗俗和粗鄙看来一时很难避免，但是趣味"高雅"的诗人同样可以介入网络诗歌写作——"知识分子"为什么不能像"民间"和"70后"那样有效地利用网络世界呢？这应该是个问题，不知是否与其"保守倾向"有关系？因为"知识分子"在价值观念上总是有其恒定的一些原则。但这并非一成不变，一方面趣味更"雅"的诗人会逐渐介入网络世界的写作，另一方面成熟的网络读者也会促使写作者的趣味不断有所提升，固然近乎"行为艺术"的"一次性消费"式的写作会一直存在下去，但有着认真地追求艺术的写作最终仍会占据主导地位，这是毫无疑问的。历史上的各种艺术形式，像《诗经》中的"风"，楚辞中的"歌"，汉乐府，后来成为唐代诗歌主导艺术形式的所谓"近体诗"，还有词和曲，最初不都是流传于民间，而后又被文人予以规范和改造的吗？

请注意，我这里说的"民间"和"知识分子"，与前两年诗歌界两派对立纷争的概念不是一回事，"民间"在这里指的是当今诗歌写作完全"体制外"和"非制度性"的自发趋向。在这个意义上，"知识分子"也是"民间"的一部分。诗歌生产已经不再由"体制内"的官方刊物所引导，而基本上已经完全成为自发的民间行为。以广东的黄礼孩为例，他主编的民刊《诗歌与人》在近两三年中就已经推出了差不多十来种大型的诗歌出版物，其《2002中国女性诗歌大扫描》和《2003年中国女诗人访谈录》，几乎是近年来中国女性诗界最具分量的文献了，包括其印装质量也几乎是一流的。同样，就我所看到的其他民刊比如王强主编的《大骚动》，中岛主编的《诗参考》，刘洁岷等主编的《新汉诗》，臧棣、西渡等主编的《发现》，江离、古荡等人主编的《野外》，瓦兰主编的《中国先锋诗选》等，也都是相当正规和精美的。其中后者虽然是以公开出版社的名义推出的，但其出版理念和运作方式无疑已完全民间化了。

　　民间写作方式与趣味，早已经开始左右甚至"覆盖"整个诗歌界的格局、趣味与流向。这一点已不是什么新动向。就我的视野所及，近两年的"主流诗歌报刊"的编辑趣味已经完成了"转型"，考虑市场和"生存"固然是不可忽视的因素，但同时审美倾向的变化也是客观事实。有着重视诗歌作品传统的《人民文学》《上海文学》《花城》等综合性文学刊物，本来就是面向青年诗界的，而《诗刊》《星星》《诗潮》《诗选刊》《扬子江诗刊》这样的专业诗歌报刊，纷纷把关注的焦点移向20世纪60年代以后出生的青年诗界，也已成了普遍的现象。就其发表的大部分作品看，它们和现在最主要的一些民刊中的作品几乎已没什么区别，在《诗刊》等专业性诗歌报刊中作为重点推出的诗人，基本上也是在民刊和一些诗歌网站上活跃的诗人，不少稿源其实就是从网页上筛选而来。也可以这么说，现在的诗歌新人要想"出名"并获得"真正的认可"，其首要的渠道恐怕已不是几家原来的权威诗刊，而首先是民刊和网络。在这上面叫得响了，很快也就会得到前者的青睐。

所以，在20世纪90年代所谓的"民间写作"与"体制内写作"的对立状况，前者居于边缘和被压抑、后者掌握话语权力的状况早已不复存在。非但这个对立已经不存在，连"非主流"写作中"民间"各群体之间的不同风格流向也已经不明显——去年我就引用徐江的说法，谈到了"合流"的问题。原来众多不同的民间诗歌阵营，现在边界已日益模糊，许多写作者在不同倾向的民刊上重复登载着相同的作品，特别是在"70后"的年轻一代中，虽然诗歌观念各有不同的传承——有的属于学院和"知识分子"谱系，有的则亲和"民间"的一脉，但他们之间却可以和平共处，很少有不相容的一面，就前两年看起来无法两立的"民间"与"知识分子"之间，也已懒得再起什么官司……这大约就是"民间化"或"江湖化"的另一面了，分化的失效重又导致了合流。这当然很难简单地说是好事还是坏事，整天盼着诗歌界起硝烟闹官司，固然是病态的"看客"心理，但"多元"与差异性的消失，也会使诗歌丧失内在的动力，潜藏了使诗歌重新陷入平面化与平庸局面的危机。

关于写作中的"中产阶级趣味"

　　一个相对宽松的时代，对一个诗人的写作信念实际上是一种更严峻的考验，绝大多数写作者很难经得起这样的考验。严峻和紧张的时代，容易造就英雄和高尚的写作；但在日常和平庸中，就会出现堕落和无聊的自恋。在今天基本上就是这样一个局面：一些从前表现出令人钦敬的才气和思想的诗人，现在已经显得江郎才尽；一些原本富有"解构主义"意义的写作，现在只剩下了无聊的插科打诨；一些貌似新鲜新锐的写作，实际上只是靠了一点点陌生化的伎俩做些装点。

　　但上述这些似乎还不是最致命的，最致命的问题在我看来，是今天写作中普遍存在的一个新的"中产阶级"乃至"资产阶级"的趣味——这才是我想特别指出的。顺便说明，我不是"新左派"，这个"资产阶级趣味"当然也不是一个"意识形态化"的命名，但其含义应是不言自明的。GDP的迅猛增长和日益加剧的贫富不均，正在造就着一个越来越接近于传统的"资产阶级"的阶层，他们当中不少就是过去的诗人或者诗歌的爱好者，靠着不凡的智慧和"冒险"的精神，许多昨天的流浪者今天成了商界的英模人物，开上了自己的汽车，买上了自己的豪宅，或者当上了传媒界、知识界与艺术界的成功人士，从而也就成了我们这个社会正在积极培育的"中产阶级"中的一员。我说这话，当然不是希望诗人永远过颠沛流离的生活，但是正应了那句"存在决定意识"的老话，这些人的趣味正在迅速地变得"资产阶级化"了。

这说法或许是武断的，不只概念本身有转喻的粗暴，而且即便是传统的资产阶级趣味，也并非一无是处。不过在今天它对于诗歌而言，所表现出的的确是一种消极、平庸、苍白和有害的东西。而且它越来越成为一种普遍性的价值尺度，成为多数的专业的和职业的批评家研究者共同的趣味与准则。其具体表现有以下几个特征：

首先是冷漠，一种假象的成熟和虚伪的超脱。某种意义上，冷漠是艺术的真正敌人，冷漠的假象是平静，超然，成熟，是温文尔雅和波澜不惊，而其实质则是空洞，飘浮，是拒绝和无所作为，是物质的富有带来的相应的精神贫困。他们或者她们，茫然地、假装自信自得、却掩饰不住其无力和无能地书写着支离破碎的"个人化"的细节，表达着浅薄的优越感，逃避对生存的尖锐触摸，对公共领域的思考与判断——我知道这样的批评方式和口吻，极容易被误读为旧式的意识形态化批评，但我无法回避使用"公共领域"和"现实"这样的词语。这种作品以其貌似的高雅和超脱，对读者构成了蔑视和欺骗，并在很大程度上左右着今天诗歌的艺术趣味，占据着所谓经典诗人和经典作品的优越权。显然，它的可怕就在于，它是容易以高雅和艺术的名义来蒙蔽和误导读者的，因而是最有害的。我这里无意批评某一个写作者个人或哪一个具体的写作群体，而是在说一种相当普遍的、已经渗透进现今写作者潜意识之中的倾向。毫无疑问，历史上"中产阶级"是艺术的最大拥护者、买主，甚至也参与创作，但如果是由这样一群以精神贵族自居的人的趣味主导了艺术，那这个时代的艺术也必将呈现出腐朽、苍白和浅薄的一面。我们要防止我们时代的诗人和写作者集体向着"中产阶级"的趣味滑行这样一个局面的发生。

其二是完全的畸形的"自恋式"写作的充斥。这个问题和前者也密切相连，中产阶级的生活和心态，使得这些写作者与真正的"现实"之间产生了空前的隔膜。他们几乎是生活在自大和自我的幻觉之中，个人经历、生活细节、狭小的社会关系、亲情与性爱经验、书斋中的个人事件……基本上是这样一些东西，构成了日益狭隘而贫乏的写作资源——这还不要紧，我们还可以说，生活无巨细，经验无大小，但问题是写作者是怎样来处理、在什么意义上和何种角度与"立场"上来处理这些"私人经验"的？这很重要。自恋的写作就是完全"自我中心主义"的幻觉的写作，这种自我中心不是人文主义意义上的个人价值本位，而是一种幼稚的自大，一种看起来优越、但实际又充满着自卑自怜和自艾自怨的自我崇拜。它源于写作意识的自我封闭，同时又导向对现实的无知，审美趣味的腐化和狭隘。它盲目地自信并拒绝与公共记忆、公共经验相沟通；它刻意放大和病态式地美化毫无意义的个人细节，对读者构成一种强迫和欺骗……这些在显在的特征上，显示的是一种无聊和可耻的中产阶级的优越感，在骨子里所暴露的，却是一种根深蒂固的软弱和自卑心理。

其三是无节制的所谓"叙事"——请注意，我说的是"无节制"，是那些无端地滥用和"玩"叙事的现象，这也和上述问题相关。因为情感的匮乏和冷漠，因为病态和畸形的自恋，导致了"叙私己之事"的泛滥。我不否认"叙事"理念在20世纪90年代的特殊语境中被引进当代诗学之后所起过的作用，也不否认它作为恒在诗歌要素固有的意义，但是叙述的什么"事"，谁的"事"，以什么趣味和情调叙事，却是具体的问题。诗人有没有权利把叙事变成其用以自恋和自慰的特权？看看当今的诗歌写作，包括那些已然成为某种典范的诗人，就不难发现所谓的"叙事"正在泛滥中堕落，成为眼下的写作者心灵干瘪、情感匮乏、精神能力短缺的说辞，成为诗歌粗制滥造批量产生的借口，成为一些假诗人维持写作和欺世盗名的保护伞和遮羞布……也许我是说重了，但如果让我来找现今诗歌的一个最明显的通病，那无疑就是这已经变得面目全非的"叙事"。它是造成现今诗歌写作个性逐渐消弭、互相模仿和千篇一律的病根之一，某些人正是利用了将"叙事"作为一个高雅的诗学概念的名义，包装起自己毫无意义的鸡零狗碎，来硬塞给读者的。

记得在20世纪90年代初，欧阳江河曾经提出过两个诗学概念——它们后来几乎成了90年代最成功和最著名的概念——一个是"中年写作"，一个"减速的诗学"，这曾是这个年代诗歌写作的标杆和把手，它们非常有效地解释了先锋诗歌写作从20世纪80年代到90年代的转折，给了这个年代的诗人以一个自我的心理定位，同时也可能促使诞生了一批相当成功的作品，但现在我们真的要警惕，它们完全有可能会蜕变为另外两个对应着的东西——"中产阶级写作"和"冷漠苍白的诗学"。这既不是站在所谓"民间"立场，也不是站在"知识分子"、"中间代"、"70后"的立场上，而是站在"诗歌的立场"上提出一个问题。因为上述倾向实在是太普遍了。即便是某些倡导反对知识分子趣味的"民间"诗人，其作品实际上也在另一个向度上显示了"中产阶级"甚至"资产阶级"的趣味，其空洞粗鄙和盲目充大实际也是一种中产阶级式的无聊做派，一种变相的自恋，因为很明显，某些江湖气、刻意的"动粗"、写作的行为化习气都是"装"出来的，掩饰不住内里的中产阶级式的自得自满与暴发户式的炫耀意味。

因此我们要向那些为信念而写作的人，那些真诚地写作的人，那些把生命实践与写作真诚统一起来的人，那些"自恋"而又更爱着别人、"自虐"而又不虐待别人的人，那些不只是为叙事而叙事的人，那些尽可能地把个人经验转化为公共经验——或者至少创造出某种沟通可能的人……致敬。当我读到诗人食指的新作的时候，我有这种由衷的喜悦，他也"叙事"，但那叙事和抒情，让我们依稀看见那丰沛的痛苦和欢乐、真实的疯狂和理性，看到一个人生命的足迹在诗行中真实地穿行。无论是"中年"还是"老年"的写作，都不能成为空洞、冷漠和苍白的借口。

值得赞美的还有寒烟那样的写作，在她的《头顶的铁砧在唱》《曼德尔施塔姆》《亲爱的石头》中，我们也会看到令人感动的写作。她也有对"知识分子"趣味的偏好，但她笔下的曼德尔施塔姆却是令人激动和狂想的，令人感动和震撼的："……当真理在黑暗中分泌毒液/我的人民，让我去试刽子手的刀/我已听到黄金的韵律/世纪的幼芽在宇宙的胎盘里/惊醒"——

石头——冲向雕像

"这可怕的加速度"

别想把我从中剥开

"这可怜的元素"

多少世代后人们将把我谈起……

这只是从她新近出版的诗集《截面与回声》中随意引出的一个段落，相信她不只是震撼了我一个读者。我把这样的写作看成是有某种"本质性"的写作，因为其中蕴涵了诗人对生命的体悟，它不是刻意"减速"或"加速"的写作，其节奏和速率是和自己的生命密切相连的，是"春蚕吐丝"和"蜡炬成灰"一样写作；她也有"叙事"，但却更包含了充实的生命感验在其中，它是消化和体味着的人生，也是诞生于其中的文本实践。这才是我们应该推崇的。

标准，极限，残缺的编选

在今天谈"诗歌的标准"这样一个问题，不免有些奢侈和不自量力。有人在谈到"标准"二字的时候相当专制，以自己的标准为标准，显然这是将标准狭隘化了。但是不以个人的标准为标准，那么公共的标准在哪里，由谁制定？有没有一个先验的、抽象的、永恒的标准？显然这个东西是不存在的。所谓的标准都是相对的，不断变动的，是个人与公共尺度之间的一种妥协，一种推测。既然承认诗歌是多元的、艺术是多元的，那么评价的唯一标准，就成了作品中的思想、情感与艺术的含量。有人用"技艺"二字来表述过，大致是正确的，但很多诗人的"技艺"提高了，日益精到，炉火纯青，其诗歌却再也没有过去那样叫人感动，这又是什么原因呢？先前他可能还不具备像今天这样纯熟的技艺，但却写下了感人的诗篇，可见光是技艺还不能解决问题，还要靠思想和情感的含量。如果技艺不是和思想与情感同在，那么就会完全蜕变为"技术"。而技术不能成为诗歌的标准，有的人自以为已经有很高的技术，但写作却越来越一文不值，这就是表明，作为一个诗人，他已经衰退甚至死亡了。匠人是没有出息的，单纯追求技术，技术本身也会退化。

再说"编选的标准"，如今每年会出现接近十个"年度选本"，人们自然会对标准问题提出疑问。既然不存在抽象和先验的标准，那么抽象意义上的"公正"地编选大约也是不存在的，正确和公正，只能是一个相对的目标。而且限于个人的视野、范围、眼光，以及种种的偶然因素，还有同习惯、定见以及权威的妥协等，这种选择的准确性和覆盖面就大可怀疑。但在这一前提下，我还是要思考标准的问题，谈谈编选的"立场"。首先我离不开个人的趣味，但又不能仅仅限于个人的趣味，我必须尽量按照一个多元的原则来选择作品，它们之间甚至是完全不同的倾向，完全对立的趣味，它可能是"知识分子写作"、"民间写作"，可能是"中间代"或者"第三条道路"，是"女性主义"的、"70后"的甚至是声称"下半身"的写作者。我唯一依循的一个标准，就是它们作品中的思想与技艺的含量。

但这也还存在一个问题——这也是我在此前想说而没有来得及说的一个问题：就是"好诗"、"纯粹艺术的诗"和"代表性的诗"之间的联系和区别。一般来说，我们是要选好诗，选有代表性的诗。但这两者之间会发生矛盾。因为有时候"有代表性的诗"按照通常的标准看未必是"纯艺术的"和"好的"诗，而好的诗也未必就有"代表性"。所以我主张要选那些最有代表性的作品，那些"极限式写作"的诗，而不一定是四平八稳的一般意义上的"好诗"，因为"有代表性的诗"与"好诗"相比，其标准相对是容易掌握的，这与古典时代不同，在现代，一般来说有代表性的诗，也可能就是"最有价值的诗"。我倾向于这样一个选本：它能够最大限度地体现诗歌写作中所发生的变化，能够体现现时代诗歌写作的最大张力空间，因为某种程度上指望一个年度选本会留下千古绝唱，不如指望其能够反映这个年代的写作痕迹和概貌来得更现实和可靠。

可这样一个愿望却也难以实现，因为事实上那些有代表性的作品，每每由于其在思想或文本上的"极限性"而无法见容于我们时代的趣味和所谓标准。每一次编选都有这种"不得不放弃"的体验，将那些本来最具震撼意义的代表性的作品予以删除，而它们可能是最能够代表这个时代诗人对历史的思考的，对现实的批判的，最具有大胆和异端的思想或技艺追求的。这就使编选不可避免地成为"残缺的编选"。因为筛选的过程不仅是"去粗取精"，更是一个从俗和妥协的过程——不得不屈从于公共审美经验的专制，它看起来是健康、高雅、向上、和谐，却又总是绕过真实和深刻。因此我只能向某些诗人致敬和致歉：他们的诗因为表达方式或书写对象方面存在的"问题"而不能入选，或已被选入的诗人也未必选入了他们最有代表性的作品，而只能留下了那些看起来最"雅"和最规矩的作品。

2003年冬大雪，于济南

2004年诗歌的几个关键词

镜中永远是此刻

此刻通向重生之门

那门开向大海

时间的玫瑰

——北岛：《时间的玫瑰》

或许是离世纪之交的热闹越来越远了的缘故吧，2004年的诗歌界有些异乎寻常的平静，似乎又回到了久违的"日常"情境。对于多年来习惯了事件和热闹的人们来说，这反而显得有些"不正常"了，缺少了话题、看点，还有那种"可资叙述"的引人注目的刺激性变故，作为一个"诗歌年度"，它似乎也缺少了色彩和引人谈论的动力。

但也许"历史感"就应该产生在这样的时刻，北岛的《时间的玫瑰》在这一年似乎引起了一阵悠远的感伤和叹息，时间是如此无情，也是如此坚硬和傲慢，和人世间的情与事相比，它永远是不容争辩地维续着它的威严。一向冷硬的北岛，现在似乎也不得不表现出一种柔软的伤怀。不知道冥冥中这与整体的诗界氛围间，是否有一种节奏的暗合，或是历史的戏剧性的默契？

安静成了这一年的主调。几年来事件频频、热闹不断的诗歌

"现场"，当然也催生着人们置身其间的震惊与思索，令人真切地感受到诗歌写作方式、美感、价值与伦理的迅速而深刻的变动，但毕竟因为时间的过于切近，而很难给出一个清晰的判断。而现在，这样一个过程正接近于完成，我们似乎可以做出这样一个基本判断：即，当代诗歌的一个重要的历史变动期已经接近于尾声——或者更通俗地说，从1999年的"盘峰论争"到现在，该突破的已经突破，该分化的已经分化，该转型的也已经差不多完成了转型。一句话，"地震"已经结束，"余震"也正在渐渐趋于轻微和接近消失，诗歌界又重新开始面临一个整合、互融、消化和提升的日常状态。

这当然也可能是一个失败的判断。但不管怎样，诗歌所面临的已经不仅仅是必要的分化，而是分化之后又怎么办的问题。编完2004年的诗歌卷，我朦胧间得出了这样的结论。也许是与个人趣味的不断的微小变化有关系，任何"结论"都可能带上主观性，但个人能够做的，大约也只有这样的工作了。这里，我想用几个词语来概括地描述一下本年度诗歌的状况。

"中间代"或者"第三条道路"？把这两个渐渐成了气候的词语或概念放在一起，倒不是强调它们之间的交叉和兼容的一面，而是可以在某种程度上显示出诗歌界格局的变化与整合的趋势。"中间带"和"第三条道路"的说法不是今年才提出来的[①]，但似

---

① 据安琪的说法，"中间代"一词是由她本人在2001年7月写作的一篇文章《中间代，是时候了》中提出来的。见《中间代诗全集·序言》，海峡文艺出版社2004年版；"第三条道路"一词则出自1999年12月由谯达摩、莫非、树才等人编选的《九人诗选》，见谯达摩：《第三条道路：一种思想技术》，载谯达摩、海啸主编：《第三条道路》，九州出版社2004年版。

乎在今年才变得硬朗起来，我看到了由安琪、远村、黄礼孩等人策划、由海峡文艺出版社出版的两卷本的《中间代诗全集》。单就其"厚重"的程度而言，恐怕要超过早在1990年代由万夏和潇潇编辑的《后朦胧诗全集》。稍有点不同意味的是，它不是采用了十年前的"后朦胧"一代那种金光闪闪的黄铜色，而是有些暗淡的银灰色——这可能纯属巧合，但不知编者是否也有意识地要做一点"青铜"或者"白银"之类的断代比附？抑或表达了对"中间"这一命名的迟到的一点小小的愤懑与不平？

　　《中间代诗全集》收录了82位出生于1960年代的诗人的作品。这里面当然不可能完全排除个人偏见的因素，但基本上可以说，包罗了这个年龄段的"成名的诗人"——"成名的诗人"自然不能等同于"最好的诗人"，其中误判和遗漏肯定是有的。这个问题我们暂且不管，更需要讨论的是，这样的一个体例表明，它是一个"集合概念"，体现的是编者的一个文学史或者诗歌史的意识与责任，或者也暗含了一个"未被命名的焦虑"。因为很显然，前有"第三代"或者"新生代"诗人的成功集合（其中有许多代表性人物实际上也是1960年代出生的，如西川是生于1963年，韩东和陈东东是生于1961年，张枣是生于1962年，而海子是生于1964年……），后又有在近些年异军突起的"70后诗人"的逼挤，这样，中间那些稍晚于"第三代"之后成名、又很少被集体性地写进文学史的一群，就真的面临着被忽视甚至被遗忘的危险。所以，给出一个集合性的命名就不但显得必要，而且紧迫了。不过它同时也就注定了这一概念的局限，它的诗学含义正因此而显得晦暗不明。人们不禁会问："中间代"的共同的诗学主张和特征是什么？把伊沙和臧棣放在一起，徐江和西渡放在一起，他们自己会互相认同吗？如果只是年龄相近而不是有着共同的诗学理想、相似或相近的艺术见解，那么把他们放在一起又有什么意义呢？

"第三条道路"与"中间代"不同，它可能更多地具有诗学的意图，因为它是针对着"民间"与"知识分子"的二元格局而提出来的。在前几年的时间里，这几乎是一个受到忽视、白眼和嘲笑的说法，因为人们对它的提出依据和动机都感到可疑。然而随着时间的推移，它的诗学内涵开始逐渐得到比较清晰和有力的阐释与认可了。关于它的各种说法，有人做了一个回顾和解说，大致的观点有这样几种：在莫非看来，"第三条道路"就"是另类，是另类的另类，甚至是自身的另类，是单独者，是单数的复数。"①在树才看来，"第三条道路是另一些道路，是复数，因为我坚信诗歌的丰富多样正是基于每一位诗人观念与文本上的差异。所谓多元，即差异，即独立，即无领袖欲，即尊重对手，即'不结盟'"。②在谯达摩看来，"'第三条道路'的'三'，是'三生万物'的'三'，'第三条道路'是一条绝对敞开的道路，因此是一条无限延伸的道路。"③这些说法无疑都是很有意思的，至少"他们都强调了诗人个体的位置和基本的责任感，超越了'知识分子写作'和'民间写作'争论者所陷入的那种二元对立的思维局限。"④不过这样的说法与其说是对自我的立场的阐述，还不如

---

① 莫非：《反对秘密行会及其它》，见《九人诗选（1999年卷）》，中国文联出版社1999年版。

② 树才：《第三条道路》，见《九人诗选（1999年卷）》。

③ 谯达摩：《我的诗学：1999年冬天的思想》，见《九人诗选（1999年卷）》。

④ 李祖德：《论第三条道路》，见《第三条道路》，九州出版社2004年版。

说是对本来的状态的解释，它本身似很难构成单独的诗学意义，更无法像他们所希求的那样会成为"21世纪中国的第一个诗歌流派"。所以依然是一个问号和悬疑。

总结与怀旧。不知道这是否是出于幻觉和偶然？当我读到北岛的《时间的玫瑰》时，我突然有了这种感觉。"我回来了——归程/总是比迷途长/长于一生……"（《黑色地图》）这沧桑感受使人无法不去追忆那倏忽之间已消逝的二十余年的时光。因为几个多年漂泊异乡或者隐身江湖的诗人的出现，一个年份几乎倾斜于一种颓伤与忆旧的修辞。北岛、多多，还有多年来很少在诗歌界露面的芒克、梁小斌，已沉闷了有些年岁的李亚伟、周伦佑等"第三代"诗人，我在《中国诗人》《撒娇》《星星》还有于2003年底问世的《明天》等刊物上，陆续读到了他们的一些作品，以及对他们的一些近期行踪的介绍。怀旧的当然也还有读者，作为诗人已封笔多年的舒婷，也被重新评为"最受欢迎的十位女诗人"之一，出现在由黄礼孩策划出版的民刊《诗歌与人》中。

我不知道这是否就是标志了，实际上各个时代都有自己的怀旧情绪与方式，但对过去的回忆已然有了沧桑的戏剧性的超然和反讽感，则是比较不寻常的。比如北岛在被问及当年对朦胧诗的批判时，竟然是这样说的，那场"争论的真正意义是拖延了诗歌边缘化的时间"。他倒没有感叹和记恨当年那些误读者的愚昧和受批判的委屈，而是怀恋起那种因祸得福的热闹来了，便是"边缘的自由"也未见得胜过"中心的不自由"，个中的悲凉和沧桑感真是非一般人所能够感知。因为他如今的背景已然和纯粹生活在国内语境中的人们完全不一样，他说话的依据还有在异国的情形。他还说："诗歌总体上是在走下坡路，这是世界性的问题。"（马铃薯兄弟：《访问北岛》，见《中国诗人》2004年3期）当然有可能是世界性的问题，但在我看来，也许首先是说话人的"心境"的问题。我不知道这样一个感觉是否准确，当一代人都已经到了渐渐开始步入生命的秋天，到了五十岁向六十岁迈进的时候，再新鲜和激越的经验，在诗歌里和心灵中都会渐渐变得苍老和悲凉起来。从这个意义上说，多多的诗句是感人的："十一月的麦地里我读着我父亲……/读到一张张被时间带走的脸/我读到我父亲的历史在地下静静腐烂/我父亲身上的蝗虫，正独自存在下去"。（《我读着》）这是面目全非的、已渐渐靠不住、抓不牢的历史，追问本身甚至已变得恍惚起来。

还有各个阵营或者旗号下的写作者们。我想说，时间因素在2004年的诗歌修辞中或许扮演了一个潜在而又最为重要的角色："70后"的年轻人呈现了一个不易让人觉察的集体性疲软，而过去的几年中曾多少有些沉闷的"第三代"们，却好像不约而同地发力，在找回他们过去的风光，所以细心的读者不难会发现在今年的选本中他们的比例的增加。另外，回顾或总结性的事件也有集体性的发生，除了前面提到的《中间代诗全集》《第三条道路》《诗歌与人——最受读者欢迎的10位女诗人》外，《诗参考》以"十五年金库"的名义推出了严力、伊沙、徐江等十人的十部诗集；臧棣、黄粲然、孙文波、肖开愚、张曙光五人也推出了他们的《诗合集》；由谭克修主编的《明天》更是重新集合起"今天""非非""他们""民间"以及"（知识分子）立场"等各个阵营的诗人们来了一个集体展示。特别是在主流的诗歌出版物《中国诗人》《星星》《诗选刊》还有《上海文学》中，都不约而同地推出了整理和展示当代民间诗歌出版物的专栏。

人们仿佛一起陷入了一个遥远而幸福的回忆之中。

*尖锐、诙谐与痛。*这样的作品一定不在寻常人们的视野里，它既不符合唯美，也不符合"个人写作"的独异性，甚至也不能算是很"民间"，所以考虑到种种因素没有将它收入。不过读它却使我有着灵魂的战栗感——"颧骨日渐高耸的上海/营养不良、消化不良的上海/掀起裙角的荡妇/正在勾引被物质兑换的人们/淋病、梅毒甚至艾滋/瞧，多么时尚多么现代的词/像魔咒一样如影随形/坐上告诉悬浮的列车/前进，前进，进……"（丁成：《上海，上海》）不禁让人想起前现代的情景，和波德莱尔式的阴暗而尖锐的修辞方式。照一般的判断标准，它实在不是很规矩和"健康"的，但在我看来它却是今天罕见的具有感受能力的作品——太多的作品看上去似乎是有感受力的、细腻的，但却是没有疼痛感的"个人自我的隔靴搔痒"。如今精神的自恋症正在难以抗拒地蔓延，记得去年我曾经提出要反对诗歌的"中产阶级趣味"，而今我依然持这一观点，诗歌如今最大的敌人不是别的，就是写作者自己的中产阶级式的趣味，自恋、傲慢、平庸、冷漠、不负责任的发泄与虚假无聊的优雅，其原因概在于个人中心与自我的放大。出于这一点，我们要旗帜鲜明地反对那些"个人化的细节"与对个人化经验的迷狂，这不是哪一个阵营或派系的单独的问题，而是共同的问题，这种情形甚至在更年轻的"70

后"一代身上，也开始明显起来，真是可怕。

让人感动的还有一个叫作徐慢的诗人，我无法将他的《人民》那样的作品收入，但却记下了读那样的作品所经历的震撼，它让人想起将近三十年前的另一首同题的诗歌，发表在《今天》上的方含的一首《人民》，他们大概是在共同地为了一个词语而哭泣的，因为这是一个经常被抽空了含义的抽象的词，一个暧昧和包含了命运的词——"……真的，我仅是人民，同志，一个弱小的劳动者／在黄昏脱下破损的工装，我渴望一场暴风雨／洗去这令人悲伤的夜晚，洗去这蝙蝠狂舞的时辰／我是人民，命运无常的人民／一次挫折就让我丧失一生的自我"。"苍天啊！我的表情也就是你的表情／辽阔的土地，我的荒唐也就是你的荒唐／我仅是一个悲天悯人彷徨不息的人民／我不是董事，股东，经理，科长和老鸨／他们敛财的速度超过了音速，他们出售的肉体／分娩了病毒，苍蝇和蛆虫／我仅是一个深知羞耻的人民……"我不知道我们的时代还有多少感知着苦难、羞耻和不公的挽歌，还有多少把自己当作"人民"甚至是"人民的零头"的写作者，我只是要用它，一首我无法收进来的芜杂的诗篇，来反衬诗歌的耻辱。

还有诙谐。这曾是我们时代诗歌的光荣之一，它带着恶作剧的味道来到台前，赋予了诗歌以前所未有的弹性，但现在，诙谐正日益变得虚假和不道德，变成了性话语的泛滥，"泛黄色化"的堕落的语言暴力。幸好还有一首在网上流布很广的叫作《李书记，你在哪里》的戏仿之作，虽然亦未能收入，但我以为还是值得一提，它几乎是以词语"对位置换"的方式，模拟了一首几乎家喻户晓的《周总理，你在哪里》，将发生于某地的一位死于高尔夫球场、却被定性为"因公殉职"的官员的荒唐事件，做了淋漓尽致地渲染。从中不难看出作者对时代和原作的双重的反讽意味。平心说，这不能算是多么显示才华的作品，但却是有"客观及物性的作品"，它所产生的意义，应该远远超出了该作者所能够提供的程度。

"关键词"当然还不只限于上述这些，但有些是在往年的编选序言中提到的，比如网络传媒时代诗歌伦理的下滑问题，写作的自由与秩序的问题，语言的粗鄙化问题等，因为是老问题，就不谈了。

2004年12月5日于济南

那狂欢的烟尘与伦理的震颤

——《21世纪文学大系·2005诗歌》序

> ……白痴兄弟你最近
>
> 写的垃圾诗好极了，嗯，全世界都是白痴
>
> ……谁的回忆录？白痴回忆录？
>
> 你将自己的过去、现在、未来卖给了谁？
>
> ——张玉明：《白痴兄弟回忆录》

在深秋而渐入初冬的北京郊外，我开始编选这本"新世纪"第五年的诗歌年选。窗外是一片萧索，清河一带茂密的柳林，正哗哗地撒落着枯黄的叶子。树间是斑驳的阳光，旁边马路上则轰鸣着开往"奥运村"建设工地的巨型车辆，空中是它们裹卷起的蔽日的尘土。可见这是个寥落而又火爆、冷寂而又热闹的冬天。此刻的我在屋内，也在翻腾着另外的一个工地——一大堆的书刊和资料，挥动着武断而犹豫的剪刀，在误解、偏执、犹疑和欣喜中编造着这个莫须有的东西，做着一个不是修辞、又特别像是一个修辞的活计。

我心中也似乎有蔽日的尘埃。

显然，又要按惯例来用一篇文字杜撰和形容这个年份诗歌写作的情形了。这确是一件比较痛苦的事，一切都与具体而细微的心态有关，出现一个什么样的说法似乎充满了偶然，因为这样说

和那样说，不过是一念之间的事——"究竟发生了什么"？在这个烟尘般渐渐消逝的时空里，一切是这样的真实而又虚幻。去年此时还虚张地预料着持续几年的突变已进入了尾声，诗歌界平静的常态将会到来，可仅仅在一年之后，一切又重新热闹起来。两相比较恍若梦境。因了这种恍惚与疑惑，要在一片记忆和感受的烟尘中做出一个清晰地叙述，完成一个看似有理和接近真实的修辞，真的是一件诚惶诚恐没有把握的事。

渐愈沉落而犹闹的狂欢

似乎注定很难远离热闹，在市场与权力相胶合的时代，诗歌继续扮演着奇怪的角色。令人瞠目的现状之一，是由各地政府参与举办的名目繁多的"诗歌节"，在过去的一年里至少有十个以上。这几乎是过去从未有过的情况。这些活动要么冠以"中华""全国"，要么干脆就叫"国际"和"世界"，以往不得不靠自己掏钱交游四方的穷困诗人们，现在却有了在"世界诗人大会"（2005年10月，山东泰安市）上大欢聚、大串联的合法机会，开支则一律由政府埋单。据说一些著名的诗人和评论家一年当中有相当长的一段时间，是以"赶场"的形式连续出现在此类大大小小的会议上的。除此之外，一些高校、作协、科研机构或者学术团体也由民间或官方资助，得以举办各种形式的诗歌节、研讨会和朗诵会。谁说诗歌是"被边缘化"了，将要没落、消亡？这样的预言如今真是显得可疑。

经济力量对诗歌的影响仍然是最大的：在过去几年这种影响被描述为负面的，而现在经济实力、特别是民间经济力量的日益强大，变成了诗歌更加自由和宽广的土壤——两年前我还说诗歌与GDP的增长没有什么关系，而现在这种关系就已经显露出来了。当然是否促动着诗歌艺术质量的提高，则是另一回事。以广东为例，这块当今中国最富有自由经济色彩的、GDP超过万亿且在最近十几年里一直处于各省市首位的版图，现今已然成为中国的新的"诗歌大省"，并且"开始面向全国发出一种历史上未曾有过的强势话语，迅速地崛起于当代中国诗坛，并产生了巨大影响"。这种舆论实际已不止一次地出现，"2003年9月，诗歌评论家朱子奇写了长篇评论《广东：一个诗歌大省的新的崛起》……引起国内诗歌界的巨大反响"。①在这块"热土"上不但聚集着最多的打工者，而且汇聚了中国当今数量最多的青年诗人，有着当今最堪称豪华的民间诗歌刊物与各种正式和非正式的诗歌印刷品。毫无疑问，民间经济能力的持续增长是这些诗歌出版活动的最大的动力来源。笔者今年来所收到的将近一半的赠刊与赠书，应该是来自这里。其中由黄礼孩一人策划出品的大型诗歌资料就有数种，这些资料无论是其信息量、作品质量，还是其印刷质量与装帧的豪华程度，都远远超出了想象，超过了正宗出版机构的运作水平。

新的民刊还在继续涌现：以本人的视野，今年既看到了一些原来所未曾见到的民间刊物——如福建的《大型诗丛·新死亡诗歌》，其容量、印装的气派均令人咋舌，这同样也是来自东南经

① 向卫国：《广东诗歌十年考察——并倡导构建"南方诗学"》，《中西诗歌·广东诗人诗歌专号》，总第9、10期合刊，2005年11月。

济发达地区；还有近一两年内问世的《明天》（湖南）、《今朝》（广东）、《新诗代》（北京）、《活塞》（上海）、《大风》（四川）、《诗歌杂志》（贵阳）、《大十字》（贵州）、《赶路诗刊》（广东）、《九龙诗刊》（浙江）、《独立·零点》（贵州）；更有今年创刊的《新诗刊》（北京）、《低诗歌运动》（广东）、《长线诗歌》（福建）、《玩》（江苏）、《原生态》（山西）、《潜行者》（北京）等；这些如果再加上老牌名刊《东北亚》（黑龙江）、《阵地》（河南）、《剃须刀》（黑龙江）、《非非》（四川）、《存在》（四川）、《人行道》（四川）、《自行车》（广西）、《诗歌与人》（广东）、《诗歌》（山东）、《太阳》（吉林）、《极光》（山东）、《女子诗报》（四川、广东）、《诗参考》（北京）、《丑石诗报》（福建）、《漆》（广西）……就更加壮观。而且这还只是一个很不完全的统计，仅本年度笔者所收到的赠阅的民刊资料和个人诗集、诗歌合集，就达一百余种之多。其中有的已是定期出版物，一年达到了四期，比如《新诗刊》《今朝》《剃须刀》《大风》等，许多的民刊都是以高档的轻型纸印行的，而如《低诗歌运动》者甚至完全使用了高档铜版纸，其印刷费用应该是一个相当惊人的数字。

但这一切与381家诗歌网站和论坛①比起来，又都显得有些不足挂齿了，自从1991年留学海外的王笑飞创办第一个海外中文诗歌通讯网（chp0em—1listerv.acsu.buffalo.edu）、1995年3月由诗阳、鲁鸣创办中文诗刊《橄榄树》（http://www.rpi.edu/~cheny6/）以来②，

---

① 据张德明：《网络诗歌研究》附录部分，P168—183，中国文史出版社2005年9月版。
② 《网络诗歌研究》，P1—2。

诗歌网站的数量何止是几何级数地增长。眼下大多数纸刊上的诗歌是首先在网络媒体上发表出来，然后才作为印刷品流通的，在网上还活跃着数以万计的写手，他们可能根本就没有任何名利企图，而只是兴之所至、随意涂抹的过客而已，但这些都构成了今天史无前例的众多写作者的行列。没有哪一个时代的诗歌写作者能够比现在更众多、更自由，1958年的新民歌运动也没有如今这样多，更没有这样自由自在地写作和涂鸦。

所有这些是否可以说构成了一个"狂欢"的景观？在过去的几年中如果说有类似的气氛的话，那是世纪之交的特殊氛围所带来的兴奋感：诗歌界接连出现了"断裂""分化"，出现了逼近20世纪末时的"盘峰论争"，以及稍后在新世纪的"民间派"的"内讧"，还有"70后"集体的"政变"，不甘被历史遗忘的"中间代"的自我命名……这些久违了的"群众性诗歌运动"景观，某种程度上都是由"新世纪"和"新千年"这样一种时间叙事所带来的"节日气氛"的产物。或者也可以说，至少从外部表征上看，当代中国的诗歌在沉寂多年之后终于出现了一个热闹的年代，一个新的局面取代了1990年代浓重的悲情与沉寂的氛围。

但真正称得上"狂欢"的，还应该是从文化内蕴上地考察。俄国的文化理论家巴赫金在他的《弗朗索瓦·拉伯雷的创作与中世纪和文艺复兴时代的民间文化》一文中，曾经细致和形象地谈到了拉伯雷创作与其美学意义中所包含的"狂欢节"意蕴：这种"与官方节日相对立"的狂欢节，"仿佛是庆祝暂时摆脱占统治地位的真理和现有的制度，庆祝暂时取消一切等级关系、特权、规范和禁令。这是真正的时间节日……同一切永恒化、一切完成和终结相敌对……"①很显然，这恰好可以用来解释我们世纪之交以来的中国诗歌中所出现的新格局。比如巴赫金所解释的"狂欢节"和文学情境中的"狂欢节化"的特点，可以归纳为这样一些：一是"取消一切等级关系"，"贬低"权威，用"辱骂和殴打把国王拉下马"；二是"世俗化和肉体化"，给身体的欲望和身体语言以合法性的"怪诞现实主义"风格；三是以谐谑的方式对待一切，沉浸在"不许任何旧事物永垂不朽、不断生育着新事物的'快活的时间'里"；四是"化装、废黜"、"滑稽改编"、"打诨式的加冕"，用戏剧性和喜剧性的仪式来模拟和瓦解旧秩序。②对于世纪之交的诗歌界而言，这样一些景观统统出现了。诗歌界不但集体拆除了一个旧的"主流诗坛"的虚拟的权力地位，而且还进而颠覆了一个由他们自己虚构的"知识分子诗歌"的权威地位——先是虚构这个权威，然后是群起攻击和拆解这个权威，某种意义上可以说，不但颠覆了写作的政治制度，还拆除了一个虚拟的"知识的等级制度"；之后就是伴随着论争、攻讦和"漫骂"的一代新人的登台亮相，"身体语言"大行其道，世俗化的内容无限制地进入诗歌，写作的难度与伦理同时出现了下调，诗歌的美学日趋粗鄙化、喜剧化、戏谑化；还有就是"网络隐身"和"假面"的写作身份的普遍化，网络写作与交流方式的普及化。这也是写作者获得"狂欢身份"与"狂欢心态"的根本原因。

很显然，这个时代的热闹也许还方兴未艾。也许和所接纳的

---

① 见巴赫金：《巴赫金文论选》，P105，中国社会科学出版社1996年版。

② 《巴赫金文论选》P105—181。

信息量有关，我感到即将过去的一年与2003年和2004年相比，明显地出现了"回流"的局面。不过这种热闹局面与世纪之交的节日氛围的关系应该是越来越淡了，而与网络文化这种完全不同于以往书写方式的平台的关系，则应该越来越密切的关系。但归根结底这只是诗歌艺术与大众文化相接壤的边缘地带的景观，它对诗歌的影响是深远的，但在短期内和文本实践的意义上，对诗歌生产的质量并不具有决定性的意义——尽管它对生产的数量和生产方式的改变而言，有不可抗拒的推动力。

伦理的震颤

> 在这个世界上，谁也离不开煤
> 但有多少人会为一块煤哭泣？
> ……让我们祈祷，祈祷这51块煤
> 不要这么快就燃完自己
> 祈祷这51盏矿灯，像天上的星星
> 没有风能将他们吹熄

这是郁金的《为一块煤哭泣》中的句子，是为河北省承德的暖水河煤矿矿难而作的。它感动了我，我相信也会感动很多人。我得说，这样的诗歌越来越多起来了，这是好事。因为它对劳动者的真切情感，不是意识形态趣味和中产阶级趣味的写作所能够包裹的，当然，那些自诩"民间"的，以亵渎、破坏和颠覆为目的的其他趣味的写作也不能包裹它们。因为它显示了一种真正久违了的写作伦理的必然浮出和凸现。

这表明，"狂欢年代"里的写作对秩序与道德的颠覆，绝不仅仅意味着写作伦理的消失与沦丧。在本质上，一种伦理格局的解体与另一种伦理格局的建立是同时出现的。我们在诗歌秩序的大变动中，在其急剧的世俗化与肉体化的趋势与氛围里，仍然可以感受到诗人对时代良心的担承，对底层生存者命运的悲悯，对社会黑暗与不公的谴责。这些当然不是诗歌作为"艺术"之品质的完全保证，但却是诗歌作为精神现象与文化产品的应有之义。在去年的序言里，我曾经提到了"尖锐、诙谐与痛"的一类写作现象，而在新的一年这种现象则是有增无减。

有一个名叫柳冬妩的人编选了一本《中国打工诗选》，引起了外界的关注。为此《文艺争鸣》杂志特辟了专栏探讨这一现象，称之为"在生存中写作"，"因为这种写作更加逼近生存现场"，代表了"真正的'中国化的人生'"，与被媒介炒得沸沸扬扬的"80后诗歌""中产阶级趣味"的写作相比，它奉献了诗歌写作者作为"'第一生存'体验对于'写作'所呈现的最直接的意义"，"并体现了这种人生状况中人的那点子真正的基本精神"。①毫无疑问，"打工诗歌"以其特殊的作者群落的角色，以其特定的边缘化生存的挣扎体验，其充满着艰辛与不公的文

---

① 张未民：《关于"在生存中写作"》，《文艺争鸣》2005年3期。

化际遇，会引起人们的心灵震颤与道德反思，会激发我们对这个社会的道义秩序与伦理合法性的质疑与渴望。它表明，写作不但不是少数人的优越生活的标签和特殊的等级权利，更是属于底层劳动者的精神本能，是他们用来向社会讨还公正和思想尊严的基本权利。有人当然会轻浮地说，我要的是诗歌，高质量的诗歌，而不是关于"什么什么的"诗歌，或者"什么人写的诗歌"，是的，对于诗歌艺术来讲，最终只有好诗、坏诗和平庸之诗的区别，但此刻对于我们来讲，还有一个必须面对的诗歌的权利、责任和内容的问题。只要一个人关心中国当下的现实，只要还有基本的道德良知，这些诗歌就会引发他灵魂深处的触动与震撼。

这还与写作者的心态有着密切的关联：在过去，我们也曾经强调过这样的伦理——写劳动者的生活，或是模拟劳动者的角色去写作，但那样的写作和今天这些写作者相比是如此不同，无论是站在启蒙者的立场上对农人的怜悯和批评，还是站在"自我改造者"立场上对劳动者的歌赞与奉承，都不能真正接近和亲和这些底层生存者的境遇与内心世界。而"打工诗人"无疑用自己的血泪与屈辱的生活体验，写出了他们真实的处境；而这些在思想和感情上亲近着底层劳动者的写作者们，则用了几近平视的眼光，写出了对劳动者生命的怜恤和尊严的捍卫——很明显，同样或近似的生存考验将他们的命运连在了一起，某种意义上诗人被放逐到普通劳动者的地位是一件自古而然的好事情，这是其主观上的任何自觉和努力也都无法达到的高度。现在，我们时代的严峻现实帮他们实现了这样的统一。

伦理的浮出和震撼力当然也不仅表现在上述一般道义的层面上，同时还表现为波德莱尔式的"现代性"形态——对"时代"的与生俱来的背弃和没来由的抨击，对文明的异化和人性之沦丧的绝望与忧患。来自上海的民刊《活塞》使我感到了这种震撼力。"活塞"这个十足的工业时代的意象，它的强力驱动和不断进入的暗喻性，恰好与它所揭示的工业化和城市化进程中的破坏与污染、堕落与腐朽之间，形成了极其富有张力的隐喻关系。丁成的一首《2004悼词》，将这一年中人类所经受的海啸、战争、瘟疫，种种已知和未知的灾难，极具想象力地黏合在一起，汇聚成一个悲怆而荒诞的时间叙事："光从高处撒下来。垂直升起的烟柱在雪地上/投下屡弱的阴影。电话的忙音久久回荡/像葬礼上空的哀乐……/一群越冬的鸟，从一侧俯冲而下/像占卜者一样，翅膀扑腾之间/将时间远远地拽进一本崭新的日历/不可预知的灾难或者幸福像幽灵一样/深深地隐藏着……"我愿意把这样一种诗歌称作是"关于人类文明的抒情诗"，某种意义上它也是一种"宏伟叙事"，一种寓言性的或者预言性的大悲剧的叙事。而这样的抒情和叙事，都是我们的琐屑而欢闹着的时代所缺少的，它是对那种光明、胜利、成功、进步的充满盲目乐观的宏伟权力叙事的有力矫正。这就是诗人的责任和诗歌的伦理。同样一本民刊中，徐慢的长诗《泪水的味道》《白色幽灵》，孔鹉的长诗《记事珠》，殷明的长诗《迁徙稗史》《中国，中国》等也同样给了我这样的震撼，称得上是工业时代或者虚拟的后工业时代的"文明颓败的悲剧寓言"。

请读读《中国，中国》中的这些句子："珠三角的童工，我的弟弟妹妹/你们把纯真年代交给了手工作坊/你们在这里预支生命把每一块肌肉送给病毒溃烂成破布/你们拥挤在逼仄的房子和蟑螂拼抢氧气压缩睡眠像老板压缩工资/我想买零食换下你们的白粥你们的榨菜这就是你们果腹的食物/没有望梅止渴的时间你们舔食手指上被针刺穿出来的血液/你们苦中作乐的耳朵被老板提起来悬挂在墙上/你们的歌声跑了调如同灵堂的悲歌……"如果这些是太具体的"道义书写"的话，那么再看看这些《迁徙稗史》中预言"未来文明"的句子："他们纷纷离开失去金属光泽的家园/女人向男人宽广的胸膛告别/男人向女人柔软的腰肢告别/……他们像水一样漫延漫延漫延/散落在那些时尚财富情调聚集的坑洼//他们得知人类定居月球的可能性/报纸报道无数光年之远的外交对话/……数百年前发明家的专利操纵他们/酒精大麻色情和一切杂念比较幻象还多余//……这让我心力衰竭的家园/风雨飘摇落魄一生/千年之后沦为考古学家头疼的半成品"。我不能说这些诗是完美的，它们还有粗糙、浮于表面和不免堆砌的问题，但它们却是给我的阅读记忆留下了最深划痕的作品，是真正具有"煽情"力量的作品。虽然由于篇幅和其他的原因，我无法一一将它们选入，但这里我要盛赞他们的勇气和视野，给他们所标立的"工业时代的新美学"以特殊的敬意，某种意义上他们不但成功地合成了波德莱尔式的"象征主义"和马里内蒂式的"未来主义"，而且尖锐和有力地触及了我们时代的内部。可以说，他们正是我们这个时代的歌手，是正盲目地迈向工业文明的胜景和深渊的这个民族目下最具代言意义的诗人。

那可疑的趣味与不断增长着的定力

现在似乎应该来说说那些在艺术上特别值得一提的东西了。这是个矛盾，似乎一提"艺术"或者"技艺"，就是在排斥那些有精神震撼力而在艺术上又必然显得粗糙的作品。实际上我不同意这样一个看法。诗人的意念不一定是非得要裸露着，也并不一定必须在诗歌中表现伦理性的内容，这是常识；但另一方面，也许根本不存在一个在充盈的思想之外单独存在着的一个"技艺"。中产阶级趣味的自我欣赏——"对个人日常生活的审美化"，在这样无聊的内容上冠以"叙事"之名，再加上"自大狂"式的自欺欺人的优越感，"假优雅"或者"假的反优雅"，如今越来越成为诗歌最痛切的病症所在。我常常惊心于这样一个事实：我们时代的知识分子还没有完成自己在经济地位上的中产阶级化，却早早地实现了在精神和文化趣味上的中产阶级化，真是可悲之至。西方的知识分子，无论是自由知识分子还是左翼知识分子，他们可能会站在中产阶级的政治立场上，但他们何曾站在中产阶级的立场来表达过自己的艺术见解和艺术趣味？就连巴尔扎克这样的政治上的保皇党人，不也因为在艺术上坚持了"现实主义原则"而超越了自己的政治立场吗——所谓"现实主义"的原则，还不如说是其站在底层社会的立场上的原则。西方的知识分子几百年来一直在为着社会公正、为着对自己的精神世界进行反思和自剖而不屈不挠地努力，而今天中国的诗人们，却在变态地欣赏和夸耀着自己的那贫瘠而无聊的"私人生活"。

也许引用美国人丹尼尔·贝尔的话，来概括西方知识分子对"中产阶级趣味"（middlebrow）的警惕是有说服力的：

> 激进知识分子的态度是从广大的范围发动对中产阶级文化的攻击。在严肃批评家看来，真正的敌人，即最坏的赝品（kitsch），不是汪洋大海般的低劣艺术垃圾，而是中产趣味的文化，或沿用德怀特·麦克唐纳所贴的标签，即"中产崇拜"（midcult）。麦克唐纳曾说，"大众文化的花招很简单——就是尽一切办法让大伙儿高兴。但中产崇拜或中产阶级文化却有自己的两面招数：它假装尊敬高雅文化的标准，而实际上却努力使其溶解并庸俗化。"①

贝尔说这番话是针对着20世纪50年代的美国的，这是美国中产阶级"日益丰裕"的一个时代。而某种程度上今天的中国也已经界临了这样一个时代，这些居于社会中间阶层的人士们，从社会财富的增长和据说很不合理的分配中分得了一杯羹，尽管在政治上还是孱弱、苟且和暧昧的，但在与大众文化甚至主流文化的"合谋游戏"中，却已经相当老道和获利甚多。甚至他们还由于已习惯于"视文化为商品"，而"从它的交换中获得了一种势利的价值观……"。②这样的说法简直一语中的。

将所谓的"诗艺"与"中产阶级"连在一起，几乎亵渎了

---

① 丹尼尔·贝尔：《资本主义的文化矛盾》，P91，生活·读书·新知三联书店1989年版。
② 《资本主义的文化矛盾》，P90—91。

"诗艺"和"中产阶级"这两个原本无罪的词语。我要强调的是，无论"诗艺"或者"技艺"都不应当成为某些怀有中产阶级趣味的人使自己的无聊和利益得以合法化的借口。因为在那些只关心"个人日常生活审美"的人那里，在那些已经失去了对当今现实的感受力和介入能力的人那里，在那些全力维护自己阶层立场与利益、维护自己的脆弱而虚假的优越权的人那里，强调写作的"专业性"和"技艺"是最好的一个面具，一副便当的挡箭牌。不过这里又有一个重大的矛盾：我们时代的写作权利，业已被商业大众文化以及近乎无限制的网络新媒体传播方式所平均化了，在大众的即兴书写与知识分子的专业写作之间，也早已经失去了界限。这样，我们就很难区分哪一种是象征着"知识平权化"的大众写作，哪一种则是假以"个人写作"面具而可以捞取好处的中产趣味。这是一个无法解决的难题，所以任何判断也都是困难和应当小心的，是有局限性前提的。在这充满粗鄙的即兴涂鸦与虚伪的名利追求的氛围中，批评者当然应该强调艺术，强调高度，但在中产阶级趣味的表达与大众的自娱自乐的随意书写之间，我宁愿认为有害的是前者。只是这样的判断又注定充满困难和危险，因为在所谓"中产趣味"和真正高贵和谨严的艺术精神与"技艺"之间，永远只有半步之遥。

因此就不难理解，当我们试图在昔日熟悉的专业写作者中寻找优雅或者成熟之作的时候，就看到了那些业已成名的诗人才华的迅速败落。不管他（她）当初是以"民间"的粗犷、边缘化和反抗性见长，还是以"知识分子"的优雅与深度追求著称，其写作大都迅速地贬值、空洞、琐屑和平面化了。"艺术"的磨砺和技艺的纯熟也不能挽救他们，而只能看到那些自恋的和自大的，自欺的和欺人的，拼凑的和粗制滥造的种种。

某种程度上这当然也算"正常"——写作者不大可能总保持巅峰的状态，在精神上总保持着自我的警觉和节制。在这资讯无限发达、名利的诱惑一刻也不曾停歇的年代，一个诗人很容易就走上浮躁之路，去忙于各种活动，醉心于掠取名利、出头露面的机会之中。这些利益和诱惑对诗人的手艺和生命力来讲，无疑都是陷阱和坟墓。人们当然无权阻止一个诗人对世俗幸福的向往和对物质生活的追逐，但诗歌本身的法则——"上帝的诗学"自己会转过身来将他无情地验证，从好的诗人名单中将之坚决地勾销。这正是艺术那无情的规则和永恒的公正之处。因此，当诗人已经变成了经营者和策划商的时候，及时"退还"其专业写作者的身份则未尝不是一件好事——也许像欧阳江河那样是最明智的，他以几乎是以终结自己诗人身份的方式，保全了其作为一个诗人的名节。

说着说着便有点过分——这话题不知不觉就堂吉诃德化了。"中产阶级趣味化"也许是一个无法阻挡的趋势，因为社会与文化的大环境是无法改变的。然而终究也还有屏息凝神的一群，至少在眼下，他们还显现着不可多得的值得称道的"定力"，通过"平静而简洁的语言生活"，显现着其扎实而认真的写作态度。正如维特根斯坦说的，想象和选择什么样的语言，也意味着选择什么样的存在方式。在《剃须刀》及其以此命名的"剃须刀丛书"中，我看到了某种值得一提的迹象——"剃须"，将纷乱的和欲念的各种瓜葛尽行删除，将琐屑和无聊的私人场景予以提纯和抽象化，反而可以获取一种有意味的简单，一种看上去令人舒服的纯粹。这能不能看作是与"中产趣味"小心地划清界限的一种努力？它所暗示的一种躲开凡俗与红尘热闹的"精神出家"，是否是一种精神定力的体现和新美学的迹象？至少在其中一部分的作品里，我看到了写作者对一度在广大的范围里流行的"个人日常生活审美化"写作方式的刻意脱离和矫正，看到了超越性的精神追求，以及相当精微的对现实的介入与处理能力，这是使人聊以欣慰的。当然，有这种迹象的不仅限于一两个民刊，在《东北亚》《明天》《撒娇》《自行车》《诗歌》《诗歌与人》中，同样也可以看出许多写作者在意识和语言上的超越的追求，其"纯粹性与及物性同在"的境地。他们在某种程度上可以说挽救了1960年代及此前出生的诗人的声誉，挽救了"技艺"、"叙事"这些概念，因为在最近的几年中，这种声誉都不同程度地被自恋的和自大的"个人叙事"、"日常生活记录"的病态夸耀所败坏了。

显然，"精神的剃须"不但是一种删繁就简、反思自我的自觉要求，还是体现在语言与意识方面的有意节制，是对诗歌艺术质地的综合要求。在这狂欢和多产的时代里，别有一番值得思索的意义。在韩博的《得山水》和《借深心》中，我看到了写作者对语言的奇特的变幻能力，因为佛经语言的吸纳，使其诗句中充满了奇妙的禅语气息与空灵风致，给人许多智慧与妙悟的暗示。这样的修辞方式当然是鲜见的个例，但确具有几分超拔和脱俗的意境。在张曙光的"咏史"系列中，似乎也让人看到了他平静中的简约而精细的语言功夫，以及更多地介入现实的张力。像《秦始皇》这样的作品可以说是闪现着精妙的反讽意味，对当下流行文化的讥讽令人会心。坦率地说，对于那些比较"知识分子化"的诗人的作品而言，我的编选趣味更倾向于此类，因为它们确乎更能够让我们对"艺术"和"技艺"产生信任感。

不可避免的"多极时代"

很奇怪，上面所谈的三个问题几乎都是不搭界的，谈"狂欢"似乎是为了诗歌"走下神坛"、为知识等级的瓦解、写作的平权、伦理和秩序的颠覆而欢呼；谈"伦理的震荡"似乎又是为写作者社会良知与道德责任的浮现而兴奋；谈"可疑的技艺"是为了反对中产阶级趣味和希冀诗歌质量的提升……读者不禁会问：作者的立场何在？我的回答是，矛盾的立场就是作者的立场，因为我们已迈入了这样价值分裂、"社会已经失去了其文化支点"（丹尼尔·贝尔语）的时代，追求一维的评价标准已经变得不现实。美国的诗人T.S.艾略特早就说过了，"当一个社会朝着功能合成和内别分解方向发展时，我们就可以指望几种文化层次的出现。一言以蔽之，阶级或集团的文化将会露头。"[①]更何况作为一个编选者必须有其最大可能的兼容性。

一个多极的诗歌时代也许已经来临，在新世纪的第一个五年里，一个新的诗歌格局大致已现出了雏形。也许按照出生的年代、成名的先后所形成的"代际概念"来划分这个格局已经没有

---

① 艾略特：《关于文化定义的札记》，引自《资本主义的文化矛盾》，P133。

太大的意思，而横向地，按照社会各个阶层与集团的趣味来划分会更现实，更符合实际。可以预言，由一般公众和爱好者所实践的"平权主义的写作"，凸显社会良知的"关注底层生存的写作"，还有或民间或知识分子的"追求超越性的专业写作"，将是最大的三个版块。当然在后者中还蕴含了各种不同的价值与趣味，这些不同也将孕生着诗歌艺术的诸多可能性。他们将共同开启一个活跃的文学时代，也分化和改变着文学的内涵、规则、尺度和评价方式，并日益使之变得多元化。

在狂欢中娱乐而不至死

——2006年诗歌观感

在炉火中歌唱的铁，充满着回忆的铁

它的低音或者高音，疼痛而尖锐的生活

它的方言披着春天的炉火和秋天的雨水

这烙红的光泽……

——郑小琼：《歌唱》

廊坊只管阴着天

像一个女人吊着脸

——赵丽华：《廊坊不可能独自春暖花开》

记得去年我曾用了"蔽日的烟尘"一词，来形容我对诗歌界状况的感受与概括。如果这个比喻是可以成立的话，那么在这一年中，弥漫的烟尘已经被强劲的旋风裹挟成为冲天的风暴和浓云。若说去年的热闹更多地是源于各种官办的"诗会"，那么今年的热闹则已经深化为大众共同参与的娱乐。这使人疑惑，也许这场世纪初的"狂欢"要未有穷期地延续下去了。

因此，关键词还是"狂欢"——再度使用这个词语使我感到窘迫、无力和匮乏，但别无选择。面对这样一个现实，我知道任何言谈都充满了被误解和误置的危险，因为诗歌内部本有的二元性——即"雅与俗"、"高与低"、"精神性与娱乐性"、"精英性与民间性"、"普及与提高"、"建设与破坏"等的互为依存的两面，在现时代的语境下已经近乎完全分裂，它们之间的相对性、互补性，已因为网络媒体的介入，而陷于分裂的非此即彼。网络上大众话语（有人蔑称之为"网络暴民"）的"虚拟强势"，瓦解并完结了讨论问题的可能。如果你不支持和认同它，那你就只好保持沉默，因为无论怎么说，去中心论、非等级化的诗歌写作都可以看作是"文化领域中的民权运动"的一部分，具有天然的优越感，无可争议的道德优势，谁与这场欢闹过不去，那就是与大众的写作权利过不去，就会陷入群起而攻之的尴尬境地。

但情形也不总是铁板一块，早就发生、而在去年又形成了气候的"底层写作"，伴随着另一意义上的诗歌精神伦理的震撼和提升，也在今年保持了势头。尽管这一现象遭到了媒体和少数人刻意的狭义化与误读，被简单化为"打工诗歌"云云，但在媒体化的议论与炒作之外，我们仍可看到对底层生存的关怀、对劳动者境遇的悲悯和对生命尊严的捍卫，在大量的作品中化为了更有深度的和感人的抒写。

欢闹和哭泣，喧嚣中快感的尖叫和悲凉中暗哑的啜泣交错着、交响着，这就是我们的时代，我们时代美学的两极。2006年岁末的天空中，我仍能听到这同时飘起的两股旋风，所发出的呼啸与令人战栗的吼声……

诗歌作为大众娱乐的媒介完全有可能

仅仅在去年还不可能有这样一个判断，尽管网络已经极大地改变了诗歌惯常的写法和风格，甚至在5月份也不可能，那时我在一个由"乐趣园网站"组织的新闻发布会上见到了赵丽华，她送给我一叠题为《赵丽华诗歌》的A4纸的打印稿，共计14页，开头印着这样的简历："赵丽华，女，诗人，中国作家协会会员，国家一级作家。在《南方周末》《中国民航》《都市女报》《兰州晚报》等十几家报刊开辟随笔专栏。现居廊坊。"而我在2006年12月27日的深夜打开"百度搜索"，搜到关于赵丽华的条目一共是629000条，该网站还自动提供出"赵丽华诗"、"赵丽华的诗"、"赵丽华诗歌"、"赵丽华的诗歌"、"赵丽华梨花体"、"赵丽华博客"、"赵丽华诗集"、"赵丽华诗歌事件"、"赵丽华简介"等"相关搜索"词条，其中仅"赵丽华简介"一条打开就有60600条之多。

这是仅几个月之后2006年9、10月间的事情。在"被恶搞"之后短短三个月的时间里，赵丽华已经由一个在圈子里有一定知名度的诗人，变成了妇孺皆知、街谈巷议、全民追捧或漫骂、抨击又艳羡的公众人物。这里仅打开"中华网文化频道"上的一条叫作"赵丽华诗歌网上惹争议，梨花体引发公众写诗潮"的新闻，看看其中的内容——

事件回放

赵丽华事件从9月底暴发至今热浪不断。先是她的旧作在网上广泛流传，其中《一个人来到田纳西》流传最广，全诗就像一句话断成四行："毫无疑问/我做的馅饼/是全天下/最好吃的……"

顿时在网络上引发"爆炸"，多数为批评。有网友说："天哪，这也叫诗？这种诗我一晚上能写一千首！"但在清华大学的网络论坛上，一位网友称，他的专业是物理学，而赵丽华的诗词一字一字地增长，具有鲜明的量子力学特征，这是令他最为陶醉的地方。

随着韩寒、春树、尹丽川、沈浩波、伊沙、李承鹏等文化名流的加入，关于赵丽华的诗算不算诗的讨论升级到名人粉丝团对骂阶段。赵丽华的博客点击也迅速突破百万。

就在十一长假前夕，"废话诗人"杨黎在第三极书局组织了"930诗歌会"力挺赵丽华，但刚进行不久，因为参加的行为艺术家苏非舒突然脱下衣服，直至全裸，引起大厦保安制止。这起网友称之为"垃圾诗歌引起的垃圾事件"只得中止。众多网友开始在长假中网上赋诗……

面对诗歌界的"混乱"，高校中的研究者却"集体失语"：北京大学的张颐武教授在博客上说："这些诗让许多网友抨击的主要是两个方面：一是觉得这些诗过度浅白随意，没有诗味；二是由此产生了对于诗歌的怀疑：如此写诗，岂不是人人可以为诗人？"之后就不再接受采访。中国人民大学教授、著名诗歌研究者程光炜也只是认为"赵丽华现象是种文化现象，不是对诗的争议"因此不愿置评。网上也只有不同媒体采访到的诗人和准诗人们的看法，众声喧哗却没有权威的看法。

......①

这只是其中普通的一条。我还没有再引用由此引发的一系列相关事件：如詈骂者与"力挺"者之间的对骂、"脱衣朗诵事件"引发的官司与沸沸扬扬的议论、此前一个叫韩寒的80后写手对诗歌的"死刑"宣判、岁末另一个"中间代诗人"叶匡政"文学死了"的说法引来的狂激笔战与论争……作为"高校中的研究者"我当然也一直对这些事件"失语"。但现在，当我面对一篇过去一年诗歌状况的回顾"序文"的时候，就无法回避这一话题了，如果回避，它就称不上是一篇有现实感和现场感的序言。因此在这里我必须表达一个专业研究者的"犬儒立场"——一个"没有立场"的客观表述，这一事件、这些事件，确是"关乎诗歌"但又"不属于诗歌"本身的"文化现象"。有了这个判断自然就不忙下其他的判断，下判断也改变不了事实——事实是什么呢？那就是"诗歌作为大众娱乐的媒介"，在今天已变成了一个铁的现实。

我们的诗歌正是在这样的地方走向了它最广大的"大众"，也走到了它的尽头。几年来，我一直以自己无足轻重的文字，支持着这场始自世纪之交的"写作平权运动"，所编选的这本年选

---

① http://culture.china.com/zh_cn/info/hot/11022810/20061019/13684947.html

也一直力图遵奉着"民间立场"，但现在我正茫然而无望地看着在网络所搭建的平台上，诗歌一日日走向民间和大众并消失在他们的狂欢所扬起的烟尘中的背影。当然，这不是虚妄的愤怒，也不是自作聪明的批判，更不是滑稽的欢欣鼓舞，这是茫然，是承认无能为力的茫然。我想起美国的文化批评家尼尔·波兹曼在他的《娱乐至死》一书中所说的一段话，波兹曼也许是迄今为止对大众文化的研究与批评最直接的批评家了，他对以美国为代表的大众娱乐文化的批评，可谓令人感到绝望，但这种绝望不是一种后资本主义时代的忧愤抒情，而是一种真正的理性思考，是对这个世界的冷酷的预言：

> 有两种方法可以让文化精神枯萎，一种是奥威尔式的——文化成为一个监狱；另一种是赫胥黎式的——文化成为一场滑稽戏。
>
> ……赫胥黎告诉我们的是，在一个科技发达的时代里，造成精神毁灭的敌人更可能是一个满面笑容的人，而不是一那种一眼看上去就让人心生怀疑和仇恨的人。在赫胥黎的预言中，"老大哥"并没有成心监视着我们，而是我们自己心甘情愿地一直注视着他，根本就不需要什么看守人、大门或"真理部"。如果一个民族分心于繁杂琐事，如果文化生活被重新定义为娱乐的周而复始，如果严肃的公众对话变成了幼稚的婴儿语言，总而言之，如果人民蜕化为被动的受众，而一切公共事务形同杂耍，那么这个民族就会发现自己危在旦夕，文化灭亡的命运就在劫难逃。

在美国，奥威尔的预言似乎与我们无关，而赫胥黎的预言却正在实现。①

　　而尼尔·波兹曼这样说的时候，显然还只是针对以电视为代表的大众娱乐文化，他或许还没有想象到后来网络世界中的狂欢图景，更不知道在我们这个充满着前现代原始积累的苦难与后现代娱乐狂欢的奇怪的国度里，关于一个诗歌的话题和事件会出现这样的奇闻般的轰动，如果他知道，他的预言一定会更富有悲剧的诗意。

　　但我却不想简单地附和波兹曼的预言。之所以不想完全认同，是因为事情总有两面性，美国人没有经历奥威尔所说的"文化的监狱"的时代，所以他们对赫胥黎关于"文化游戏"可以"毁灭精神"的预言就特别敏感。对今天的中国人来，能够拥有"参与游戏"的权利是首要的，这已是一个不小的进步，中国的现实还远没有到美国人那一步。记得我在去年还略带着欣喜地来盘点网络媒介给诗歌带来的新质和美学变化，还认同着因为网络而出现的写作平权运动，今天就转而抨击网络对诗歌写作的异化，显然会给人轻浮的印象。我只是说，上述事件的确表明了这样一个事实——诗歌作为大众娱乐的方式不但可能，而且已迅速变成了戏剧性的广泛的现实：参与"恶搞"的人发泄了他们针对一个女人、一个写作的女人、一个用非通常的方式写作的人的不满与潜意识想象；观看恶搞的人欣

---

① 尼尔·波兹曼：《娱乐至死》，第201—202页，广西师范大学出版社2004年版。

赏到了一个特殊的热闹景观，有了饭桌上助兴佐餐的谈资；"被恶搞"的人呢，则在"受伤害"的同时得到了前所未有的"点击率"和知名度……正所谓各取所需，各得好处。诗歌这种古老的艺术形式，可见已摇身为现代的公众游戏文化娱乐的主角了。"文艺为工农兵服务"、"为人民大众服务"的理想，从来没有像今天这样，轻松而不偏颇地变成现实，让各种角色都从中获益。

事实上，大众文化的狂欢本有不同的表现形式，在各个时期它会改头换面以各种方式予以发泄，即便是在"文革"时期也是这样，借助大字报、批斗会、忠字舞、大串联，"人民"在物质极贫乏的条件下也没有妨碍其政治无意识支配下的狂欢，随后他们又乐此不疲地集体参与了另一场市场化的狂欢。"将……进行到底"，这是当代中国各个时期都可以通用的规则和句式。所不同的是，现今这样的网络虚拟狂欢不会像那时一样，动辄侵犯和轻易地剥夺人的生存权利，这表明由个体无意识支配产生的行为游戏，总比由强权政治意志支配下的政治狂欢要好得多。网络虽然统治了一部分人的一部分生活，但并未占据全部，在这个世界之中和之外，仍然有着独自的意志和声音，这是我们应该做辨证认识的。但我们也应警惕，公众对网络发表权利的使用，正如在社会意义上对民主权利的使用一样，应该是有条件的，那就是以尊重而不是践踏别人的合法权益为前提，"恶搞"的心态和滥用的方式，与"文革"式"群众的专制"是如出一辙的。

另一些事件：关于现象的修辞

2006年诗歌界状况的叙述，显然需要若干事件来构成一个"修辞"，这里要记录的有意义的事件大约有这样几个：

事件一：周伦佑主编的两卷"非非"的大书《悬空的圣殿：非非主义20年图志史》《刀锋上站立的鸟群：后非非16年诗学历程》（均为西藏人民出版社2006年8月版）可算得上2006年诗歌的大事了。因为这具有象征意义，不止对非非主义诗歌本身，对肇始于1986年的"第三代诗歌运动"和二十年来当代诗歌的变革之路来说，也同样是一个有意义的纪念。这两部书是对非非主义诗人群体的写作历程和非非主义诗学实验的一个总结。在当代诗歌的历史上，像这样一以贯之坚持下来的群体，在国内可以说绝无仅有。在最初，他们宣称从语言入手最终抵达文化的变构的说法，还近乎痴人说梦，但许多年以后结构主义和解构主义理论传入之后，人们发现在非非主义的诗歌理论中早就包含了原创性的"结构/解构主义"的理念了，当代西方解构主义哲学及其所导致的一系列文化运动，都是从语言/文本/叙事入手、最终抵达文化/历史/政治的实践。也许不能说非非诗人所创造的诗学理论已真的变成了无可争议的成功的诗歌实践，但他们所提供的思想和精神启示，却要大于国内任何一个真正意义上的诗歌派别；如果要数当代中国诗人在诗学和语言哲学方面最具原创性和理论生长性的思想，还要首推非非。20世纪90年代以来，非非诗人所主张的

"在刀锋上的句法转换"和"反对白色写作"的原则，也都在一定意义上回应了现实、体现了对历史责任和时代良知的担当。当2006年周伦佑重温"非非主义的艺术使命"，强调"非非主义源于诗，成于诗，但高于诗，大于诗，它的更高目标是文化和价值——即通过语言变构和艺术变构以期待最终实现的对文化和价值的彻底变构"①的理想时，他所预言的"非非主义完全能够在中国当代文学和当代诗歌之外单独成史"的说法，也确有几分可信和悲壮的意味。

事件二：对历史的总结总需要有心人的努力，关于"前朦胧诗"材料的钩沉挖掘，在2006年获得了新的成果。早年曾参与主编《后朦胧诗全集》的女诗人潇潇，在《诗歌月刊》下半月刊上，连续推出了她对于前朦胧诗人积年找寻和研究后的所得，介绍并重新刊登了郭世英、食指、依群、牟敦白、王东白、张郎郎、鲁双芹、张寥寥、张新华、徐浩渊、甘恢理、吴铭、杨三白等人的大量旧作，其中有的是在过去的资料如杨健著的《"文化大革命"中的地下文学》一书里提到的，有些则是首次被发掘出来的。这些作品犹如精神的化石、刺眼的生命灰烬，在这喧闹的时代里散发着冷峻而荒诞的光芒。关于"前朦胧诗歌"的研究，虽在20世纪90年代以来有了很大进展，在若干文学史教材上已经出现和认可了食指、"白洋淀诗群"等现象，但关于一个在朦胧诗之前就已存在的普遍而整体性的诗歌事实——"前朦胧诗"仍未得到公认。其中主要的困难在于，大部分作品在其存在的历史

---

① 周伦佑：《非非主义：不可抗拒的先锋》，见《悬空的圣殿：非非主义20年图志史》，西藏人民出版社2006年4月版。

过中都未曾发表，有的传抄也只限于极小的范围，只有极少数人能够见证，其原始面貌多已无法考据，所以即便有许多人试图关注，也限于材料稀缺和很难对具体的文本进行甄别，而无法从史的意义上来认定其价值。因此到目前为止，对这一专题的研究仍是相当初步的。不过可以肯定地说，即便从目前可认定的少量作品出发，也仍足以证明它的整体性价值，像"贵州诗人群"的"文革"前和初期的创作、食指在1968年前后的诗歌写作、"白洋淀诗群"成员在1970年代初期的作品，其在思想与艺术的价值上，都远高于1980年代初期广为人知的朦胧诗作品。

在这个意义上，"前朦胧诗"这一诗歌史概念是到了普遍公认的时候了。

事件三：建设性地诗歌努力，或许还体现在有人对"草根诗歌"或"诗歌的草根性"的强调上。李少君主编的《21世纪诗歌精选·草根诗歌特辑》进一步阐发了他的草根诗歌说。尽管在宏观的诗歌语境中，"草根"这一说法显得含糊而有歧义，但该书只有百字左右的"序言"中对"草根性"的解释本身还是有意思的："一、针对全球化，它强调本土性；二、针对西方化，它强调传统；三、针对观念性写作，它强调经验感受；四、针对公共化，它强调个人性。"①这些说法无疑是正确的，是解决眼下诗歌种种弊病的正途。但这是否就是"草根性"？"传统"和"个人经验"的并不一定是"草根"的，事实上它的内涵还应该更狭小一些，比如有比较边缘化和荒僻感的"地域

---

① 李少君：《21世纪诗歌精选·草根诗歌特辑》，长江文艺出版社2006年1月版。

性"特征的，可能才更符合草根的说法。"草根写作"和民歌本身的原生性还不一样，它还是"文人创作"，所以应该是在相对于"正统"和"显贵"写作的时候才有意义，而不具有当然的自足性。从美学意义上，地域性和底层性是它的根本特征。而该选集中将王小妮、黄粲然、默默、胡续冬等这样居于香港、深圳、上海、北京等大都市、多数在大学供职的诗人的作品也看作"草根族"，显然不太合理可信，把桑克、陈先发、蓝蓝等这样的诗人放入草根诗选也并不恰切。不过，如果只是将"草根"看作一个"命名策略"、一个简要的说法的话，那么在这一指称下对诗歌本土性、地方性、个人性的追求，当然有积极的作用。

事件四：批评界能够稍稍算得上一点"动静"的，或许还有一篇文章所引发的争论，2006年初，《星星》诗刊2期发表了笔者的一篇短文：《关于现今诗歌写作中的中产阶级趣味问题》，随后参与讨论的批评家先后有陈超、敬仲义、向卫国、燎原、张桃洲、李少君、赵思运等。这本来是去年我在编年选时所写序言的一部分，因为《星星》诗刊希望我能够提供一篇"提出问题"的文字，所以摘出做了处理，单独作为一篇东西发了出来。脱离了原来的语境，也许文章的意思有了某种偏颇，但总的意思尚能表述清楚，即近年来随着"中产阶级群体"的崛起、诗人自身生存状况的大变、社会生活浮华风气的弥漫，使一种充满"自恋"情绪的、冷漠的、复制式的、虚假叙事的、一味将"个人日常生活审美化"的写作有了蔓延的趋势，对此诗歌界应做出反思，对假以"技艺"和"纯粹"的名义强加于读者的个人日常生活的小杂碎予以抵制。这篇文字显然只是指出了眼下诗歌"种种问题中的一种"，但"提出问题"之后，刊物为了引发争论，便对这个栏目做了"观点化处理"——变成了"诗歌是否已成为中产阶级的下午茶"的问号，其中暗含的命题也变成了一个全称判断：是，还是不是？这样的暗示将讨论逐渐演变成了一个观点之争，而没有沿着问题深入捋下去。前期还在谈问题，谈相关的另一些弊症，但之后就变成了对"是"或"不是"的判断，有的文章还干脆将我的文字指认为是试图为诗歌重新"制造律令"了，真是吓人一身冷汗。

事件五：或许这才真正称得上是一个"事件"——2006年初，一个令人咂舌的消息传出，由诗人骆英创办的中坤国际集团斥巨资三千万，分别投给中国诗歌学会、北京大学中国新诗研究中心、由诗人唐晓渡与西川领导的"帕米尔工作室"。不论这笔巨款将以何种形式运行，有一点是可以肯定的，它足以抵得上许多年来国家在仅有的几家官办诗歌刊物上投入总和的若干倍。这再一次表明，民间经济力量的崛起使之对诗歌的发展和影响力将越来越上升至首要的位置，我在去年也曾指出这一点，但力度如此之大，势头来得如此之猛，却属始料未及。至少在2006年内，由帕米尔工作室策划和举行的中国诗人与法国和日本等国诗人的大型交流对话会就有两次，这无论如何也不是小事情，如此高规格的国际性诗歌对话交流不是由"官方"出面，而是由诗人和批评家自己操办，这也算是"和国际接轨"了。在可预见的将来，诗歌作为文化交流、作为社会性活动，还将进一步民间化。这无论如何也不是坏事情。

事件还有很多，比如"博客诗歌"的问世也是值得关注的，博客写作作为一种新的文化与文本现象，正在迅速的发育之中，一种说法是目前人数已达数千万计，究竟有多少人在自己的博客上发表诗歌，还未有人做出统计。2006年3月份的《诗歌月刊》下半月做了"中国当代纯文学期刊中第一本博客专号"，当然所选还是已成名诗人的作品。所有这些现象，也都构成了现今诗歌万花筒般的景观的一部分。

伦理，还是伦理，还有才华

世界的平衡规则似乎永远是存在的，在狂欢和恶搞的时代，最强烈的精神伦理的呼声也浮出地表。一年来，在不同的媒体包括报纸、文学杂志和学术期刊上，出现了持续的讨论，关于"底层写作"问题，关于"打工诗歌"的问题，有了各种各样的说法。许多人是冷嘲热讽的，认为底层的人民实际是看不到、也不需要这样的诗歌的，而写作这种诗歌的人是借助特殊的炒作来谋利的等。我不否认有的写作者是有利益或市场份额动机的，但这么广大范围内的一个有持续热度的讨论，一定有来自公共空间的集体意志，太多的苦难和泪水，太多的不公正和困境，太多的激愤和悲悯情绪，需要人们来体察、需要写作者用更便捷和强有力的方式来传达，来回应。从这个角度看，似乎网络与大众媒介又显出了它的积极的一面，它充当了传达这种社会良知与呼声的迅捷便利的平台。

我读到了一位叫作郑小琼的年轻人的大量书写厂区劳工和个人生活的诗，我得说，它们非常令人感动。为了验证这些诗的"真实性"——因为指摘"底层写作"者的理由之一是那些写作"打工诗歌"的人本身根本不是打工者——我这里抄录一下关于这位作者的身份介绍："郑小琼，女，1980年生于四川省南充，毕业于南充卫校。2001年南下广东，在一个叫东坑镇的地方打工，开始写诗，有诗歌散见于各报刊，收入数种选集，曾获首届《独立》民间诗歌新人奖，现在一个五金厂工作。"（见《诗选刊》2006年2期）我以几乎最大的篇幅选入了她的五首作品，但当我编完之后打开"百度搜索"，点击"郑小琼"这个词条的时候，我简直有惊呆的感觉，在各种网站上可以读到她的数量巨大的抒情短诗，数量可观的几乎令人窒息的长诗。先让我举出这首《打工，一个沧桑的词》的开头几句："写出打工这个词，很艰难/说出来，流着泪，在村庄的时候/我把它当作可以让生命再次飞腾的阶梯，但我抵达/我把它，读作陷阱，当作伤残的食指/高烧的感冒药，或者苦咖啡/二年来，我将这个词横着，竖着，倒着/都没有找到曾经的味道，落下一滴泪/一声咒骂，一句憋在心间的呐喊/我听见的打工，一个衣冠不整的人/背着蛇皮袋子和匆匆夜色，行走，或者/像我的兄长许强描写的那样/'小心翼翼，片片切开/加两滴鲜血、三钱泪水、四勺失眠'/我见到的打工，是一个错别字……"这难道还不能解决了所有的疑问？读这样的诗，你还会怀疑作者的身份吗？这位"打工诗人"的锐利，会让多少自认为专业和富有技艺的诗人无地自容啊。是要论内容——对底层生活的真实叙述呢，还是论才华——看她那日常生活中漂亮而纯美的抒情篇章？我们还是先来看前者，请读读这首《流水线》（多年前舒婷也曾有一篇备受争议的名作《流水线》）中的段落："在流动的人与流动的产品间穿行着／她们是鱼，不分昼夜地拉动着／订单，利润，GDP，青春，眺望，美梦／拉动着工业时代的繁荣／／流水线的响声中，从此她们更为孤单地活着／她们，或者他们，互相流动，却彼此陌生／在水中，她们的生活不断呛水，剩下手中的螺纹，塑料片／铁钉，胶水，咳嗽的肺，辛劳的躯体，在打工的河流中／流动……"

在它小小的流动间，我看见流动的命运
在南方的城市低头写下工业时代的绝句或者乐府

好个"低头写下工业时代的绝句或者乐府"，我相信她这样的诗句绝不是虚夸，她的记录底层劳动者生活的作品中，有许多可以称得上是这样的"乐府"——不是形象，而是神似的："没有一首诗歌返回一个女工的失眠／……回忆入暮的乡村，附近路上的醉鬼们的歌声／一柄沉默的车穿过夜班女工的咳嗽／她听见有人狠揍着铁板样的夜／她听见有人在梦中回味着故乡的欢乐／她听见有人在演讲、争吵，或者低声抽泣／啊，这打工女的夜……她的青春／爱情和光阴，都成了她这个失眠者的不幸"（《清晨的失眠者》）。一个外来的体验和"悲悯者"是不会有这样的切身刻骨铭心的感受的，也不会写得这样质朴而又细腻。

再看才华，让我们读一下她的五百余行的长诗《完整的黑暗》的开头，是何等境界和气势："三条鱼驮着黎明、诗歌、屈

原奔跑/对称的雪沿着长安的酒溶进了李白的骨头/列队前进的唐
三彩、飞天、兵马俑/化着尘土的人手持红色的经幡演讲/达摩圆
寂，天生四象，六合断臂/死亡是另一种醒来/时间的鸟只抖落了
皇帝的羽毛/生殖口的航道上血肉的哀歌拉动了帝国的船只/川江
号子的亡魂沿着巴山栈道落入"——

> 窥阴癖的民俗学家眼里
> 你摸到火的元素，火中的长城
> 没有涅槃的凤凰。欲望的肉体
> 两个男人们争抢着。它的腹部
> 战争绞肉机粉碎了帝国的梦
> 流血的川水河床上淤集了历史的月经带
> 和阻止月经来临的抗生素……

　　整首诗一气呵成，气势贯通，绝无叠加拼凑的痕迹。称得上
是对一个时代的整体俯瞰，非常富有概括力、悲剧性、精神深度
与抒情力量，如果再考虑到她的那些随意铺排的，如悲伤的夜曲
一样的抒情短章，郑小琼可以称得上是一颗真正的"新星"。来
自底层的真切的生活体验给了她沉实的底气，苍茫而又富有细节
能力的风神，再加上天然的对底层劳动者身份的认同，使她的作
品倍添大气、超拔、质朴和纯真的意味。
　　显示精神良知、具有强烈的伦理震撼力的作品还有很多，
我再举出墓草的《欢迎你来到艾滋病村》，这位来自河南的叫作
"墓草"的写作者一直表现了"非常底线"的意味，他给人的印

象是不但生存是底线的——到处打工流浪；其精神也是底线的——是个"同性恋"的体验者，他的诗常常在看似非常令人"不齿"的"走低"中，给人以强烈的刺痛和震撼，这首诗也不例外："这里的艾滋病人和美国的艾滋病人不同啊／她们从来没有卖过淫／他们从来没有嫖过妓／他们是靠卖血养儿育女／他们是因为卖血而染上艾滋病……"这类苦难诉说式的抒写，与站在局外角度的"悲悯者"是完全可以区分开来的。但另一个站在局外的诗人陈傻子的一首《你可知道烧洗澡水的人是谁吗》，也同样让人感到其真诚和充满感动。一个小小的细节性事件，使他得以反思城里或机关人的特权和冷漠。一个普通的劳动者天天在锅炉房劳作着，大家享受着他的劳动，每天用着他烧的洗澡水，却从未意识到过他的存在，直到有一天："你知道烧洗澡水的人是谁吗？／烧水的人出车祸死了，水停了才知道／他姓张"。这个小小的细节也同样令人有灵魂的震颤，我相信这样的诗不会是"作秀"。

我要提到的精神良知的强烈显现的，还有伊甸的一首《林昭之死》，伊甸是一位有很长写作履历的诗人，但平心而论他的这首诗并不是一首精打细磨的作品，甚至可以说是一首写法上了无新意的诗，但是这是一首令人感动的诗，它对一位为了捍卫自己的信念和人格的屈死女性痛惜和对这样惨剧的发生原因的探究，和当年雷抒雁的《小草在歌唱》几乎构成了对照的景观，在这普遍罹患了历史健忘症的年代，谁还会屑于去为一个过去年代里的冤魂哀唱？"所有的石头和山峰都在屈膝下跪／你的站立就是不可饶恕的罪行……"

枪声响了……我听到的却是

雷鸣般的鼓掌声，欢呼声，爆竹声

这些可耻的声音中

有我的……声音，我的罪恶，我永远的悔恨

林昭，在白茫茫的一片洪水中

你是唯一的鸽子

　　许多在诗艺上无可挑剔的诗歌也许是可有可无的，但这一首，我相信不是多余。我再一次强调诗歌写作的伦理，不是像有的粗暴和专制的人所说的那样，是以所谓的"道德优势"来压制诗歌的一般规则和艺术标准。这早已不是政治意识形态决定一切的年代，在诗人摆脱了政治管束的年代，还有没有需要担承的社会职责？这是一个简单的常识问题，也许从来就不存在去掉了社会职责、精神良知而单独存在的所谓"诗艺"。在一个还有着不少苦难和不公正的时代里，只有那些浅薄的"中产阶级趣味"的拥护者，才会反对对"写作伦理"的强调。难道强调了诗歌的写作伦理与道义担承，会必然降低诗艺？难道只有无视底层生存的人才是真诚的人和不虚伪的写作？谁规定没有"底层身份"的写作者就不能关注底层？关注底层就必须是底层生活的主体？如果真的底层人民是不需要这样的"虚伪的写作"、而人民自己又无写作可能的话，那么社会还有谁来关注他们？难道一个没有人关注底层与社会正义的社会，才是诚实和不虚伪的社会？

怎样才会"娱乐"而不"至死"

良知尚存与狂欢的未有穷期真得会一直保持着均衡吗？这似乎是一个杞人忧天的问题，但是绝不是"自然的机制"，波兹曼的警示并非完全是耸人听闻，"精神的枯萎"乃至"毁灭"在我们这里也已经显露出危机的端倪。事实上，美国人的娱乐之所以还没有真的走向死亡，是因为美国的知识分子一直在批判着他们的娱乐倾向。从文化的结构和日常生活的规则来说，"人民"的娱乐和狂欢也许是不可压制的，问题是"知识分子"应该做些什么——美国有良知的知识分子对此所做的是批判，而在我们这里有的人则是"保持沉默"和"参与狂欢"。这沉默在过去是屈于意识形态的高压，而现在则是恐惧于"网络暴民"的谩骂。如果说"学院知识分子"还因为其"犬儒"和种种"局限性"而不可指望的话，那么"诗人"——按照世界性的标准，诗人应该是真正的知识分子了——他们应该做些什么呢，是否应该更多地与这时代的"滑稽戏"拉开些距离，与波兹曼所说的"幼稚的婴儿语言"式的公众话语、"杂耍"式的文化与政治游戏有一个自觉的精神分野？

这也许是我们时代最难回答的问题之一。其实从20世纪末以来诗歌写作群体的分化，就其深刻的文化背景来说，就是源于价值分裂。我们时代的文化价值呈现了二元分裂和两难的暧昧状况，是顺从还是抗拒、批判还参与狂欢、上升还是下降、解构还是建设、雅还是俗、雅语还是口语、"民间"还是"知识分子"、"上半身"还是"下半身"……甚至连这种分化和争论本身都变成了娱乐和狂欢的一部分。这是一场喜剧，也是一场悲剧，真正意义上的悲剧，今天这种局面——要么参与狂欢，要么保持沉默的局面，难道不是悲剧吗？

　　这么说来，问题又走入了诗意的死胡同，但似乎又到不了这么悲观的境地。无论如何，精神沉默但还不至于已死，在狂欢那么一阵子之后，警觉、反思和批判的意志也许会渐渐复活起来。当我们再度回到这样一个认识的时候，也就对现时代的诗歌状况有了一个清晰而理性的认知，那就是：既没有日出般伟大的再生，也还远没有死亡的偃旗息鼓，它还活着，尽管并不让人感到那么自信和满意。

经验迁移和秩序重建

——2007年诗歌观察

> ……黑暗是一部大书
>
> 在微弱的光亮里
>
> 我只能读懂
>
> 眼前的一小块
>
> ——雪松：《划亮火柴》

> 一束小小的捧在手中的灯火
>
> 行走于可能随时熄灭的黑夜
>
> ——曾德旷：《悲痛》

当我在2007年岁末暗淡的光线中写下这些文字的时候，惆怅远多于兴奋。除了短期内大量阅读所带来的情绪的混沌与感受的拥堵，大约还有些许岁末的凄惶。毕竟置身这时间的废墟，心中不只是溢满了农夫一样的喜悦。

与去载的热闹相比，2007年也许是一个安稳平淡的年头。至少，这一年中的闹剧与噱头已大大减少，没那么多爆炸性的事件。我不是美学领域中的进步论者，所以说不上这是必然还是偶然，但总不至于认为天下已从此太平，权当它是喧闹间隙里的一个疲劳期吧。总归这是一个"好诗"多于"痕迹"的年份。这对喜欢和习惯于偷懒的编选者来说可是一个考验，因为我一直主张该选本的原则是"记录诗歌的历史痕迹"，而不是最大限度地搜寻"最美的诗篇"——所谓"大系"与"年度最佳"的区别，应该是在这里。的确，编选"标记性"或者"极限式"的文本是相对容易的，在众多的作品一眼便可以看见它们，只要不是淫邪凶恶之作，就可以悉数收入；但什么是"好诗"，怎样才算是"最佳"，就是比较容易有异见的事情了。因此我不得不由于"道德"或者"意识形态"的原因，避开某些很有"痕迹意义"的作品，不由自主地把目光投向那些看起来干净和唯美的篇章；同时又深恐各种缘由会把这样一个选本彻底变成一个平庸之物：一个个单个的文本是好的，但编成一本书，就变成了一个平庸的年选。对于将来的诗歌史叙述来说，似乎并没有增加什么有意思的新材料。只不过对诗歌来说，这或许也是好事，因为真正的好诗，未必是以怪异和极端见长的。

也因为这样一个理由，我决意抛开"年度审计"式的工作角色，因为对该年度的诗歌史来说，一是没有什么特别值得关注的事件，二则那样的文字也决然是速朽的。因此，与其说一番皮毛现象，不如谈几个问题，即便不能深入，也至少求些观察的距离，和稍整体些的眼光。

诗歌经验：在整体的迁移之中

某种意义上，文学经验世界的空间转换，比起工业革命的速度来要缓慢得多。农业时代的诗歌经验在我们这个民族这里，是以音韵的和谐节律、形式的整饬完美，形象的优雅高贵、情感的士大夫式的美丽颓伤等为经典特征的，这些特征一直滋养着汉语，支持并培育了中国人的审美经验，形成了一整套固化的美感范畴与观念体系。它的改换，某种程度上比"推翻帝制"还要困难得多，所以当20世纪的历史结束、中国已经部分地走上了现代之路、物质形态的文化已经面目全非之时，有关中国现代的诗歌向何处去，却似乎还是个悬而未决的问题。

当我参加今年冬季在珠海举行的"第二届广东诗歌节"的时候，忽然产生了类似的问题冲动。其实，由政府埋单把诗歌节变成地方"文化工程"的做法也不是广东独有，这不是我思考的重心，我所思考的是，为什么在广东这样一个当今中国经济最发达的地方、城市化进程最快、某种程度上也是社会的复杂因素最多的地方，出现了这样奇特的"混合式"诗歌事件与文化景观？出现了这样密集的、有来自体制内和体制外的、专业和非专业的、出生本土和漂泊异乡的、兼做商贾官员或者身居底层的写作者？也出现了大量书写工业区的物质景观、人的生存体验与心理创痛的作品？很显然，这两者之间不是没有内在关联的，工业化与城市化进程带来的生存经验的巨大转换，催生了丰富的当代性诗歌资源，正是这些纷繁而本没有"诗意"的经验，在激励和折磨着这里的生存者们，促使他们为自己寻找某种"精神安居"的理由与灵魂栖息的支持。

因此问题需要追根溯源，我们要检验一下，中国现时代的诗歌经验能否实现和是否实现了结构性的转换——由农业时代乡村经验的审美形态，转换为工业时代的城市经验支持下的现代的审美形态？这个过程已历时太久，现在可以说还在路上、在较量与彼此消长中。20世纪20至30年代中国的上海，也曾有一批以"大都会"、十里洋场和灯红酒绿的娱乐场所为自己书写对象的诗人，但那些东西很快便被农业时代经典的诗歌经验所重新淹没。从李金发的陌生和充满震撼感的"弃妇"，到戴望舒笔下忧郁又令人熟谙的"丁香一样的姑娘"，似乎可以看到农业时代审美经验在现代中国的微妙转换与"复辟"，她似乎具有了"小资"的气质，但终究又是一个传统士大夫的想象与趣味。中国现代诗歌的确立，很大程度上是以农业文化经验在白话语境中的重新确立为条件、为结果的，艾青的《大堰河，我的保姆》《北方》《我爱这土地》一类作品，与新诗的合法化进程是密切联系着的。随后在50到60年代的台湾，曾首先爆发了以纪弦为首的"现代诗运动"，出现了少许以怪异、畸形和文明异化为内容特征的都市场景，但随后就又经历了一番乡土文学运动——70年代的乡土诗歌回潮，再一次表明了农业文化经验的根深蒂固。至于50年代以后的大陆，官方在诗歌发展方面所给出的明确无误的出路是"古典加民歌"，现代城市经验是匮乏和基本被排除的。80年代诗歌的复兴运动，朦胧诗经典的抒情模式，它所使用的大量唯美色彩的意象，可以说仍然基于传统农业时代的经典经验形态。至于现代城市经验，只有到了80年代中期的"生活流诗歌"和稍后的"第三代"，似乎才开始逐渐和全面地取代传统的乡村经验模式，但随后就出现了海子——被称为"最后的农业乌托邦"的书写……

上面这个粗略的回顾当然不能确切地说明问题，但有一点是无可置疑的，那就是在最近的这些年里，这样一种分野和转换，确已加快了速度，并且到了十字路口。如果我们不是以这样的背景来看待如今诗歌的复杂多样和陌生化状况，那么将不会找到合理和正确的答案。

这个问题之所以出现，是因为一个天然的悬殊：农业时代的诗歌审美经验是和谐与优雅的，而工业时代的诗歌审美经验则变成了畸形、粗鄙、世俗或丑恶的东西。波德莱尔式的书写为什么成为一种震撼和惊悚性的诗歌经验，成为"现代性写作"的开端，其原因就在这里。它彻底打碎了浪漫派诗人对古典诗歌美感与经验的登峰造极的发挥，开辟了一个幽暗而诡秘、恐怖和破碎的世界，这个世界是建立在现代城市的文化分裂的基础上的，其标志——按照瓦尔特·本雅明的说法——是大量游走在城市缝隙和边缘处的"浪荡游民"的存在。这些人以类似于波希米亚密谋者、无产者和流民的身份出现在巴黎的街头，才替换了人们关于这座城市原有的想象，催生了波德莱尔式的阴冷而诡谲的诗歌意象。一句话，经验的主体实现了前所未有的变更，它不再是中产阶级以上人群的素养和特权。底层的游走者与边缘人、流浪汉，文化体系中危险的叛逆者与出走者们，成为最有前卫性与生命力的写作主体。

现代性的审美经验也正是缘此而遭到了抵制，当它化身为丑与畸形的事物、乱音与不和谐的节律之时，这种抵抗就变得更加顽强和合理。这正是当代中国诗歌充满畏途与陷阱的真正缘由。这当然不能说是线性意义上的"进步"，但同时也不能说是诗歌的"末路"与衰亡，在各种关于诗歌的危机预言和责备声中，应该存在着这样一个内在的误解与起因。如果我们换个角度看，在最近的若干年里，诗歌确实正在从黑暗和宽广的土地，迁移到灯火斑斓的楼群城市之中，从优游从容的唯美形象，转移为冰冷破碎的生存体验，几乎所有新的变化——不管是好的还是"坏"的，几乎都可以放在这样一个范畴中来审视。比如这几年中从广东和"南方"弥漫而来的、被社会道义与伦理诉求折光了的"底层生存写作"，看起来当然首先是一个社会性的问题范畴，但当我们放在更辽远的时间标尺上来看的时候，它可能正在变成广义的现代与城市经验的一个常态与组成部分。类似郑小琼那样的诗歌，决不仅仅是个体处境的写照，也不是一个简单的情感悲愤，它是对"铁"一样冰冷的现代性生存经验的普遍性揭示，这样一种揭示，虽然也伴随着对时代的批判和一种更久远的悲伤感叹——这使它们充满力量，但"铁"的意象的反复出现与被咏唱，却昭示了它与传统诗歌经验之间的分野。换言之，它也许就可以看作是目下中国前现代的资本积累与后现代的精神生存相混合的产物，以及最形象生动的隐喻：尖利、冷酷、荒寒、生硬，还有破碎、隔膜、困守和湮灭的属性，这是包含了客观世界的具象、同时又包含了主体精神感受的生动象喻——

> 在炉火中歌唱的铁，充满着回忆的铁
>
> 它的低音或者高音，疼痛而尖锐的生活
>
> 它的方言披着春天的炉火与秋天的雨水
>
> 这烙红的光泽，让生活慢慢磨损
>
> 熄灭，那个在炉火中坐着的年轻人

唱着歌谣……

海子笔下的那个来自乡村的游子，那棵"空气中的麦子"，那个热爱着土地并且"倾心于死亡"的"野蛮而悲伤的海子"，正在变成流水线与工业区里无望而无根的追忆者，他或者她，正在漫长乃至一生的"回忆"中由泥土慢慢转变成铁，包括他的心灵、情感与经验方式。如果要书写一部当代诗歌美学的历史，这绝对是不可忽略的一笔，或者也可以说，要书写一部当代中国人的心灵史与精神史，这也绝对是最富巨变色彩的一笔。

还有另一部分来自城市生存者的痛切感受。我在前一两年的序言中也曾提到一本来自上海的民刊《活塞》所带给我的震撼，他们所书写的十分具有人类忧患感的、病态和陌生化的、以"骷髅"与鬼魂为感受主体的、充满惊悚与恐怖感的诗歌，具有巨大的文明隐喻意义，我曾把这些诗歌所代表的一种感受与经验方式叫作"工业时代的新美学"，现在我更加清楚，这种工业时代的新美学正和波德莱尔式的阴暗与晦涩，"未来主义者"式的激进恍惚与暴力主义的变体、"垮掉的一代"式的夸张的道德堕落等现代主义美学一起，构成我们时代的一种混杂而不可逆的潮流。在我们的社会急剧分化的情势下，它向着道德觉醒的一面生长出"关注底层"与道义责任的一极；向着个人主义与自由冲动的一面又奔涌出一股粗鄙与喧嚣的浊流。在这样的一个视野中，来看新生一代的网络诗歌写作、70后和80后一代中粗鄙化的美学趣味，看那些比较极端的"下半身"、"垃圾派"、"低诗歌"等现象，也同样会找到一个宏观化的条件与背景。

　　这当然不是一个"文学激流永远向前"的乐观预示，很显然，巨大的楼宇可以在几年内建成，而现代人的文明与经验的成型，城市文化形态美感的被接受，却是一个比一代人的成长更漫长的过程。这个处理的方式与过程，正如现代资本主义意义上的城市对中国人来说所抱有的那种天然的陌生感一样，是需要悉心地体味与选择的，而它所产生的新鲜与粗鄙、活力与丑陋、合理与破坏性的矛盾性质，是要经过反复的斗争、磨合、激扬与沉淀的。

诗歌中的文化地理

　　这是一个特别巨大的问题，这里只能从一些侧面来谈。如果仅从表面上看，诗歌中的文化地理问题似乎正在消失，因为随着城市化进程的加快，写作者的地域身份变得越来越模糊化了。但中国是如此之大，地区之间文化与社会发展也很不平衡，因此某些文化上的差异性也还带有明显的地域特征。

　　从20世纪80年代的"第三代"运动开始，当代中国的诗歌格局就具有了鲜明的地理性质，形成了许多带有明显地域性特征的诗歌群落。世纪之交以来，随着民间经济力量与文化空间的迅速发育，大量诗歌民刊和随之出现的诗人群落又在各地活跃起来。两三年以前，我曾借助《上海文学》开设的"当代中国民间诗歌地理"的栏目，对这些民刊与群落现象做了部分梳理，虽然只是一个"观察"而谈不上研究，但至少使我本人对"诗歌地理"这样一个概念有了一些深层的感受与理解。它使我意识到，文化的地域属性对诗歌的写作趣味、美感风格乃至语言与修辞方面的差异性的影响，是如此之大，这也是诗歌艺术的良性文化生态的基础与保障。在川南与贵州莽莽苍苍的大山中的《独立·零点》，与和风细雨的杭州西湖边上的《北回归线》、静谧古雅的燕园学府中的《发现》相比，来自小兴安岭冰封雪原的《东北亚》与风光旖旎的南国热带的《诗歌与人》以及在同样纬度但却自成一系的《自行车》相比，其共同之处除了都是"使用汉语"书写以外，恐怕并不比两个不同民族之间的诗歌的一致性更多，甚至，它们所共同使用的"汉语"也是有很大差别的——在修辞上，在语法甚至是在词语的构成上，其差异性也并不比两种不同的语言之间更少。

但这里我想从另外一个方面来谈诗歌中的文化地理问题，比原来的地理概念更大、也更笼统一些。比如说广东，这几年来很大一部分诗歌动静是这块"热土"上闹出来的，这在过去是不可想象的，以往传统的"诗歌大省"，是类似四川这样富有文化积淀与诗歌传统的地域，而广东则属于"市场意识形态"统领文化与价值观念的地域，精神性的东西在这里不会有很大的市场。然而在最近的几年中，它却一跃而成为诗歌最"繁盛"的地区：这里不仅有因为其领先的民间经济力量而导致的最正规和豪华的诗歌出版物，包括个人文集、诗歌合集、地方文联印行的诗歌报刊、民间同人诗刊等，而且还冒出了如此众多的来自社会底层的写作者，所谓"打工文学"和"打工诗歌"也是在这里兴起并引

115

发关注与争论的。如今这块土地上可以说生存和栖居着人数最为密集的诗人，在这里，由政府主办的"广东诗歌节"已经举办了两届，民间举办的各种诗歌活动也名目繁多，其诗歌内部的文化结构如同这里奇特的经济结构一样，官方、民间、个人有机缠绕在一起，在市场力量和意识形态因素之间有一个奇妙的磨合，这种奇特的模式构成了当今中国文化生产的一种典型景观和特殊机制。尽管在其他地方也存在同样的情况，但却远没有在广东这样完善、有机和有效。

当然，另一个更重要的原因，是这里的工业社会的发达带来的都市化和前现代景观给写作与生存者带来了更加尖锐和丰富的体验与写作资源。这种资源的优势是别的地方所不具备的，市场将这些异乡的漂泊者吸引到这里，让他们在这里演出人生的悲欢离合、胜败浮沉，让他们在这里感受希望和痛楚，以参与者和见证人的双重身份，记录下一段难忘的人生历史。同时，我们还要看到，这样的资本与市场化环境也不只是提供了苦难人生的样本，同时还孕育了思考与书写的真实习惯与自由氛围，给他们的思考与写作预留了最大的可能空间。这在其他地方也同样是不可想象的。因此丝毫也不奇怪，是这块充满生存的尖锐与利益追逐的地方，最先生发出强烈的伦理呼喊，冒出了关注打工者生存处境与精神世界的吁请。而这样的观念，在北京和上海的"有身份"的文化界人士的圈子里，却受到了不少人的曲解、抵制和讥讽。

再返回来谈谈北京。从某个方面看，作为"国际化大都市"的北京也许是文化地理色彩最模糊和含混的城市了，但这也正是它特有的"地理"属性。在这个城市中，本土的文化似乎越来越稀薄了，十年前外地人来到北京，耳朵中充满的是不无傲慢、不由分说、不容争辩的字正腔圆的老北京话，而今这种声音据说在三环路以内已经很少听见了，"老北京"的文化正在为一个兼容和多样的复合文化结构所取代。这样，作为一种文化地理范畴的"北京诗歌"，便具有了一种特别混杂和包容的特点，这种混杂在外省是很难想象的。在北京大大小小的诗歌聚会上，人们会看到多年前漂泊"江湖"的各路各派的诗人的身影，他们中有的已是腰缠万贯的书商、画家、公司老板、IT产业者、电视制片人，有的是混迹三教九流、比较"落魄"或者完全能够糊口果腹的打工者、小商人、自由写作者、甚至是莫名其妙的游手好闲之徒……但凭着一个诗歌的名义和"诗人身份"，他们可以同时出入于各种文化场合、诗歌朗诵会、豪华饭店或者路边小酒馆里，可以推杯换盏、呼兄道弟、出口骂娘甚至大打出手，随后又油嘴一抹消失在潮涌一样的人群里。这样一个情况大概除了在北京，在任何一个别的省份都不会如此夸张。而且，北京的文化环境还会使一个诗人的性格发生显著变化，在我印象中，外地一些原本曾矜持"老实"的诗人来京后迅即改换了做派，一如庄子所说的急谋斗升之水相濡以沫的"涸辙之鲋"，那原是小水汪中的生存之道与交往伦理，而到了北京之后，则免不了是鱼入大海，"相忘于江湖"。这样深阔的文化空间，使北京所形成的诗人群落就不是一个一个的"现代主义的山头"，而更多的是平面化的"后现代的混合状态"。

如果要刻意观察"北京和外省"这样两个相对意义上的地理

概念的话，在诗歌写作上也可以看出一些细微差别——这样说当然是简单化地以偏概全，但宏观上仍然可以说出某些差异：混迹北京的诗人最注重的是对旗帜的标榜，以及各种形式的实验，这是由于知识信息的迅捷与庞杂所决定的，因此我前文所说的"极限文本"多半出在北京，"笔墨官司"也多与北京地界上的诗人有关；如果说外省的诗人可能更注重抒情或者写作的道义性担当，那么北京的诗人在我看来则最注重形式的实验与探求；如果说外省的诗人们有更多"前现代的焦虑"与精神性追求的话，那么北京的诗人则有更多"后现代的智性"与技术趣味。这当然是武断的说法——北京自然也不乏有坚持精神性追求的诗人，但我说的是一种总体的氛围。以2007年问世的《卡丘主义创刊号》为例，我以为这是一个典型的"后现代"意味的文本，这样一本诗歌民刊似乎不大可能出在北京以外的地方——上海的《活塞》在视觉上也给了我以强烈的"后现代式"的震撼，但那是由"鬼魂"与"幽灵"的图画构成的一种荒诞感，而《卡丘主义创刊号》则拼贴了大量革命和"文革"时代的影像符号，它用了各个不同时期的历史图画，以强烈的"间离"效果呈现了我们的文化失忆或记忆的碎片感。但是显然，它已不是追求"政治波谱"的效果，而只是作用于消费时代的一般性文化感受而已。

"卡丘主义"在文化与美学上都具有十足的兼容性与含混性，它一下子推出了三个"宣言"，这些宣言的文字很繁复且很有意味，但读完则使人陷入了茫然。这种迷失感使我不得不放弃试图"理解"和诠释它的冲动——

卡丘主义者认为，卡丘是一场自觉自愿的文化、艺术、流派的运动，也是"反对"文化、艺术、流派的运动。卡丘相信诗歌和艺术的一切，卡丘包容一切，卡丘是人类内心的运动，卡丘必须成为一切"有必要活着"的诗歌、艺术和写作的疆域拓展者，卡丘是整合一切精神资源的探索狂的代名词。卡丘不是要得到什么，不是要成为什么，卡丘是要"从结果回到资源"的诗歌运动，从诗歌的表现形式回到诗歌的本质的运动，从写作者回到读者的运动，从读诗者回到高兴者、有趣者的诗歌运动，卡丘是从疯狂回到宁静、再从宁静来到更疯狂的螺旋上升的运动……[1]

既"包容一切"又两可之间，几乎可以成为这种"卡丘美学"的简化版本，平静中的游戏，含混中的不同与趋同，诙谐中的严肃意味，这是只有北京才会具备的驳杂和多元。

上述情形也显然只是北京文化地理的一个侧面，只有出席了"中坤国际诗歌奖暨帕米尔研究院"的成立仪式，才会真正知道2007年的北京作为"国际化都市"的内涵。如果说一年多以前诗人兼房地产企业家黄怒波设立总额达三千万元人民币的"中坤诗歌基金"（分别投给北京大学新诗研究中心、中国诗歌学会、诗人批评家唐晓渡和西川领导的帕米尔工作室）已足以令人吃惊的话，那么把一个诗歌奖项颁发给国际著名的诗人与翻译家，则开始了中国当代文化与诗歌艺术的一个新的时代。这绝不是夸张之

---

① 朱鹰、周瑟瑟：《卡丘主义宣言二号》，见《卡丘主义创刊号》2007年。

辞，民间经济力量已经可以影响到中外文化与艺术的交流方式，这在过去无论如何是不可想象的。这里让我摘录一段来自新浪网的报道：

> 2007年11月12日，首届"中坤国际诗歌奖"颁奖典礼暨帕米尔文化艺术研究院成立仪式在金秋时节的北京中山音乐堂举行。首都文学、艺术、新闻等各界著名人士、部分驻华使馆和文化机构的有关官员等300余人出席了此次盛会。
>
> 在精彩的大提琴演奏之后，程序进入了典礼的重头戏——诗歌奖的颁奖单元。颁奖依A、B、C三个奖项的顺序进行，由著名诗人芒克、牛汉，北京歌德学院院长阿克曼，著名诗歌学者谢冕分别为获奖的中国诗人翟永明、法国诗人博纳富瓦、中国翻译家绿原和德国汉学家顾彬颁奖，其中博纳富瓦先生因腿疾不能亲临现场，他对此深表遗憾，并委托法国驻华使馆文化专员柯蓉代为领奖，还寄来了专门制作的影像资料……①

外省的诗人在过去没少为自己经典化的程度、所获得的承认度而感到愤愤不平，但如果他出席一次这样的场合便会改变看法 —— 这就是北京，只有在北京才会有这样的资源、平台和交流机遇。虽然一个足够自信的诗人也可以坚持认为，这与一个诗人最终的成就与成色没多大关系，但在这资讯爆炸与信息消费的

---

① http://www.wenhuacn.com/news_article.asp?classid=31&newsid=6651

时代，谁又敢说真的一点关系没有呢？

写作权利与秩序重建

诗歌界2006年的喧嚣，引发了人们在2007年的思考，关于写作的权利与网络媒介中的文本性质、关于诗歌品质的判断与秩序重建的问题，成为社会关注的焦点。但问题显然不是新出现的，在最近几年中这方面的讨论已有很多，只是在"个人权利"与"总体标准"之间一直没有建立起有效的对接关系。2007年上半年，我在访谈荷兰莱顿大学的汉学家柯雷教授时曾问他，在他们那里的网络环境是什么样子的，会像我们这里一样暴力化吗，他说骂人的情况总会有，"但不会像你们这样过分"——他这个回答让我一时语塞，但确没有出乎我的预料。我想这个问题同社会领域中的弊症是一样的，争取权利当然是第一重要的，但网络这个虚拟世界中权利也同样需要得到限制，如果不能，"权利"就会异化为"权力"甚至"暴力"，最终也将无法得到保护。

这就如同人的社会权利一样，是需要一种"契约"的，在这个问题上，卢梭式的"二律悖反"理论和"社会契约说"仍然是值得借鉴的。"自由与权威"、"个体与社会（人和公民）"、"欲望和理性"，必须是通过互相制约依存、通过公共契约的形式来确立的。现代以来人类的历史，证明了这一基本规则和理论的正确。如果两者不能同时互为前提地得到合法保障，

121

便不能维持基本的人类文明。"文革"早已从反面印证了这一点，如果一些人的言论与人身自由是以牺牲另一些人的言论与人身自由为前提的，那么这种自由便是伪自由，便是可怕的"集体的专制"，这种"自由的主体"很容易便蜕变成了"暴民"。网络环境下的言论暴力，虽然不至于使被施暴者像"文革"中那样直接受到身体的伤害，但长远看，如果公众都不去遵守这个契约，那么网络环境下的文化秩序和写作伦理便无法建立。在这样的环境下，每个说话者的权利都得不到保障，这样的环境会产生积极和进步的文化吗？会产生有意义的写作吗？因此，必须使每一个人都懂得"我不同意你的观点，但誓死捍卫你说话的权利"这样一个文明规则，这不仅仅是捍卫别人的权利，更重要的是同时保障了自己的权利，因为卢梭说得好——"每一个与全体相结合的个人"实质上"只不过是在服从自己本人"，这才是"契约"。

但对网络写作还要做区别分析，要将"一般的言论发表"与"写作"特别是狭义的"文学写作"区分开来，目前真正的"网络写作"——指在网络环境下的原创性写作，即直接面向网络世界、符合网络传播风格、在网络平台走红、然后旁及其他媒介的写作——发育并不充分，作品并不是很多，只有诗歌算是一个例外，我在写这篇文字的时候，特意搜索了几个大的文学网站，以"诗生活"（http://www.poemlife.com）为例，在这上面发表的诗歌作品大都有一定的专业水准，有相当的质量。翻看另一些比较"底线"的网站，我发现它们也不像前几年那么乱、那么闹和那么粗暴了。我举出一个比较极端的例子，也许有助于"反证"

这一点。这是我从网上搜出的"垃圾派"代表人物徐乡愁的一首张贴在"诗歌报论坛"（http://www.shigebao.com.cn/index.php）上的诗：题目叫作《我的垃圾人生》："我的理想就是考不上大学/即使考上了也拿不到毕业证/即使拿到了也找不到工作/即使找到了也会得罪领导/我的理想就是被单位开除/我的理想就是到街上去流浪/且不洗脸不刷牙不理发/精神猥琐目光呆滞/招干的来了不去应聘/招兵的来了不去应征/我一无所有家徒四壁/过了而立还讨不上老婆"——

　　　我的理想就是不给祖国繁衍后代

　　　我的理想就是把自己的腿整瘸

　　　一颠一拐地走过时代广场

　　　我的理想就是天生一双对眼

　　　看问题总向鼻梁的中央集中

　　　我的理想就是患上癫痫

　　　你们把我送去救护

　　　我却向你们口吐泡沫

　　从道德和字面意义上看，这无疑是"底线以下"的写作了，但如果你是在一个敏感的语境中来理解它的，也会觉得它有那么一点点意思，并不仅仅是让你"受不了"的恶劣与坏，你会从中读出一点点不平之气，对于我们这个充满问题的社会来说，这样的一种"人生理想"大约也包含了某种反讽的意味。我不知道这首分行文字是否可以算作典型的"网络写作"，但可以用

123

"排除法"，因为这样的写作在"纸媒"环境下显然很难"发表"，而现在却堂而皇之地出现在网络环境之中之上。这表明网络环境确有比纸媒与其他环境更宽松、其伦理标准更"底线"的特点。

但是这样的写作如果严格按照文学和诗的标准来衡量，又只能算是接近于一种"言论发表"，它是借助了分行文字，表达他的一种试图反抗社会、否定一般社会公众的基本价值的态度。对于这种"言论发表"的权利而言，似乎没有多大的干预和批评的必要，因为我相信即便是作者本人也不会把这样一些句子当真，他无法、也不可能真正这样做，甚至他所做的可能还恰恰与此相反，他这样说也许只是一种语言游戏、一种发泄、甚至只是"耍贫嘴"罢了。所以与这样的写作者奢谈"伦理"和"标准"，就是多余和要受嘲笑的了。这类写作基本可以称作"无难度的亚文学写作"，特点大概可以归结为：一、具有"即兴"的意味；二、兼有"恶意"和少许的专业性；三、具有"破坏性修辞"的特点；四、基本没有艺术的难度，但不排除具有某些"依赖于解释"的意义。比如上文的分行文字，如果细加解释，它也许还有某些合理的思想成分。目前在网络环境下充斥的许多是这种文字。

另外一种是新兴的、然而也是势如洪水的"博客写作"，我在2007年春节时就至少接到了十位以上的故人——其中有官员、家庭主妇、经销商和晚辈后生——当面或者通过手机短信方式告诉我其博客地址，希望我能够去看看他们的"写作"。我大致搜索一下，其中有少量的"诗歌"文字，多数是随感式的东西。

这些文字大都可以归入"一般性言论发表",但区别是他们的文字并无恶意或破坏冲动,虽然也活泼有趣。对此我想基本无需谈论"标准"问题,因为这也是一种本能的、由权利和兴趣共同支配的、有一定自律性的写作,基本与文学无关,因而也就谈不上用什么标准来要求他们。

另一些意图通向文学的写作,我们当然也就必须用"文学的标准"来要求它了。这一点已讨论得够多了,娱乐化、底线下降、粗鄙化、暴力化、无难度……关于这些问题,批评乃至声讨也已经够多,这里我不想再赘言。像当年词的逐渐提升一样,我以为"网络环境的原创性文学写作"也自会逐渐提升它的品质。只是有一点必须明确,再提升,它也应该仍然是"网络属性"的作品——就像词也是诗、但又与诗十分不同一样,它更婉约、灵秀、妖娆和艳丽,甚至它的颓伤与腐败气息也显得那么合理和自然,而这样的特色和气质无论放在近体诗、还是放在古风体之中,都是不可想象的。因此,我以为网络文学也应该逐渐确立它的"特有的美学":它的简约性、异类色彩、隐身气质、"合理的恶意"、狂欢意味、无文体界限……的特点,都应该逐渐清晰和成形起来。我并不想用过于苛刻的眼光来看待它现在的问题,看看这短短的几年中,它的粗鄙也许并没有减少,但其中稍好些的东西、有意味的写作也明显地变得多起来,这就足以给我们信心,让我们共同期待它的提升 —— 因为提升是必然的,提升则兴,不提升则灭,这是规律,天经地义。

特别鸣谢一年来热心向我提供资料的朋友们,特别是馈赠民刊和个人印刷品的朋友们，因为你们的支持，这个选本才能够保持它相对的一点"民间立场"，尽管一个人很难完全摒除各种因素的影响，我还是尽力使之保持业已具备的风格。

2007年12月24日平安夜，北京清河居

灾难，伦理，诗人之死和诗歌之低

——2008年诗歌印象

今夜，天下写诗的人是轻浮的

轻浮如刽子手，

轻浮如刀笔吏。

——朵渔：《今夜，写诗是轻浮的》

我崇拜英雄

但也拒绝嘲笑懦夫

——伊沙：《懦夫》

同往年相比，今年的诗选编得可谓艰难，阅读的过程变得漫长和迟疑，仿佛梦魇的行旅，轻飘，疲累。我找不出别的原因，唯一的理由是这一年中的经历，使我这样真切地感到了诗歌之"轻"与诗歌之"重"，使我对它的价值和标准时时感到困惑和游移。之轻，是与巨大的灾难相比，那种无能为力和微不足道；之重，则是它与语言同在、与一切意识和情感反应同在的作用。没有诗歌，我们也没有了语言，当我们这多难的民族在一场巨大的灾难中失去了近十万生命的时候，除了诗歌，我们又能以怎样的方式，记录和表达我们的痛感和哀思？任何其他的形式都变得无比的苦涩、茫然和无力。悲伤与感动，牺牲和奋起，承受和消

127

化，除了诗歌，我们还能靠什么？

所以，这个序言也变得犹疑和迟滞。当宏伟的国家叙事在讲述着伟大业绩、奥运盛举、一个个成功和胜利的时候，诗歌该说些什么，而我们又该对诗歌说些什么，便变得很惶惑。毕竟胜利和成功从来就不属于诗歌，唯有眼泪和痛感才是它永恒的修辞。

地震之烈与伦理之大

叙述地震诗歌本身的状况，似乎和叙述地震本身一样充满残酷性。如同伊拉克战争的直播一样，现代传媒将人间惨剧变成了同期声式的新闻消费，这当然是残酷的，但是也起到了别的方式所无法起到的作用。设想，如果没有电视和其他传媒如此迅速的报导，中国的亿万观众怎么可能在如此短暂的时间里，爆发出那样巨大的救灾激情，如果没有那些崩塌的山河、颓败的房屋、失去亲人的哭泣、遍地尸骨的惨烈场面，怎么会有那么多的眼泪、心痛、捐助、志愿者，还有如潮如浪如飞鸿如雪片的诗歌？

但诗人的热情也同样需要受到拷问的检验。这有一个至为贴近的例证，1994年，南非摄影家凯文·卡特在苏丹拍摄到了一幅旷世罕见的照片，照片的内容是一个骨瘦如柴的饥饿女童在泥地上爬行、耗尽了最后一点气力即将饿毙倒地的情景。当她那羸弱的身躯再也支撑不起那颗显得过于硕大的头颅，就要倒下的时候，她身后约二十米左右的地方，一只食腐的秃鹫正等待她死亡的一刻。这张照片后来被命名为"饥饿的苏丹"发表，并以震撼世界的力量获得了当年的普利策奖。这张照片激发了全世界人们的良知、使无数人投入赈济饥饿非洲的事业，由此挽救了无数生命。但此后围绕它所产生的伦理争议，却使摄影家送了命。

据凯文·卡特自己说，他为了那个场景等了足足有二十分钟，他本来指望会出现兀鹰展翅的刹那，但最终没有等到。无疑，如果单纯作为新闻照片，这是一个杰作，它所抓取的瞬间是一个职业新闻摄影家一生难逢、可遇而不可求的机会，它所产生的正面作用和效果又是任何语言所无法企及。但是仔细审视，在这张只有兀鹰和女孩两个角色的照片背后，还隐藏了"第三个角色"——那就是在这死亡画面前等待的这个人，这个摄影家。他和那个虎视眈眈等待死亡之食的兀鹰之间，构成了另一意义上的同类——它们都在等待自己的猎物。唯一的不同只是，它是在等待食物，而他则是在等待自己的职业机会；它等来的是一顿禽兽的暴殄，而他获得的则是人类的奖赏和职业名声。因此，这幅照片暗含了一个巨大的伦理拷问：这个看起来震撼良知、警醒责任的杰作背后，创作者是否扮演了一个与兀鹰相似的角色？摄影家为什么不去赶跑这死神般的猛禽，或者投身救助女孩的现实之中？固然，由它所唤起的道德力量业已救助了更多这样的孩子，但面对"这一个"、这个单个生命的现实和个体，摄影家却扮演了一个残忍的角色。凯文·卡特由此遭到了舆论的质疑和自己良心的谴责，三个月后，他在约翰内斯堡的居所中用一氧化碳自杀。

凯文·卡特所面对的伦理问题在地震诗歌中也同样存在，当我们为无数瞬时涌现出来的这类诗歌所感动和召唤的时候，似乎也有必要对写作主体的身份、角色、立场和权利做出追问。比如，如此巨大的灾难可否成为诗人语言繁殖和抒情运动的机遇？在灾难面前诗歌这种修辞活动还有否道德上的合法性？诗人是否应该在行动和语言之间做出选择——换言之，诗人此时是否还有资格和必要"以笔为武器"？当一场巨大灾难变成一场声势浩大的诗歌生产的时候，一切写作者是否都变成了一个凯文·卡特式的角色？还有，当写作进入表达的层面上，更有道德感召力的是悲情还是信心，是绝望还是希望？……

　　显然，面对以十万计的血肉生命、面对每一个生命被埋葬在废墟与瓦砾之下的惨景，任何语言和情感表达都将都变得软弱和可疑，但是同样，如果此时中国只有一片哭泣和无声的援救，当然也是不可想象的，一个民族必须表达理解，必须表达她的情感，那么此时除了诗歌，我们又能够找寻什么样的方式和语言呢？因此，这是一个巨大的矛盾，面对这样一个二元分裂的价值维度，我们就必须在对一切写作者的写作表示尊重的同时，也对他们的角色、立场做出拷问，也只有这样，我们从语言中所获得的，才不仅仅是虚拟的慷慨和廉价的悲伤，以及不合时宜的赞美和感恩，更不会对那些虚伪无聊的为死难者代言"幸福"的写作抱以认同——那是在过去的很多年中我们都曾经习以为常的思维习惯，将哀歌变为颂歌、借血泪和生命来构造丰功伟绩，这曾是一个民族的集体无意识，而今，这种无意识正被我们的人民予以集体的反思和唾弃。如果说我们的民族确实从这场灾难中获得了某种"补偿"、取得了巨大的进步的话，那么这种真正的"以人为本"——以克尔凯格尔所说的"那个个人"、也即"that individual"为价值本位的意识的确立，就是最大的进步和补偿了。

因此，我们要为那些带有"拷问"意味的写作叫好，因为只有对写作者自我的合法性抱有质疑和反思的写作，才更具有思考的价值和感人的力量。这样的作品不仅是对死难者的悲悯，也是对普世价值的维护，对生者的道德教益。我们应该庆幸出现了这样的作品，某种意义上也是它们挽救了这场写作，赋予了这场"诗歌运动"以合法性。如果要举出一个例证的话，我以为朵渔的《今夜，写诗是轻浮的……》是最好的，它对包括"写作"以及自我在内的一切灾难承受者之外的人与物、行为与表达的普遍质疑，恰好凸显了这场写作的意义："……想想，太轻浮了，这一切/在一张西部地图前，上海/是轻浮的，在巨大的废墟旁/论功行赏的将军/是轻浮的，还有哽咽的县长/机械是轻浮的，面对那自坟墓中/伸出的小手/……想想，当房间变成了安静的墓场，哭声/是多么的轻贱！/电视上的抒情是轻浮的，当一具尸体/一万具尸体，在屏幕前/我的眼泪是轻浮的，你的罪过是轻浮的/主持人是轻浮的，宣传部是轻浮的/将坏事变成好事的官员/是轻浮的！/……悲伤的好人，轻浮如杜甫"

今夜，我必定也是

轻浮的，当我写下

悲伤、眼泪、尸体、血，却写不出

巨石、大地、团结和暴怒！

当我写下语言，却写不出深深的沉默。

今夜，人类的悲痛里

有轻浮的泪，悲哀中有轻浮的甜

今夜，天下写诗的人是轻浮的

轻浮如刽子手，

轻浮如刀笔吏。

　　一切怜悯、救助和感人的至爱，都无法抵消万千生命和肉体的毁灭这一悲剧，无法抵消死亡者的死亡，与伤痛者的伤痛。谁也没有权力用别的什么东西和言辞，来覆盖冲抵这无边的悲伤，没有权力随意地叙述和书写任何有关的人与事、情或理，"当我写下语言，却写不出深深的沉默"——真正得体的表达也许就是"沉默"，但仅仅用沉默却同样也无法表达沉默。如果说这首诗中有一个言说的立场的话，那么它便是无限接近的"上帝的立场"了，对于一个没有基督教传统的民族来说，读到这样的诗歌我们应该有理由感到欣慰。

　　毫无疑问，对生命的理解和价值尊奉的程度，将是决定一切地震诗歌文本价值的标尺。荷尔德林说，"人能够将自己置放到他人的处境中，把他人的领域变成自己的"，"这正是人的需要"。①如果不能以这样的理解和精神去关怀，任何"灾难写作"都将很难获得严肃的意义。它甚至不如为灾难的承受者们做哪怕一点点实事来的更有价值。从这个角度说，我宁愿去讴歌那些用身体而不是语言、用物质而不是情感去支援灾区的人，那些本身

---

① 荷尔德林：《论宗教》，《荷尔德林文集》第216页，商务印书馆1999年版。

介入了救灾实践的人们，更有资格书写他们的体验和思想。地震之后，大量的媒体和出版人用了各种形式、以最快的速度赶制了各种版面和出版物，我们当然不能否认它们有可能发挥的作用，但面对上述伦理，它们的价值甚至动机也将首先面临询问和质疑。当我在5月末收到由诗人黄礼孩主编的《诗歌与人》特刊《5·12汶川地震诗歌专号》的时候，我的第一反应是惊愕，惊异他竟然有如此迅疾如职业记者的意识和速度；我的第二反应是疑虑，难道在这举国悲恸的日子里真的还有必要、有那么多人有心情写下那么多的诗歌作品？但当我读了诗集的前言，得知他和他的同人们为赈灾举行了巡回诗歌朗诵会，并为灾区募集了8万余元资金的时候，我的眼睛湿润了。我感到他们有这个资格来编辑这样一本诗集，因为他所做的不仅仅是语言与修辞的工作，8万元对于这巨大的灾难、对于数百亿的捐款来说也许是微薄的，但他们却实现了自己作为诗人的担当，实践了他们的"完整性写作"的诗歌理想："'完整性写作'的诗歌精神就是敢于去担当，去照亮，去恢复人性的崇高。这一刻，诗歌是一个行动者……"①是的，诗歌必须同时参与这爱的"行动"才具有合法性和价值。因此当我读到另一位诗人哑石的"诗歌日记"的时候，也深深地认同他的说法："周围的一些博导们，开始/抽着名烟，喝着茶，/（眼神中，不时闪过恐慌）/讨论天灾的哲学意义，国际影响……/他们都曾是我很好的朋友。/突然，我开始厌恶他们，说不出理由"——

---

① 黄礼孩：《我们都是幸存者》，《5·12汶川地震诗歌专号》，《诗歌与人》总第19期，2008年5月。

我扭头离开他们，来到离学校最近

的采血点，献200毫升血：

足足排了四个小时的队，

队伍中，大多是年轻人，甚至

有的看起来还是嘻嘻哈哈的，

（雨中，有一对恋人还站着接吻）

显然不严肃。我得承认，

今天，我真的、真的更喜欢他们。

　　我必须说，这首诗也让我充满感动，因为它使诗歌的表达获得了人格实践的支撑，行动见证了语言，鲜血介入了修辞。同样情境的还有林雪那样的亲历式写作，她的诗歌是写于灾区的现场，因此具有了"将自己置于他人处境"的见证力量，她的一首《请允许我唱一首破碎的苕西》①中有这样的句子："在这里，我才知道，以前／我用过的'破碎'，从没有像现在／我看到的这么绝望、彻底／以至于我怀疑自己，是不是／一直在滥用？／我愿意把破碎这个词最后再用一次／……破碎中，我们还有灵魂／是完整的……"我们自然无法要求所有的写作者都具有"现场"和亲历的实践，但无疑这样的写作是最有感染力和可信度的。这看起来似乎苛刻，但自古以来诗歌的常理也是如此，最感人的诗歌必定是渗透了诗人生命见证和人格实践的诗歌，渗透了人生对文本的

---

① "苕西"：羌语，情歌，原注。见《5·12汶川地震诗歌专号》。

"介入"和践行的诗歌，这是一个定律。

对于那些最广泛意义上的"地震诗歌"写作，我只能说，它们的意义都需要检验——以每一个写作者自己的良知，用其思想的状况和精神的现实来验证。但我宁愿相信，这是一次民族激情的释放，一次价值观的集体反思和蜕变，一次道德良知的奋起，一次哀情的诉说，甚至一次泪水的伟大奔涌……我们这个民族太需要用眼泪来洗刷这些年欲望的红尘和道德的锈蚀、太需要用泪水荡涤我们钝化的良知和彼此隔膜的心灵了。因此某种意义上，我们不在意这场运动会不会留下长久传诵的诗歌作品，不在意诗歌会不会在这样的群众运动中获得"复兴"，因为这既不现实也不重要，重要的是，诗歌会像诗人佩斯说的那样成为"激发神性和灵魂"的形式，成为唤起良知、推动社会进步的借力方式。如果我们必定要寻求"历史补偿"的话，那么好好守护由鲜血和生命代价唤起的"人本"价值、把这样一种价值贯穿到我们社会生活的各个方面，使之成为我们的日常规则，应该是最好的方式。我甚至认为，当我们不仅仅是对地震中人民的生命才那样珍惜尊重、不仅仅是对那些特殊的伤者才那样真情关怀、无私救助的时候，当我们任何时候、对所有的人民、所有的生命都同样珍视的时候，我们这个民族为地震付出的惨痛代价，才算是没有白费，在苦难中获得的道德奋起和精神净化，才不会成为一个很快破灭的泡影。

当然，作为一个观念的表达者，"我"说这番话的同时也同样需要反躬自问：我怀疑和追问的资格何在？我言说的凭据和理由何在？我是否也试图用力所能及的付出，践行我所推崇的价值？在此，请让我向那些勇敢和果断的志愿者、抗震救灾的实践者、竭尽绵薄之力去担当责任的普通人们、向那些为救助他人而付出了宝贵生命的英雄，致敬。谢谢你们，是你们的努力使我们民族有资格一起持续这场思考和自审。

汉语的生长与"90后"登场

诗歌中汉语的生长正在展示出它令人惊叹的可能性。我不是一个文化和美学意义上的进化论者，但近三十年来汉语的表达，的确呈现了前所未有的变化。三十年前，我们对汉语如何用诙谐和自由的口语来表达日常的经验，还是不可想象的，在朦胧诗那唯美的修辞和意象式语义的传达面前，国人都经受了一次陌生化的考验，甚至还发生了旷日持久的争议，而现在回头看，我们会感到那争论是多么可笑，朦胧诗的语言与修辞手法，是多么单一和稚嫩；甚至我们对之后的第三代诗歌，那种观念化和"态度化"的语言也会感到如此的不满足——会感到那是一种"长满了粉刺"式的青春期的躁动的修辞；当然，还有90年代诗歌那种成熟当中的压抑与紧张，也可以作两面的理解。如今诗歌语言的多样、松弛、弹性、细腻、歧义，甚至它在某些情境下的芜杂、模糊、含混、陌生，还有那些新奇的悬浮感、错乱性、幻境意味以及难以名状的铺排与枝蔓丛生，都可以看作是汉语在今天的语境中的合理的增生。维特根斯坦早就说过："想象一种语言也即是想象一种生活方式。"不能设想，在日常世界发生了巨大变化的同时，我们还固守着从前的修辞习尚。在当代诗歌的历史上，我们曾多次有过类似的尴尬。当然，这里有两个问题必须作为前提，一是承认语言的生长性并非无视语言的传统与根性，二是语言的粗鄙化过程也不是无限制地向下滑行。但我们应当承认，语言的表达与日常世界的真实状况必须是"对位"的，当我们置身这变动、焦灼、含混、冲撞的时代，很难设想诗歌语言与修辞的单一风尚，很难维持它的所谓"唯美"与"纯洁"的状态，而应该承受和承认它多元纷杂的丰富性与歧义性，承认它迅速的蜕变与生长。

悉心的读者会注意到，在最近的这些年中，我其实一直在留意并且选取那些在语言与修辞上具有符号意义的作品，比如一位叫作张玉明的诗人，他的作品所专注表现的是精神分裂症患者的精神状况，甚至它多年来使用的修辞即是精神分裂症式的混乱、跳跃、失忆与无逻辑修辞。这样的语言对于我们这剧烈变幻的时代，不啻一种戏剧性的再现、嘲弄、冷眼与反讽。我还一直在寻找那些具有"边缘修辞"意味的诗歌，比如墓草、徐慢、丁成、曾德旷、甚至徐乡愁等人的作品，他们从不同的角度"触犯"着我们时代原有的诗歌伦理与修辞习惯，标识着诗歌语言的可能边界。我不能说这些触犯都是合理的，但至少，它们用粗鄙或晦暗的一面，隐喻或者影射了这时代的状况，影射了人群与财富分化过程中种种怪异和病态的精神与现实。还有，我会选择某些以滑行的速度叙述琐细的日常情境的诗歌，用刻意卑贱的修辞传达怨怼或绝望意绪的诗歌，用极大的词语密度来呈现都市生存的喧嚣压抑以及冷漠和败坏情绪的诗歌，还有那些刻意以坚定的节奏与歌性，来表达物质的围剿与精神的动荡中坚守价值与情怀的诗歌，还有那些具有明显的网络环境下追求"一次性消费"的、刻意屏蔽话语深度的诗歌……总之，我尽力使选本呈现出多样甚至芜杂的语言状况与修辞面貌。

上述说法很难完全涵盖现今写作中语言的总体状况。我的意思是说，我们应该对汉语诗歌写作中无限的可能性怀有宽容与开放的期待，相信精神与现实的复杂，同语言的多变与芜杂是同在和共生的关系，诗歌就在与现实的巧妙对位与回应中诞生和展开。语言的状况就是现实的状况，语言的真实就是现实的真实。

在2008年，如果我们要在地震诗歌之外列出一个最重要的写作现象的话，那么我以为是"90后"一代新人的登场，这可以说是另一个足以令人关注的事件。由于这个理由，我在地震诗歌特辑之外另设了一个"90后特辑"，以集中展示一下他们的面貌。这样做，一是因为他们确实形成了可观的格局，出现了有才华的年轻作者，写出了令人不能忽略的作品，另一方面，毕竟他们（她们）还是未曾成年和刚刚接近成年的作者，将他们混同于成人之中还是有点"不公平"。事实上，去年的选本就已选入了只有十四岁的陈路奇的诗，在他的作品中即呈现出"思想的早熟"和修辞的成人化的特点，他的那些诗，即便是同顾城在十四岁时写下的《生命幻想曲》相比也不可同日而语——不是说他比顾城写得更好，而是说顾城那种"童话"式的语言、天真的情愫、儿童式的想象力在他这里被提早地剔除了，他所面对的是和成人一样的生存命题和哲学困顿。这种情形在如今的"90后"写作群体中，确有一定的普遍性。

如果要寻找原因，那显然是时代的变化使然。"速度"在我们的时代已成为了第一定律，代际的生长更替也具有了越来越令人猝不及防的性质，刚刚还在说"80后"怎样怎样，转眼间便轮到了更为生猛的"90后"。而生长于都市或时尚文化中的这代新人，虽说也一样受过各种传统式的教育，但耳濡目染的，却是我们这时代多元而充满喧闹、开放也充满陷阱、新鲜也充满不确定性的文化环境，为顾城所感受过的那种自然的神秘与温馨、世界的完整与自在，如今已被急剧变幻的纷杂破碎的世界所替代。所以他们的表达一出手便如此尖锐、迷乱、深沉和早熟。请看这位只有十五岁的初中生蒙蒙的一首《你们的心死了》："你们用手抚摸沸腾的海水/在骤风中睡觉/大地裂开了/一个裂缝变成了湖泊/另一个变成了血管/血管啊血管/在大地上蔓延/你们是在等待死亡吗/这死亡/是迟到的潮/在水滴上/刻出一棵绿草/自己挖坑，自己沉默/大地深邃的眼里是火/灼烧你们的脚踝"——

> 他们死了，但心还活着
> 你们活着，但心已死了

这简直是"苍老"的经验了，很难相信它的作者是一位生于1993年的孩子，从"沸腾的海水"到"死亡的心"，由激荡澎湃的意绪到顿然凝固的结局，这是充满成长顿悟和生命痛感的节奏与修辞。

当然上述只属一类情形，他们毕竟也有纯真活泼的多面性，日常经验、成长记忆也同样给他们带来兴奋与灵感，他们的言说领域因此也非常宽泛和随意。不过他们也很少有这个年龄常见的毛病，如情绪的漂浮与表面，语言的单薄和修饰性，还有表达的观念化、生硬感等，而这是一般的"青春期的修辞练习"常有的弱点，甚至许多成人的写作中也有类似的问题，而他们则往往具有能够在细节处、在瞬间使诗意进入到世界内部的天分和敏感。请看蓝冰丫头（原名罗薇薇，1991年生）的一首短诗《烟花》：

> 她在夜空中放手，让一群烟花回到了天上
>
> 她望着漫天的火焰
>
> 喜极而泣
>
> "它们相遇了"
>
> 像抵额相望的闪电，轻轻战栗
>
> 那从暗处慢慢愈合的风
>
> 就要把他吹亮
>
> 那些被她捂热的纸灯笼，那归宿
>
> 短，而且美

即使用"美丽的闪电"来形容它大概也不为过。这瞬间绽放的烟花，在诗歌中也使一位少女的生命感悟与存在体验闪电般地打开、赋形，放射出令人心颤的光焰。这称得上是年轻而又成熟、灵动而又结实的诗句了，真实与幻感、象与质、修辞与诗意融于一体，完美而天然。

我统计了一下，在《诗选刊》的第11期、第12期合刊中共收入了十四位小作者的作品，其中最小的一位是出生于1995年，他们中的绝大多数都在读中学，而"写作年龄"都已相当长，最长的高璨从八岁就开始发表作品，已出版诗集和其他作品集达八部，这些数字真的令人惊诧。这确是语言和心智早熟的一代，仿佛越过了语言的青春而直达成年的头脑，读他们的诗无法不让我感到兴奋，并对汉语神奇的未来充满期许。

当然，我也不可在这里无限度地估价这些文本，毕竟他们还是孩子，毕竟诗歌的道路是如此漫长，青春的花园只是灿烂的入口，这迷宫的世界同生命的道路一样幽暗而多艰。我不能一时兴奋而开出"捧杀"的恶例。

生存之重与诗人之死

一只鸟，在层云上飞

那疲倦的身躯、迷茫的眼神

只能被云朵的灰色遮蔽

或许云有多么脆弱，然而

他无法穿透，他的力气已将用完

内心的虚弱，更能感觉天空的缥缈

努力地扇动翅膀，依旧没能绕过

雷电潜伏在云的周围

他爱的人都在下边

大地上熙熙攘攘地过往

他们无法飞起，沉溺其中——

幸福和苦痛，在尘嚣中难分彼此

"雨下了，寒凉的雨丝/没有零落的羽毛/再无孤独的影子/之后，天空像新鲜的蓝床单/而大地，继续像垃圾场/物质坚持物质的腐烂/梦在无形地蒸发，一切在缓慢地/消失，于相近或遥远的未来"。

这是一位叫作吾同树的诗人在2008年8月1日自尽前写下的一首绝命诗，来自网络的消息证实他于这一天自缢于广东东莞的家中。当然，如果没有他的死作为见证，这首诗也完全可以理解为一首普通的好诗，它所表达的不过是正常的诗之情愫，充其量也就是有些低沉和灰暗而已，你不会从中感到太多死亡的信息。但不幸它被行动印证了，它变成了一首死亡之诗，一首自作的挽歌和充满安静与飞翔感的安魂曲。

单纯在文本的意义上，谁也看不出它有超出精神事件的某种具体性。很明显这就是一首表达和确认死之解脱感的诗，它隐约透示出自决前的镇定，表达出对生死的参悟，甚至饱含了对众生的怜悯……生死两界的差别不过是事物暂时的表象，永恒之物必定在最后弥合一切，想到这里，他安然离去，结束了他虚弱、疲倦和缥缈的飞行。然而，这安详的死亡想象里，确实还有更具体的脚注，尽管我们是这样地不愿将之归于形而下的由因，可从其友人的纪念文章里，人们还是看到了他弃世的一些具体原因：沉重的房贷，加上生活的动荡，几经变更职业，造成了他无法自拔的厌世情绪。是世俗生活的压力将他席卷而去。

这不禁让人又联想起去年的另一位叫作余地的诗人的死，因为孤陋寡闻，我也仅仅是在今年五月份得知了这一消息，得知也同样是出于生存的无助，他抛下身患重病的妻子，还有年幼的孩子，独自撒手而去，也死得让人感到彻骨的寒冷。想想当年海子的死，毕竟还有几分壮烈，毕竟还有更形而上的理由，而这些年诗人的处境则坠落到了无力养家糊口的田地。

我当然无意放大这两个单独事件的意义，确实以中国之大，弃世的惨剧每天都有，不一定都是诗人因为不可解决的生存之困或哲学问题而做此选择。但诗人之死确有比一般人的死更值得思考的东西，对于时代来说更具精神暗示的意义。生存到底有多沉重？很多人当然并无感受，而很多人又没有机会、也没有权利表达他们的感受，只有诗人，那些身居底层、处身无助与困顿中的诗人，能够将这沉重和悲凉通过写作公之于众。这也是我更愿意选择那些沉重的而不是轻飘的、底层的而不是中产阶级趣味的、充满痛感的而不是洋洋自得的诗歌原因。前两年我曾经格外关注过郑小琼那样的诗人，她为千千万万劳作在"世界工厂"的女工们书写着身心的疲惫和生命的卑微，记录着尖锐而冷硬的时代之铁碾轧过她们单薄的身躯时留下的寒光与呻吟，而今郑小琼本人已经"脱困"——据说她已调到了广州，在省里的文化机关谋得了职位，还当选了广东省的人大代表。我们当然有理由为她高兴，但她诗歌中所书写过的苦难和困顿并没有结束，仍然在千千万万的劳动者身上、在他们的命运里延续。谁还能够继续为他们书写和见证？

让我们记住吾同树和余地，这两个悲伤的名字，也许他们并不是我们这时代最出色的诗人，但他们以身相许，与身历的命运和不能自决的思想一起沉沦。他们的死告诉我们，在精神的痛苦和生存的困顿之间，后者也许更真实具体，也更逼近和残忍。

高调的诗歌之低、之边缘

在本年度收到的民刊与诗歌资料中，最显赫的要数由龙俊主编的三卷厚厚的"低诗歌丛书"《低诗歌批判》《低诗歌代表诗人诗选》《低诗歌年鉴》（中国国际文化出版社2007年11月，实际问世时间应为2008年）了。关于"低诗歌"的情况，前年的年选序言中我也曾提到，但限于当时的估计而未及多谈，以今年的情形看，来势可谓猛烈而"高调"。而且不可轻视的是，它还集合了一批草根族的理论家 —— 像张嘉谚等，对于"低诗歌运动"进行了相当详尽地理论阐释。这也使我认识到它并非"小众"和一般民刊的边缘行为，从整个的时代、社会的结构与诗歌的格局看，它似乎正成为一个巨大的人群或阶层的代言者，一种具有庞大受众基础的诗歌思潮。

什么是"低诗歌"？发表于2006年8月10日"低诗歌论坛"的一篇宣言如是说：

> "低诗歌"是中国诗歌的急先锋。

"低诗歌"是中国诗歌的"极端主义"。

低诗歌原则：无禁区，无原则，无秩序，无终极即"无极"。

低诗歌姿态：无知。无畏。极端。彻底。决绝！如果一些人非要给它扣上一个帽子，将它视为诗歌文化艺术的"反动派"，它乐于接受，并不做任何辩解。

低诗歌使命：对现有各种"合理性"存在和"非合理性"存在以及当下文化艺术潮流（包括主流和先锋）进行彻底颠覆。低诗歌的任务就是破坏。……

低诗歌态度：永远不要被认同，永远不要被接受。不管任何形式的和潜意识的，它的被成人和被接受，将是它最大的耻辱！……[1]

这是低诗歌的理论旗手打出的旗帜和开列的信条。与人类历史上一切艺术宣言比，这应该是"最牛"、最彻底的口号了，它甚至反对被认可和接受，不啻最"无极式的精神思想解放运动"了，与前些年曾流行的"用下半身反对上半身"的"下半身诗学"比，其文化与美学内涵也远为扩展。不过，仅从字面上来理解其叛逆性我以为还是不够的，应该冒着给它们带来"耻辱"的危险，对之做点深入地解读。某种意义上，低诗歌运动反映了中国当今社会剧烈分化中的一种底层意识形态，它是带着悲愤与无望，卑贱与不平的思想情绪的一群，他们用否定性的立场和态度

---

[1] 开物、一空：《低诗歌宣言》，见龙俊主编《低诗歌批判》第3页，中国国际文化出版2007年11月版。

来看待一切，从另一个角色或用另一个方式，来表达着底层、草根阶层的境遇、情感和思想。这和历史上欧洲资本主义情境中出现的"达达主义"、"未来主义"等左派思想、与诗歌运动中的一切"现代"主张——包括当年朦胧诗、第三代崛起之时的叛逆主张——还不一样，那些马里内蒂式的宣言中虽然也声称"破坏""狂热""原始""摧毁"①等行动，但他们所代表的似乎只是"年轻"二字，因为年轻即是"权力"的对立面，而似乎并不代表人群中特定的阶层，而现在，低诗歌确乎体现了我们这时代"广义的底层"或草根的价值立场与意识形态。

显然，"不平而鸣"是低诗歌的发生基础，否定和向下是其认识论的原则，粗鄙和求真是其审美的信条。结合张嘉谚的阐释，我们对它的特点会看得更清楚些——这位事实上已相当"年长"的来自贵州的诗人和批评家，之所以有如此活力和"火力"，我想与其久居边缘的压抑感不无关系："低诗歌成为中国先锋诗歌历史走势的最新表现。……它的出现是这个垃圾时代的合理产物，也是我们生存其间的社会现实之丑假恶泛滥的必然反映。它的'低'未必意味着诗歌精神的堕落，相反……它负起了审伪（审假）、审丑与审恶的批判性使命。""认同肉体生命、立足广袤大地、落到社会底层。站在平民甚至贱民的立场，无情地揭露横行高处的假、丑、恶，以'不合作'甚至'以下犯上'的挑衅姿态加以嘲讽。""语言直截了当，不再是精细雕琢或朦胧晦涩的写法。以崇低的精神（皮蛋、凡斯等）实施反叛，以审丑的观

---

① 马里内蒂：《未来主义宣言》，见伍蠡甫主编《现代西方文论选》第64—65页，上海译文出版社1983年版。

念（杨春光等）介入现实，以反饰诗学的语言（丁友星等）便于为大众理解。这种以'民本思想'（龙俊等）为基础的低诗歌力量，如同巨人安泰回到大地母亲的怀抱，势必从根本上汲取最深厚的力量。"①这段话可谓比较详尽地解释了低诗歌运动，作为一个诗歌与意识形态、文化与美学思潮的现象的基本含义。

然而低诗歌还有一个最根本的特征，那就是"文本的边缘性"——我用了这样一个词来描述它，是出于表达的不得已。因为仅仅用"粗鄙""粗俗"甚至"粗野"都只能涵盖其形，而无法传达其神，它的词语的粗蛮在多数作品中其实真的充满了痛感、尖锐、合理性，甚至震撼人性的力量，但从修辞的层面上它们确实很难在任何"公开出版"的载体上被保留下来。这使我感到矛盾，或许这也是他们所追求诗歌之"低"的一部分吧。不过我最终还是从《2007，低诗歌年鉴》中选出了曾德旷的几首诗，他的《我没有故乡》《我把自己同进城挑粪的农民相比》《我生下来就是为了歌唱》都给我带来了震撼，甚至感动。我必须说，这位曾因为在网络上发表了自己隐私的流浪生活而引起了争议的曾德旷，真的是一位功底深厚的诗人，他在卑贱的生活场景与心绪中，书写出了令人颤动的悲凉诗意："我没有故乡／我的故乡／早已迷失在迁徙的路上／我没有避风港／我的避风港／是秋风中候鸟的翅膀／从南方到北方／从人间到天上／秋风，隔开了星星的诗行……"

---

① 张嘉谚：《中国低诗潮》，见龙俊主编《低诗歌批判》第5页。

然而小草中的血液

然而血液中的呼喊

终于让我再一次走在路上

只有这时候

我才不再悲伤，只有这时候

我才觉得自己又回到了故乡

　　悲情、凄楚、无望、苍凉。确实是好诗。当然，这里并没有征引他的那些更具破坏性修辞和粗鄙风格的诗句，但不管怎样，在诗歌中可以读出写作者真实的卑微，读出其身份与生活的卑贱，这就是见证的力量，诗歌永远因为见证而高人一等，因为它能够带来阅读的感动。他让我们知道，在这个世界上，真的还有许许多多的人在呼喊和挣扎，在生存的底线上，在诗歌的华丽的表象下。我们当然没有理由无界限地推崇粗鄙的修辞，或以"道德优势"来看待与诠释底层的生存，但也应该明白，诗歌真的没有权利漠视这真实的情境和悲凉的声音。

　　"低诗歌的高调"是有道理的。

2008年岁暮，北京清河居

148

精神的冰或诗歌的雪

——2009年诗歌阅读散记

> 大雪剪纸中的细节
>
> 火光深处的城市——
>
> 绕过垂钓梦者的星星
>
> 行船至急拐弯处
>
> ——北岛：《致敬》

这个冬天来得是如此之早，刚到十月底，京城就迎来了第一场雪，而且是大雪。尚未退去秋装的树木忽然银装素裹，被压弯了腰。一个久违的世界突然回来了，窗外一片白茫茫的雪片，好像大自然的一场诗兴，一发不可收。朔风中纷纷扬扬，充满凛冽中的宁静，昏暗中的灰白。久违了，白雪，久违了，久远的记忆。

那时我也正在我的房间里，搬动着覆满薄薄的一层尘土的书刊和杂志，搜寻一年来可以入眼的诗歌，心中仿佛也有一场雪在下。这是相对寂静的一年，没有了去年那样的大灾难和大悲伤，一切好像是在平静中慢慢愈合。然而这平静中也有着百味杂陈的奇崛和不平，有着此起彼伏的悲欣与歌哭。只是这一切最终落于纸上，变成了诗歌的时候，都有一种让我感奋和荡气回肠的痛快，一切都化为了这雪片一般的篇章和文字。我在心中默念着，燕山雪花大如席，雪落长城静无声……汉语的雪，或者如雪的汉语，在这夜空中尽情地飞舞飘扬。忽然有种遍地芳草的感觉，放眼望去，这属于诗歌的古老国土，辽阔，苍茫，一片无边的生机。镰刀，牛羊，马车，民歌阵阵，对应着我手里的剪刀和糨糊，散乱的感受和跳脱的文字。这是一场隐秘的飨宴，精神的飨宴，尽管夹杂了那么多的喧闹、粗鄙和不如意。

我随手记下一些凌乱的感受。

无法绕过：关于海子二十周年祭

2009年牵动诗歌界人们一根神经的事件，是海子去世二十周年，这是一个值得纪念的日子。据说在春季全国各地有无数场研讨或朗诵的活动，来纪念这位并无生前的辉煌，却有身后的荣耀的虽然身材矮小却能量巨大的诗人，有人还编辑出版了各种版本的海子诗歌选集，以及多卷本的海子纪念文集。

二十年虽然不一定称得上是沧海桑田，虽然也不一定称得上是水落石出，但对于海子来说足够了，它证明了这位诗人的意义，他文本的不朽。他的近两万行诗歌，在岁月风霜的磨洗之下一点也没有显得陈旧过时，恰恰相反，此时此刻的阅读让我坚信他语言的生长性，他的诗歌空间巨大的自我弥合与扩张。这是非常奇异的经验，十年前读海子的时候，感到有大量类似泥石流状的不可化解的成分，一些荒僻生硬的词语、过度奇崛的修辞使我望而生畏。而如今再度进入他的作品，这种感觉几乎已顿然消失，所见竟然尽是钻石般的光彩洁净和澄明剔透。这表明，伟大作品具有恒久的生长性，即便是在诗人已离世多年以后，也仍有新鲜和旺盛的生命。这不是故弄玄虚，海子的诗歌世界与诗学思想的确在这个二十年中显现出了艺术和精神的先知性质，它前出于时间和历史，高远，超拔，富有预见性的高度与力量。他所致力要超越的当代汉语的表象和单薄，的确部分地获得了实现——尽管这些实现也许是从另外的一些破坏开始的，而且这超越也并非单纯地还原古典意义上的纯净和唯美，而是创造、创始，是现代意义上的丰富和原始，是混合着创世语言与个人密码、经典符号与不可解读的黑暗语义、而后又被牺牲与献祭的伟大生命之光照亮的一种语言。这很难一下子说清，但我相信，真正具有诗歌感知力与生命领悟力的读者都会体验到这一点。

讨论海子的诗歌几乎涉及从古典到现代诗歌的一切元命题，所以这也是一个巨大的深渊和陷阱，这里只能量力而行，浮光掠影地说说。很可能这种认识和估价的充分和完整还需要若干年，就像荷尔德林死后几十年才陆续有哲人和智者认识到他的价值一样，海子意义的完全彰显也需要汉语诗歌生长过程中的某些契机，在很多年后肯定还要有真正的爆发。但至少现在可以预期和肯定，对于汉语自由体诗歌语言的整体的和逻辑意义上的怀疑可以告结了。现代汉语完全可以创造出与盛唐气象、与宋词之美以及以《红楼梦》为标志的明清小说的传奇相媲美的瑰丽而圣洁的表达，创造出完美而无可挑剔的辉煌篇章。理解这些思想和语言需要时间，需要沉淀，也需要智慧的后来者的重新发现和照亮。

上述这些说法当然不是"圣化"海子，某些对海子文本的质疑也并非是全无道理。一个诗人当然不是神，不可能没有缺陷，但对于海子来说，"一次性的诗歌行动"是理解他的关键。在《诗学：一份提纲》中，海子表达了他类似于雅斯贝斯的一个观念，那就是要下决心做一个不可复制的诗人，一个诗歌写作与生命实践成为"一次性完成"的统一而互现的诗人。对此雅斯贝斯的说法是"一次性的写作"，他的例子是米开朗琪罗、荷尔德林和凡·高，是历史上一切"毁灭自己于深渊之中、毁灭自己于作品之中的诗人"。在雅斯贝斯看来，除了歌德是成功地"躲过了深渊而成为伟大诗人"的一个，几乎没有例外，所有伟大的诗人都为他的写作付出了与文本匹配的生命人格实践 —— 要么是自杀，要么是精神分裂。这些分析或许有绝对之处，但我们同意这样一种基本的判断，那就是：杰出的诗人都是在其诗歌写作中融入非凡的生命人格实践的诗人，这种付出可以是彗星燃烧式的——像屈原沉江、海子卧轨，也可以是春蚕吐丝、蜡炬成灰式的——像杜甫悲苦沉吟、荷尔德林一生做不知疲倦地精神巡游，每一个不朽诗人的生命中都包含了一段不可复制的传奇。

这应该是"属于上帝的诗学"。从这个意义上，海子的诗歌理想是值得尊敬和崇尚的，也许他是"最后一个"——种种迹象表明又不是——为了这诗歌理想牺牲的诗人。但至少他证明我们的时代仍保有了真正的理想主义者。多年后的阅读使我坚信，海子的文本、他的诗歌理想、他的人生实践之间是互相匹配的，这一"不可模仿"的条件使他保持了上升、还原和凸显的方向，他那荒古而灵幻的诗句因此呈现出越来越透明和澄澈的境地与力量："大风从东吹到西，从北刮到南，你所说的曙光究竟是什么意思"，"风的前面是风，天空上面是天空，道路的前面还是道路"，"目击众神死亡的原野上野花一片，远在远方的风比远方更远"，"当她们像大雪飞过墓地，大雪中却没有路通向我的房门，——身体没有门——只有手指，竖在墓地，如十根冻伤的蜡烛……"我不必再引用很多，没有哪一个活着的诗人的语言能够达到这样的境地：它荒凉中的灵幻、它晦暗中的澄明、它陌生中的亲和。当然这里也用不着引用他那些原始和混沌的、充满岩浆与烈火、洪荒与宇宙初始情景的长诗作品，那其中浩大的诗歌构架，存在的幻象与纷乱的符号，和他那些悲伤华美的抒情短诗——这生命喷发中生出的晶莹钻石一起，表明诗歌的形而上学的界限，最高最远的诗歌的界限。它超越，但也引领着最广大意义上的诗歌王国与世俗世界的语言。

杰出的诗歌总是为读者准备好了多个通道或者界面，从这个意义上说，海子的诗歌也完全可以属于俗世。有人对海子诗歌的"世俗化承认"表示了忧虑，甚至愤怒，连"面朝大海，春暖花开"这样的诗句都成了房产开发商的广告语，但在我看来这没有什么，这表明最低俗的读者也可以从他的诗歌世界中获得光明的碎片，和语言的帮助，这不正是诗人那慷慨与悲悯灵魂中应有的意愿吗？世俗的解读或利用都无损于海子诗歌的纯洁性，那原本是不朽诗歌的无形体积的一部分。就像俗人用屈原和李白、但丁和莎士比亚自我鼓舞一样，海子诗歌的被广泛接受是一件有百利而无一害的事情。2009年春天，当我在"宇龙诗歌奖"颁奖会上听到一位盲歌手演唱海子的《九月》等诗篇的时候，我忽然明白了许多，好的诗歌随时充满了转化的奇迹与可能，盲歌手那旷远悲凉的歌吟与诗人的意境息息相通，让我相信，在这个世界上确有真正的热爱和理解，有真正的追慕与和声，以及精神交融的眼泪，以及会心的掌声。

对海子的言说总是言不及义的。承认也好不承认也好，海子已经成为一个时代诗歌的标记，也成为汉语新诗百年历程中的一个符号。而二十年的纪念恰好是一个关节，一个具有历史感的契机 —— 同龄中活着的人已经进入了中年，而海子则永远定格在了生命的青春。他在二十五岁便已经完成他在这个世界的使命和履历，完结了足以留给我们终生捧读的创造，并且毅然决然地准备好了一切使之完成的仪式。想及这一切不能不深长叹息，百感交集。

在岁末，我还有幸参加了另一个诗人骆一禾的追思会。这位海子生前的至交和知音，在海子去世之后一个月内，曾满含悲伤日夜兼程地帮助整理海子的诗歌遗稿，并因为遭遇了另一场悲情事件，而突然大面积脑溢血。在医院昏迷多日之后，与海子的自杀相隔不到两个月离世。他留下的包括两首长诗在内的作品总共也达两万多行，其中所见的诗歌抱负可以说也和海子一样高远，二十年后捧读他的诗，更深切地感知到这对难兄难弟共同的趣味与志向，感知到他们灵魂的息息相通，真挚的友情和共同的诗歌观念使他们创造了当代诗歌史上的一段传奇和佳话。但"一个诗人是有命运的"，人们记住了海子，却忘记了骆一禾，海子的光芒彻底释放出来，他的诗歌和话语都被照亮，而骆一禾却注定要隐入黑夜之中，他的作品尽管充满大诗的恢宏与大气，充满思想与结构上的宏伟理念，但在今天读来仍具有晦暗与混沌的性质。整体结构清晰，但局部和词语中却仍然充满迷雾，犹如一个未完的巴别塔，形而上的诗歌理想和作为文本言说的诗歌确乎还未完成连接。

我无法判断这一阅读的感受是来自于文本的局限，还是来自于读者的愚笨，相信会有真正的智者去领悟他宏大的话语世界，但不管怎么说，作为海子诗歌的伙伴，在一颗燃烧着的巨大星体的侧畔，骆一禾注定是寂寞的。

愤然或悲情，另一种声音的呼啸

有人从塔吊上飞了下来，有人刚刚爬上脚手架
我躺进墓穴试了试 —— 那宽度！那深度！

这是哭泣的时刻，肿胀的时刻，做伪证的时刻，
我在窗下浇花，找不出更好的比喻。

因为读到了朵渔的一首《愤然录》中的这些句子，很长时间无法释怀。和这位诗人一样，我也无法认同一个现实中的"浇花者"角色，因为那和"做伪证"者一样是不光彩的。所以，必须要说一说那些属于死者的幽灵的黑暗，以及来自良知的悲悯和愤然。

"时代"无疑已经和很多东西成功媾和，但如果说它一定有一个永恒的敌人的话，那么就是诗歌。在鲜花盛开的背后，在财

富和肉体都在肿胀的时刻，只有诗歌能够听见世界内部和底部的哭泣声，感受到幽灵的悲情与怒气。这是时代之幸，也是良心之幸，我们的诗人还存活着，他们的声音还在。很好，一切正常。

这里我想借机谈一谈朵渔的诗歌——虽然这并非谈论诗人个体的时机。在授予朵渔第十五届"柔刚诗歌奖"的授奖词中有这样一段话，"他的愤怒和担当让人快慰，他的敏感和执着令人深思。无论处于何种境地，朵渔都坚持自己的声音和判断……"这个评语应该不算过分，某种意义上，从他的身上我们可以见证"70后"迟迟到来的成熟了。而且可贵的是朵渔还有另一个重要的特点，即：他不但知道要表达什么，还知道如何表达，知道表达有可能产生的局限和悖谬。因此，他成为了能够同时体现"时代的复杂性"和"主体的复杂性"的诗人，因此他的"敏感"就是特别能够体现意义和价值的，而不止是如今年轻诗人中流行的个人和自大狂意义上的敏感，暴力和粗蛮式的敏感，而是理性支配的思考的敏感。对于年轻一代来说，这是一个很好的兆头，他们没有重复上一代，也没有重复自己。在朵渔的一部诗集的最后部分《愤然录（2007—2008）》中，我读到了上述感受，读到了写作者成熟的思考能力与伦理观。如同去年他的那首《今夜，写诗是轻浮的……》受到普遍好评一样，他不单面地批判或者谴责什么，而是把自己放进这个混乱的时代之中，放进主体与现实的关系之中，来书写诸种困惑、迷失、思考和判断，来书写这种关系中的各种复杂的侧面。他的《读历史记》《多少毒液如甜品……》《他用泪水思考甜》《感怀》诸篇都体现了这些特点。也可以说，在个人与现实失去了通常意义上的"紧张关系"的时候，写作者如何确立自己的思考与批判者身份，朵渔树立了一个好的榜样。当然，他的诗歌也带有70后一代诗人鲜明的破碎感，以及飘忽与迷茫的想象，敏感的细节与直觉，这大约也是他们对价值的暧昧性和认知判断的复杂性的理解的一部分。

另一个值得专门谈到的例证是民刊《活塞》。自2004年10月第一卷出刊，至今它已出版了6期。从第一卷开始它就以鲜明的异端色彩、强烈的陌生感、幽灵与死亡的气息引起了读者的注意。我曾以"工业时代新美学"为题，对它的文化与美学特点做过专门的阐释，因此这里不准备再做详谈，但要强调的一点是，这批诗人丁成、徐慢、阿斐、孔鹈、王晟、税剑等，他们可以说是今天中国少有的真正风格独具的同仁性写作群体，他们的特点就是直面"现代/城市/技术/政治"之间的合谋关系，对当代中国人的生存与精神异化、道德与价值崩塌进行揭露。从美学上，他们更多地继承了波德莱尔式的陌生与惊悚、阿波利奈尔和布勒东式的超现实主义与无意识色彩，但前现代式的叛逆精神、批判勇气又常常与后现代式的拼贴与互文游戏加以结合，使他们的作品具备了强烈的视觉性、时代感以及现实与梦幻对应结合的独异风格。大量以尸体、鬼怪、亡魂和幽灵为主体形象的图画出现在这本诗集中，并非只是起到装饰性的作用，它所引起的视觉反应，与诗歌阅读中所获得的以死亡、堕落、虚无和错乱为主题的想象之间，具有可以彼此印证与加强的互文性。我强烈推荐徐慢的《液体流域》《地形毒素》等诗，它们大量地使用了自然学科的术语，使修辞呈现出工业时代的偏执与生硬，技术主义泛滥所带来的暴力与有毒气息。他对去年广泛流行的地震题材也有自己非常独到的理解与书写，他的反思不止是以社会现实和历史作为时间背景，而是以人类以及宇宙的时间作为背景，所以就超出了通常的悲伤、怜悯和痛惜的意义。

我同时还推荐丁成的一篇叫作《异端——灵魂的刑具》的文章，该文可以视为近年来最重要的诗学文章之一，他不止回顾了《活塞》的历史，而且对这个写作群体的文化与诗学观念做了详尽阐述。他这样解释《活塞》的意义："现在已经不能简单地归结为'异端'，也不能粗暴地断定其为一个肇事分子的行为属性，从1978年改革开放到今天，三十年的时间里汉语内部经历了种种激荡和波动。当我们再次审视'诗歌'这一貌似神圣却日益娱乐化的命题时，会一览无余地发现，一种关乎精神、关乎灵魂、关乎时代伦理、关乎写作道义的高贵气质，正夹杂在灯红酒绿的文化屬景中，暗娼一样形容暧昧、面目可疑。'活塞'像一颗铁钉粗暴地扎向当代文学的胸膛！血流如注的文化浊流中，'活塞'以其特有的独异的光芒，照耀并医治着人们业已无可救药的绝望，甚至说它像铁锤一样，砸向固有的时代禁忌，砸向麻木的文学良心，砸向僵化的文化思维和观念也丝毫不显得过分。"但另一方面，他也并不乐观地估计一个民间诗歌群落会起到的作用，"虽然'给社会趣味最致命的一击'的想法并不一定能如期实现，但起码，在一个时代语境下，在阴霾一样的'政治正确'的氛围笼罩下，我们对汉语文学保有的热忱和革新的勇气，像一记记响亮的耳光不断抽向庞大的无形的无处不在的奴性社会的文化脸庞！"[1]很显然，如果要界定一

---

① 丁成：《异端——灵魂的刑具》，《活塞》（上海）总第6期，2009年。

158

个"先锋性"诗歌运动、如果我们所谈及的"先锋诗歌"还存在的话，那么在现在这一荣誉首先应该属于他们——年轻的"活塞诗人"们。

"愤怒"是《活塞》的关键词之一，在这一期中我还读到了王晟的一首《愤怒的权利》，这当然不一定是其中最重要的一首诗，但它同样具有符号意义："我们需要愤怒的权利/而不是眼泪和哀求……//地球村癌症般地爆发/太湖的蓝藻就像敌敌畏/而奶粉中毒，从蒙牛到三鹿/我们有没有愤怒过？/从生到死，哪怕一次/我们有没有拍案而起/大声地向他们说个'不'字?!!!"这些质问是有力量的，对于每一个人都具有触动灵魂的作用。尽管我个人并不无原则地推崇直露地表达社会情绪的诗歌，但这类作品表明，活塞诗人们并不只是在抽象的意义上与风车和羊群嬉戏，而是将他们的批判精神直接伸向了现实的各个层面。这不但值得推崇，还需要学习。

"中产阶级诗选"与普世情感及其他

有一本比较"奇怪"的诗选需要讨论：诗评家杨四平主编了一本未公开出版、但是印刷非常正规且以编号形式赠阅的《中产阶级诗选》，著名诗歌理论家蓝棣之先生还为之写了序言，四平本人也写了题为《中产阶级立场写作》的前言。我认真阅读和统计了一下，发现所收入的32位诗人中，几乎包括了近年所有阵营与群落中的诗人：陈东东、张曙光、翟永明、于坚、李亚伟、伊沙、尹丽川，还有梁晓明、汤养宗、陈先发、卢卫平，还有安琪、周瑟瑟、白鸦、吕约等，跨越了几个阵营、数个年龄代际，有"知识分子的"、"民间的"、"第三条道路"的，还有三者都不靠的。我当然也理解编者试图打破原来的若干界限划分，试图从文化政治与社会学角度，根据中国现实的社会状况来重新考虑诗人的文化身份、建立写作的价值尺度的想法，这些意图当然是好的。但是阅读其中的作品，发现还是很难在这样一种构想下安放它们，把这些人放置于一起也不知他们各自将作何感受，有没有走错房间上错床的感觉。而且尤其是，作为一个具有通约性的文化批评概念，"中产阶级"从来就是一个地地道道的贬义词，与虚伪、复制、浅薄几为同义语，这与"中产阶级"作为一个社会学概念 —— 公民社会与民主政治的主体 —— 是完全不一样的，而"中产阶级诗歌"显然只能作为文化概念而无法以社会学内涵来命名，所以它成为一本至为"奇怪"的选本。这一点我曾与四平兄当面交流，然四平未置可否，也许是给我留了面子，但我确实期待着他合理的解释。

　　行文至此，难免再度触碰一个布满暗礁的话题。我曾撰文批评当代诗歌写作中的"中产阶级趣味"，也曾经遭到过误读与尖锐的批评，但我所说的中产阶级趣味并无为诗人贴标签的意思，指的是一种风气，一种普遍存在的取向，并不是要把帽子扣给某些诗人。因为在我看来，诗人的人文主义立场和中产阶级趣味之间几乎是成反比的，20世纪90年代后期以来，在与现实的紧张关系普遍消除之后，保持诗歌思想的尖锐性和写作的人文主义性成为一个问题。我并不反对通过个体和内心生活来实现诗人的承担，但是前几年的写作中确乎弥漫着一种过于腻味的"个人日常生活审美化"的倾向，"内心生活"的精细描摹并未对外部世界和现实伦理予以承担，而是安于一种令人不适的自恋与自得，而今这种风气确有消减的趋势，这是一个好现象。毕竟我们的时代有太多问题，与民生的艰难和世道的不公相比，这些被刻意美化和放大的个人情景是如此的"不真实"。因此我相比之下推崇的是尖锐的写作，是表达精神痛苦的写作，甚至是粗鄙但相对真实的写作——就像几年前所选的墓草的诗、郑小琼的诗、近两年所选的曾德旷的诗那样。痛感的诗歌，有精神承担的诗歌，能够凸显我们的真实生存状况的诗歌，总感觉难以和"中产阶级"扯到一处。

2009年其他的"诗歌事件"虽然不少，但似乎并无特别让人震骇之处。值得提及的有两件，一是"中坤国际诗歌奖"将"A奖"授予了叙利亚的诗人阿多尼斯，"B奖"是授给了中国诗人北岛，这应该是一个很好的结果。"阿多尼斯"在古代叙利亚的神话中是"生命之神"的意思，它主管大自然一年一度的死亡与复活。这个原意无疑非常适合一个诗人的使命，阿多尼斯作为当代具有世界级影响的诗人，确无愧于这个奖项，当然反过来他也证明了中国诗歌业已与世界紧密相连，中国的诗歌界也已开始了与世界的对话并且正在真实地"输出"其影响。再一件事就是2009年8月份在青海举行的"第二届青海湖国际诗歌节"，据统计有200多位来自中外各国的诗人出席，此次会议所设立的首届"金藏羚羊国际诗歌奖"授予了当代阿根廷诗人胡安·赫尔曼，一位广有影响且毕生与铁幕政治斗争的诗人。种种迹象表明，中国当代诗歌单面地去寻求世界的认可、找寻影响源头的时代结束了，它具有了与世界互动与对话的可能性。这无论如何都是值得庆贺的，因为这对话的基础不是别的，正是中国的诗人们普遍具备了以普世价值与人类情怀来面对诗歌的心态，中国的诗歌确乎在一些方面引导着这个民族的文化，引导着任重道远的民族精神的解放与前行的路程。

普世价值的增长不只表现在外向对话的方面，同时也表现在两个民族情感与心灵的交融之上。当影片《南京！南京！》持续播放，当中日之间持续政冷经热，当网上随时随地都可看到的中日两国网民之间的误解甚至仇恨的言论的时候，我读到了将近60位日本作者为中国汶川大地震一周年而作的诗歌，真得感谢旅日的诗人翻译家田园，感谢《诗歌月刊》杂志富有匠心地推出了这组作品，它们让一个中国人读了以后心里发热，发烫，让他觉得那个民族广大民众与自己的广大同胞是一样的人，一样心怀善良、悲悯生命，一样感同身受、情同兄弟姐妹。请读一下一位叫作齐藤惠子的《请让我倾听》："我们都是天空之子/飘上悲伤的蓝天/或化作烟霭漂浮/原来是如此轻易的事/风在哭泣/夜里传来寂静的牵念/我侧耳倾听/请让我听到远在四川的你的声音/让我们一起身体变蓝直到手指尖"。在灾难和死亡面前，这一颗心和那些心一起跳动，这个生命和那些生命一起承担，他们像天国中的手足那样彼此慰藉，悲欢与共。再看这位叫作佐川亚纪的一首《亚洲的孩子》："吸进了五月和风的胸膛/被压垮了/保留着如两扇崭新的门扉的形状"——

162

亚洲的孩子们

用裂开的大地的语言

用泛滥的河流母音

在瓦砾中镌刻出大写的人

死在诗里在每个人的胸中

五月再次重生

　　所有的人都应该读到感动，读到生命中最宝贵的真诚。是诗歌承载和担负起了这样美好、宽阔、诚挚和圣洁的人性，在两个恩怨纠结的民族之间架起了心灵的舟桥，燃起悲欢相依命运与共的情感之火。我们当然很清楚，这也许不能为两个国家之间的政治关系带来什么改变，但多一点同情与爱，总比多一些仇视与恨要好。在诗歌中，同情和爱永远会战胜仇视与恨。

　　同样的感受也在我读另一些作品的时候出现：在厦门诗人出版的诗歌民刊《陆》总第三期中，我读到了由25位诗人组成的"台湾中生代及新世代诗人作品"专辑，这些诗人的血液中所流淌的，是几千年中国文化与诗歌的营养与根脉，虽然我并没有将它们选入，虽然他们和他们的先辈——以纪弦、痖弦、洛夫、余光中为代表的老一代台湾诗人——比起来并不显得更有才华与气魄，但我要说，他们和大陆诗人的写作相比，真的并无区别，他们对当下生活状态的感受，对生存的探究与揭示，和此岸的写作者之间真的是同出一辙、息息相通。这没什么可奇怪的，因为他们不只是同一个文化的子孙，更是同一个诗歌传统哺育的后代。

我们要向那些优秀的写作者致敬，在今年，我读到的诗歌中让我感动和欣悦的作品可能比任何时候都要多，所以这本年选也变得越来越厚。尽管我一向认为一个好的诗歌选本不应是一个"好诗集萃"，一个优雅和纯美诗歌的集合，而是能够在诗歌历史和美学的谱系中"刻下痕迹"的文本。但这样的作品确乎很少，"极端的文本"远少于"美好的文本"。我不知道应该怎么来评价这样一个现象，也许是好事，在喧闹和行为化的写作趋于沉淀的时候，正是诗歌走向某种内化和成熟的标志。不管怎样，技艺的凸显总不能说是坏事。

　　在我敲完这篇序言的最后一个字的时候，北京的天空再次飘起了鹅毛大雪，我不禁想起了诗人食指的一首《暴风雪》中的句子，它磅礴而深远的诗意与此刻的情景是这样暗合。让我引用它作结——

　　　　抬头风雪漫漫，脚下白雪皑皑……
　　　　这就是孕育着精神的冰和雪的年代

　　　　　　　　　　2010年1月2日深夜大雪，北京清河居

十年回望的欣悦与悲伤

——2010年诗歌序

我一直要活到我能够

坦然赴死，你能够

坦然送我离开，此前

死与你我毫不相干。

              ——史铁生：《永在》

希望有谁唤醒我

但是没有，我继续梦着

就像在一场死人做过的梦里

梦着他们的人生

              ——多多：《我梦着》

仿佛突然进入了一部黑白的默片，我听见时间机器嘎嘎的运转声，光线中飘满了吉光片羽的雪片，薄暝一般黯淡下来。这是我在2010年农历岁末某个时刻的一种感受，十年 —— 新世纪的钟声似乎还在耳边回荡，而倏忽间第一个十年就像流水一样一去不返，一切新鲜的颜色都蒙上了一层淡淡的灰尘。从十年前的深秋受命第一次着手编选工作，一晃我书架上的年选已快码到了第十本，它们厚厚的一摞整齐地排列在那里；而我十年的时光也被

165

织进了越来越虚渺的记忆的烟尘。

徒然地追惜岁月流逝自然没多大意思，谁不曾年轻？谁不曾在时间的激流中驻足？我要做的，依然还是放下手中的剪刀与糨糊，静下心来做一点思考，来再一次"伪造历史"式地虚构一个"整体状况"，这工作让我每每充满了疑惑和负罪感，因为毕竟个人所能够理解和感受到的"整体"，永远是一个局部和可疑的幻觉。除了狭隘的目力所及不可能覆盖广大无边的诗歌现实，还有来自自身的愚蠢和偏见，所以我必须小心翼翼地保持着反省和警惕，来完成我不得已的修辞，勉力地谈几个与年度诗歌相关的现象与话题。

"新世纪诗歌"：作为个人阅读史的十年

望着书架上我亲自制造的十年来的十部诗歌诗选，心情至为复杂。我要说的是，也许它们对于梳理和总结这十年的诗歌历史并没有多大的参考价值，但对于我个人的阅读史来说，却似乎至关重要。因为这几乎就是我自己的一部诗歌编年史、关于诗歌的记忆史了。因为这样一个机缘，我的阅读具有了某种超越了个人心境与期待的性质，有了一个奇特的"整体想象"——在我眼里的每一位诗人、每一首诗歌，都不再只是他们本身，而是变成了整个当代诗歌、整个"21世纪文学"的一部分，它们都具有某种超越了个体的"整体"与"互文"意义。这使得我的阅读变得异常丰富并且"口味渐宽"，作为个人的趣味有时已经变得不那么重要，因为我必须是一个能够接受各种风格的口袋，我努力排除自己个人的偏见，使我眼里各种奇怪的、偏执的、粗糙甚至粗暴的诗歌，因为它们彼此间奇怪的修辞与互文关系而产生意义，甚至美感。

这显然是一个必须要认真讨论的概念——21世纪"第一个十年的诗歌"业已成为历史，随着"新世纪文学""新世纪诗歌"概念的日益做实，我们应该怎样思考和确立这样一个概念？我想首先必须明确的一点，是要避免以往简单的"进步论"思维，因为"新世纪"这样一个修辞很容易被理解为一个新的时间神话，意味着进步、提高、繁盛，并有可能被混同于目下流行的"崛起论"叙事。历史上文化的进步与经济的增长从来就不是一个简单的同步关系，甚至诗歌的进步也不能简单地与"时代的进步"或文化的进步等量齐观，历史上文化的黑暗常会孕育出一个诗歌的殊局，所谓"国家不幸诗家幸"；但反过来，也同样并没有一个不变的规律，即乱世必然孕育着诗歌的繁盛，"盛唐时代"不也一样孕育了一个不朽的诗歌盛世吗？所以，我确信在"新世纪"的十年中我们的诗歌发生了剧变，但这种变化的发生并不构成一个整体的和简单化的进步论叙事，因为对于一些人来说，它可能意味着写作权利的解放和获得，意味着"平权时代"的忽然到来；然而对另一些人来说，则有可能是意味着粗鄙和狂欢对于精神生活的僭越；还有的与此两者都无关，而仅仅是意味着生命本身的成长与衰败、欢欣和感伤而已。因此，在将"新世纪诗歌"作为一个时间性的名词提出的时候，必须要小心翼翼地防止它可能被放大的"进步论意义"。

新世纪以来诗歌界的一个显著现象，是诗歌"年度选本"和以各种名义的选本的越来越多，以至于成为一个现象。那么一个选本的意义如何实现？这就是必须要思考的。在我这里，"民间性"、"作为诗歌史痕迹的编年选"，一直是首先要考虑的因素，同时在一定程度上我也会顾及某种意义上的"年度最佳"标准，这是我对于"21世纪文学大系"之"年选诗歌"的基本定位。所谓民间性，主要是指被选作品的艺术风格和"来历"，比如我会尽量考虑其民刊背景，或者"非正式"的出版方式，以此来凸显其"民间性"特征。因为时至今日传播媒介已趋多元，"民间"与"主流"、与"官方"之间的区分早已不再像20世纪90年代以前那样泾渭分明，因此，作品所出现的"语境"便成为一个必须考虑的因素，非公开或非正式的出版方式，包括民刊、网站、自印诗集等，仍可以显示这个年代汉语诗歌存在性质的独立、多样与丰富。还有，在考虑到诗歌的艺术品质与技术水准的前提下，我更多地考虑的是其对于当下急剧变动的汉语诗歌的整体性意义，也就是其可以构成某种"事件"或典范的"历史痕迹"的意义。假如"优秀或最佳诗歌"的标准与"作为历史痕迹的诗歌"的标准之间产生了冲突，那么我会宁愿取后者而舍前者。这是我所考虑的两个最重要的原则。假如说别的选家有可能是先设定要入选的诗人、然后才根据容量确定哪些作品入选的话，那么我则一直是依据对大量的原始资料的细读，找出符合上述原则的作品。十年来，尽管我也会因为各种各样的原因而有所动摇，但总体上守住了底线，这是我可以庆幸并且可以自我安慰的一点。

在作为个人阅读史的这个十年中，我以为自己对于诗歌有了一个逐步深入的理解。如果说十年前我更多的是凭着直觉去寻找好的诗歌和好的诗人的话，那么在十年后，我以为自己几乎有了一个藏于心中的"诗歌版图"。这个版图当然也是一个"虚构"，也只对我个人有效，但这种阅读的积累，使我对一个诗人在当代诗歌的坐标系中的位置和意义能够给出一个武断的判断。我当然知道这种阅读性质的局限性，但对于一个长期的诗歌批评工作而言，它又似乎必不可少。因此我感谢这样一个过程，它构成了我十年来从事文学批评工作的心路历程中，几乎最重要和最珍贵的记忆。

十年，诗歌所留下的

这似乎是本年度最大的一个诗歌话题了。一些作为总结与纪念的"新世纪十年"选本或"诗歌排行榜"也陆续问世，《文艺争鸣》等学术期刊也在"新世纪文学研究"或"十年文学观察"的名义下进行了持续地讨论。但关于近十年来诗歌状况的总体考察，似乎还并不多见。这一方面这似乎意味着类似工作的风险，在"整体性消失的时代"对于诗歌状况的"整体性"予以讨论是尤难讨巧的；另一方面我也意识到，这与进入新世纪以来诗歌局面的近乎无限多杂与繁盛也有关系，因为现象的丰富与芜杂，很难对其进行有效的概括。

然而我这里却不得不要冒着这样的风险，来对于这个十年的诗歌状况，做一个粗略的讨论，以作为对上述话题的回应，以及对这个选本的十年纪念。

首先，网络新媒体平台的普及对诗歌的影响可能是最大的，在往年的序言中我已反复谈及这个问题。在新世纪最初的几年中，发表诗歌的网站与论坛很快即达到三百多家①，那时人们已经感到非常惊异，以为诗歌平台已近乎无限多元。可是很快，"博客"和"微博"又进入了这一媒介空间，在2010年10月底已有材料表明，仅新浪微博的用户就已达5000余万，这还不算其他网站的数量。②在数以亿计的网民和数千万计的博客、微博空间里，有许多人是以诗歌或"分行文字"作为常用的文体或写作方式的，也就是说，诗歌或"分行文字"的发表，已完全不存在任何实质意义上的障碍。在这样一个前提下，以往一切写作与发表制度都已被虚置，公开的或民间社团式的诗歌发表与存在方式均"被边缘化"了——某种程度上，这也是曾经极为重要的"民刊"在新世纪以来重要性逐渐降低的一个原因。其曾经的"先锋"和秘密的"波西米亚"性质，已经在完全敞开并且狂欢化了的传播语境中荡然尽失。民刊如此，官刊就不必说了。当然，限于中国文化体制的奇怪结构与多样性，公开的诗歌刊物从表面上并未萎缩，反而有扩张和增长趋势，如《诗刊》《星星》《诗歌月刊》《诗选刊》等最有影响力的诗歌刊物，都陆续出版了"下半月

---

① 据笔者在2003年的统计，通过扬子鳄诗歌论坛【http:www.yze/netsh/net】可以链接到345个与诗歌有关的网站，见《21世纪文学大系·2003年诗歌·序》；据张德明在2005年前的统计，诗歌网站达381家，见《网络诗歌研究》附录部分，中国文史出版社2005年9月版。

② 据新浪网消息：2010年10月底宣布用户数量超过5000万户后，新浪就再也没有公布过最新的微博用户数量，尽管曹国伟对腾讯微博用户过亿的说法不以为然，但坐拥数亿用户的腾讯成为新浪在微博领域的最大对手已成为现实。tech.sina.com.cn/i/2011-02–14/22415175570

刊"。但这也同样不能掩盖其"重要性在趋于递减"的事实,只不过上述不同区间的写作者有时是属于"各玩各的",大家互有交叉,又各自独立,在不同的空间与规则中各取所需、各得其乐。

网络时代的诗歌写作所带来的,不只是文本数量的剧增和泡沫化、语言形式上的无限开放化,更重要的是造成了美学上的变化 —— "网络美学"成为一种新的美学趋势与形态。其表现,一是狂欢与娱乐化,任何信息资源都可以迅速地转换为一种大众美学的资源,在2005年前后出现的"梨花体事件"、后继的各种网上争讼和谩骂、2006年的"天问诗歌事件"、2008年汶川特大地震期间的悼亡写作所导致的诗歌奇观,以及由此引发的关于写作伦理的争议,除此,还有依托寄生于网络噱头的无数或大或小的笔墨官司、各种"行为艺术"与作"秀"活动,这些都不但成为人们关于文学观念和诗歌功能的新的理解方式,而且深刻地影响了整体的诗歌环境,使大众娱乐成为诗歌的一种存在理由与合法方式;第二是主体的改变。因为网络条件下写作门槛的无限降低,"写作的平权化"横扫了此前固有的精英文学制度,迎来了文学历史上前所未有的"写作自由"。而主体身份和心态的这一变化,导致了诗歌修辞上的粗鄙化和暴力化。本来,在当代诗歌中早就存在一个"结构性的矛盾",即所谓雅语与口语、外来传统与本土经验、形而上学与日常生活、"知识分子写作"与"民间写作"等的虚拟对立,1999年"盘峰诗会"上两者的公开分立与随后的论争,使这一结构性的矛盾被舆论抓住并且不失时机地予以放大,而随后网络平台的迅速发育与膨胀,则使这一对立被瓦解，使口语和日常生活的写作及其美学被放大，以至于在新世纪的头几年中出现了一个粗鄙化写作的狂潮，所谓"下半身"、"垃圾派"、"低诗歌"等，都是这种写作趋向的极致形式。之所以能够出现这种局面，与网络环境下主体的一种"自由幻象"不无关系——写作者体验到了一种"隐身"和"面具化"的快乐，犹如化装舞会上的情形，使用一个无需审查的网名，便可以享受粗鄙甚或暴力语言的特权，并且无需为语言上的"虚拟暴力"承担责任。这某种意义上也是网络美学出现的一个重要原因。

但只看到粗鄙修辞的负面效应，与简单地肯定网络时代写作的繁盛一样是不客观的。网络传播打开了以往时代封闭的写作制度，也打开了种种美学樊篱，为汉语诗歌的发展开辟了新空间。同时很重要地，还有公众在这样的条件下逐渐形成的"公民意识"，网络一方面是大众娱乐的场所，同时也是"参与公议"的地方，正如包括"人肉搜索"在内的一些极端方式所产生的奇怪作用，在中国的特殊环境条件下，社会公正和舆论正义也正通过网络传播方式得以实现，一些贪腐事件、重大环境污染事件、重大暴力和侵权事件、司法不公事件等，都是通过网民的舆论力量推动解决的。同样，网络也在文学的环境与舆论的意义上发挥作用，2008年汶川特大地震由诗歌写作所激发出的力量也是惊人的，数以万计的悼亡作品，在推动捐助和救灾、张扬生命个体的价值、抚慰灾民和国人创痛、在弘扬道义、慈善与大爱的力量方面，都可以说发挥了无可替代的作用。而且，它在批评和矫正某些不正确和不合时宜的价值观方面，也发挥了主导作用。也可以说，在网络世界中也正在逐渐生成一种"正气"，一种新的价值观与伦理，它虽然不及传统主流社会中的观念来得那样正统和明确，但对于包括"文学与诗歌伦理"在内的"公民意识"的生成，可以说具有巨大的正面作用。

很明显，世纪初的狂欢与喧闹已经渐渐沉落，在最近的两三年中，诗歌写作渐渐步入了一个相对沉潜和丰厚的时期。阅读大量的诗歌文本，我们有理由相信，汉语诗歌真正的"黄金时代"正在来临。我看到有无数的写作者怀揣着对于汉语的热爱，对于周身经验与日常生活的个性化的处理能力，在写作着、创造着，每当我在进行我的年选工作的时候，总是陷入一个巨大的"细读的喜悦"之中，我感到中国的好诗人从来也没有像今天这样众多，他们的技术从来也没有像今天这样细腻和过硬，汉语新诗问世的一百年来，其表达力从来也没有像今天这样丰富和准确……这并不是整体性的判断，而是作为个体的阅读体验。很奇怪，当我们试图用"整体性"的叙事来概括如今的诗歌状况的时候，总是会有悲观或苛刻的论调，开始当我们真正陷入个体的阅读之中的时候，情况却总是恰恰相反。

任何修辞似乎都很难描述现今诗歌格局的丰富：在整体性瓦解的时代，所有二元对立的局面也都不复存在，官刊与民刊、权力诗坛与先锋诗坛、知识分子写作与民间写作、神话写作与反神话写作……所有的对立都被一种更为交杂和纠缠、更为广阔和多元的局面所代替。这也是"新世纪诗歌"区别于"90年代诗歌"的一个最显著特点。在这个十年中，不只"70后"诗人已蔚为大观，连"80后""90后"也早已崭露头角，虽然以年龄代际来描述诗歌的演化谱系并非是一个高明的发明，但代际经验的差异与美学上不同确实与越来越快的社会节奏有关，因此，"诗歌写作风格的代际化"不管是不是一个好事，都是无可避免的。比如"70后诗人"写作中普遍的破碎化经验与修辞，普遍的对于细节与无意识内容的偏好，就与"60后"及更早的诗人构成了显著的不同。而"80后""90后"所受到的传媒时代的文化影响就更加明显，其思维方式和修辞风格都带有电子媒介时代的飘忽与陌生、迷惘与冷硬，这也与他们完全不同的生长环境有至关重要的关系。除了代际的差异性与多元性，诗歌中的文化地理因素也日益凸显出来，这一点在过去几年的序言中也都曾提及，如今中国诗歌的版图似乎确实形成了与地理文化属性及经济发展的差异、与不地域的精神生活与诗歌传统有密切关系的格局——比如北京地区诗歌中的后现代性的试验因素，政治波普的、国际化的、观念主导的特性；比如广东地区诗歌中强烈和丰沛的底层情结、工业意象、伦理主题因素；比如以贵州、云南、川西等地为主的大西南诗歌中浓郁的原始情境、荒蛮色彩、悲情主题，还有在语言上的异质性因素，这些与其他地域的诗歌相比都有鲜明的差异。

还有一点，是诗歌经验的某种整体性迁移，在20世纪90年代，占据诗歌经验核心的似乎仍然是传统的启蒙情结、农业时代的经典意象、知识分子悲情色彩的精神生活，而对于日常性、本土性、当下性的经验则处于相对漠视的状况。这当然与20世纪90年代窘迫严峻的文化环境与文化关系有关。进入世纪之交以来，文化结构中的紧张关系出现了一个急剧的转移，它不再是精神意义上的精英分子与权力意识形态之间的批判关系，而是实实在在地转化成为一种物质层面上的对峙：财富的迅速增加和分配的相对不公，导致出现了一个巨大的道德危机与社会分化，城市底层生活的相对贫困、乡村社会秩序的瓦解、打工族涌入城市后的艰辛遭际，这一切都使现实的社会矛盾空前凸显。一方面是由于经济生活的迅速改善和网络媒介的急速扩张，导致出现了类似"后工业时代"的娱乐与狂欢的"文化嬉戏"（福柯语）氛围，另一方面则是因为这种分化而导致了严重的伦理震荡，诗歌写作中关于底层生活的情境与遭遇、关于工业时代的冷硬想象日益增多，诗歌意象中关于"铁"的叙述，关于流浪者、精神病人、打工族的描述大量出现。简言之，在新世纪的中国诗歌中生成了一个"前现代景象与后工业时代文化的奇怪混合"。如果硬要用某种"整体性"来涵盖今天的诗歌写作或诗歌精神的话，那么我以为，这种奇怪的混合状况便是最敏感和重要的标志。这也是我一直比较关注诗歌中的"极端写作"，关注"城市经验"、"底层生活"还有解构与狂欢性主题、关注郑小琼、曾德旷、张玉明、墓草、轩辕轼轲等一类特殊诗人的作品的一个原因。他们敏感地影射和隐喻了时代性主题的创作，对于我们这个时代的诗歌经验而言，可谓具有特殊的意义。

土地经验在诗歌中可能正在渐趋消失，这大概是伴随着上述"整体迁移"的另一个重要现象。乡村中国正处于迅速解体的过程中，乡土世界的文化基础正日趋崩溃，这导致乡土经验书写的大量减少，同时也给当代诗歌的美学面目带来了深刻变化。也许人们对这一点还未有充分认识，但回头想，海子那种壮美绮丽的土地想象现在还能存在吗？乡村世界的完整性早已化为废墟和灰烬，那么关于乡村经验的书写，也便只剩下了悲情与荒芜、破碎与消亡的体验与怀想了。在这个意义上，我对于那些一直坚韧地进行着土地书写与乡村追忆的诗人，也愿意给予格外的敬意。

边缘的、地域的、民族的和现代的

关于诗歌中的文化地理问题，在前两年中我也曾经涉及，但具体到今年，我感到似乎更加强烈。这是我在读到广东的任意好主编的《赶路诗刊》总第七期和四川大凉山发星主编的《独立》第十五、第十六期之后的一个感受。在2010年读到的民刊中，这两本是给我印象最深的。

本期《赶路诗刊》开卷即是两位获得"御鼎诗歌奖"的诗人，一位是宋晓贤，一位是沈浩波。宋晓贤自然无可争议，这些年他充满创造活力的、称得上是原汁原味又充满现实担当的、机巧智慧而又不张扬哗众的"干净的口语写作"，在读者和同行中可谓享有美誉。甚至他的名声同他的成就之间还是不相匹配的，因此他的得奖可以视为是一个"实至名归"的结果。而沈浩波则不同，作为近十年来一个争议不断的人物，能够把奖授予他，无论如何都是要承受一些压力的。但这是广东，是佛山，而不是京城或别的什么地方，没有什么在这里是出格和不可以做的。

我当然不是在否定沈浩波的得奖，而是在说广东这块土地的自由与开放，这里诗歌环境与诗歌观念的开放 —— 这是地域性在当今中国、在诗歌写作环境中所起的鲜明的作用。《独立》也是一样，在中国的任何一个地方都很难体验到在《独立》中所感受到的汉语世界的广大原始与辽阔无疆。读过2010年《独立》的两卷刊物之后，方能够感触到这块偏僻荒蛮之地对于那里的诗人、对于那里的语言和诗歌观念来说是多么重要。独立自由的写作精神绝不是说说而已，它需要切实的根基和条件，需要真正"天高皇帝远"的空间、距离，需要语言上的阻隔与陌生，需要多元民族文化共同生成这样一个混合式的环境，需要莽莽苍苍的大山，水流湍急的江河，僻远荒蛮的野径……这一切实在的空间关系，最终生成了它诗歌的边缘与另类姿势。

上述的话题说来还是太大，先说说其中的一个——既无意中说到了沈浩波，也就不妨借机说几句。从提倡"下半身反对上半身"，推出《心藏大恶》《一把好乳》步入诗歌江湖，沈浩波是以"极端主义"的方式来标立自己的美学标签的，那些耸人听闻的题目和句子，除了是用刺耳和露骨的方式来影射或讽喻时代，并在某种意义上为"欲望"或"身体"这只怪异的"双面兽"确立合法性，恐怕并没有什么"个人道德的可对证性"，这一点只要是不傻子都能看清。否则人家也就不会在大街上、酒馆里到处串来串去，早就在监狱，看守所里待着了。但语言的挑逗和刺激也是疼而且痒的，所以他用冒天下之大不韪的"恶少"气质，触动甚至触怒了我们某些观念的边界，触怒了一些基本的规则和良知，这正是他的目的，要的就是让你疼嘛。但须知，这个过程中写作者的身份也会不期然发生变化，因为"恶少"的生活和身份终究是难以持续的，"狂人"尚且可以医治并终列"候补"，何况恶少。随着年龄和财富的变化，最终是会自动走上规训之途

177

的，所谓"浪子回头"吧。

宋晓贤和沈浩波都是出自"北师大诗群"的代表性人物，如果从这点看就更不会过分诧异。伊沙、徐江、侯马、宋晓贤和沈浩波，加起来可以看作是当代中国口语写作的五位干将了——但这样联系起来看又出来一个问题，即与"北师大诗群"相联系和相匹配的一种"北师大诗学"。这当然有把问题扩大化的嫌疑，北师大诗群中也有偏"雅"的（如桑克），但如此集中了90年代以来的解构族和口语族诗人，不妨也可以看作有某种必然。为什么同样出自京城学府，他们却放胆地倡扬"非知识分子化"的"口语"乃至"下半身"写作呢？其中的某种对应性恐不言自明。也许北大的"诗歌形象"过于高尚和巨大了——无论是现代以来作为新诗发祥地的地位，还是横空出世的天才诗人海子，以及诞生了"知识分子写作"的重要成员的北大诗群……这样的诗歌形象与地位，当然会激起一种挑战和试图"并驾齐驱"的欲望——"咱也曾面朝大海春暖花开"，甚至更为彻底，干脆扩大为一种具有时代性和整体性的诗学对立：你倡导"知识分子写作"，俺们偏要以"民间"自立，你以雅语和高尚自居，俺们却要来点口语和粗鄙。这恐怕是沈浩波式的诗学姿态之所以出现的深层背景之一。

自然这都是猜测，笔者也不愿把一种狭隘的"群体政治"心态引入到对诗歌写作与诗人阵营的诠释之中，但我必须说，这种对峙或分立并非坏事。当代诗歌的格局虽然像有人说的那样"乱象丛生"，但这总比万马齐喑的"一体化"要好得多。在这种分立和乱象中，地域性、群落性、边缘性，都是使诗歌写作与观念空间得以打开的条件。

但说到底这些都是外部的讨论，真正属于诗歌的，恐怕是"精神的边缘"。我读了沈浩波的《蝴蝶》之后，也确信他写出了令人战栗而豁然心惊的诗句，写出了解开生命与存在的内部景观的诗句，但这仍是不同于"道德规训"或"美学招安"之后的诗句，它是率真和丰富的，弹性大且充满了生命深度与灵魂宽度的。它既是对个人履历和家族记忆的书写，也由此伸展到人类社会与生存世界，由生命伦理伸展到了世界的伦理。请读这首诗的结尾：

> 时光错落如刀，人类密密匝匝地降落其间，永不停息
> 我看到地球彼端，老黑奴的子孙，举起透明的
> 巨大如船的鸡尾酒杯发表就职总统演说
> 我看到梦想还在延伸，我看到冤死于铁幕大海的漆黑幽灵
> 我看到骄傲的头角自草丛中上升，岁月之峰不能将其抹平
> 我看到一只白色的蝴蝶，挥动纤细的双翼，永日飞翔

如说是"精神的蝶化"也许是言重了，但它确实从"个体的时间"伸展到了当代历史的层面，从庄周之梦的生命疑惑扩展到了对世界的广泛追问，而且语言也相当得"雅"。因此我要说，诗歌的本意并不是只诞生于边缘之地，而是要永远保有"边缘的精神"。这种精神本质上就是"知识分子"的精神，不论他的语言方式是粗鄙的还是雅致的。

在大凉山的深处持续存在着《独立》，迄今已经出到了第十

179

六期。《独立》给我的最强烈的印象，是它有比任何地方都要饱满的诗意和情绪，仿佛世界有多封闭，人类的情感就有多么饱和，仿佛在物质上有多么贫困，在精神上就有多么富有。真是奇妙，那里的人的感情是这样洁净，如同没有被污染的雪峰和深湖，丛林和草地，是处在疯长的葱茏与葳蕤之中，原始的自然与亘古的空旷之中。那语言的野性和纯洁、苍茫和陌生令人着迷。在十五期中，我读到了藏、彝、回、羌等西南族群诗人的作品集群，这些作品大都用汉语创作，少量来自翻译。我必须说，它们是生机茂密和感情丰沛的，它们纯洁动人的美丽世所罕见。这是才旺瑙乳的一首《我的爱人》中的诗句：

> ……雪消融在石头上
>
> 活泼远游的心，回到安静的中心
>
> 我从高空苍鹭摘取的闪电之钻
>
> 佩戴在她健康的胸部
>
> 月亮见证，她的金色马车
>
> 停在我小小牧场的上空

　　只有在这圣洁的雪域之地才有如此纯洁和美丽的爱情谣曲，这些藏族诗人几乎人人都是一个仓央嘉措，人人都可以写出直抵生命和人心的赞美之诗。他们的语言与这块土地一样素洁干净，与那里的空气一样清新爽朗，充满出世的超度之境，又满怀天真淳朴的执着与执拗。这是土地赋予他们的天赋和才华，是高原给予他们的灵性与灵感。

还有彝族兄弟的诗歌，阿库乌雾、阿索拉毅、阿卓务林、嘎足斯马、鲁娟、发星……一个大凉山居然出现了如此多的彝族诗人。正如他们的民族习俗是崇拜火，崇尚黑的颜色，他们的语言也充满了火一样的激情，充满燃烧的气质，但这气质中又有着晦暗和神秘、深邃和陌生的色调，有着鬼魂和咒语的气息。他们多数喜欢具有吟咏性和倾吐节奏的长句子，词语和意象显得浓稠密集，构造出黑夜与梦幻的氛围。比如鲁娟的《解咒十四行（二）》，这是种族文化与外来形式的一种奇怪结合，它使用了十分洋调的"十四行体"，内容却是十足的本族文化："月亮啊请亮些，再望南方倾斜些/支罗瓦萨已急急赶往夜郎国的路上/断刀呀请快些，再比闪电更快些/夜里游荡的鬼魂纷纷左右避让/诵经声啊请轻些，再比微风更轻些/深深怜惜这只因失眠而痛楚的眼……"这样的诗句除非在那样旷远和幽深的山地，在别处无法想象它们的出现和存活。还有，种族神话与佛教信仰也在他们的诗歌中打下深刻的烙印，十六期中阿索拉毅的十四行组诗《佳支依达，或时光轮回的叙述》便是这样一组作品，神话与传说、宗教与习俗、主人公的体验和想象，通过他那澎湃绵长的诗句，生成如排浪般震撼激荡的旋律。这是他的一首《在内心辽阔的黑暗魔域黑竹沟是一个虚无缥缈的梦》中的句子：

……内心辽阔的黑暗呀！已伴随我几个世纪

在佳支依达，在魔域黑竹沟，内心辽阔的黑暗呀

像是杀人不流血的剑，刺中我胸襟里桃形的命运

一世的伤悲，一世的痛苦，一世扭曲的孤零零的魂灵

这是注定守护着神灵与诗意的民族，诗人正是这神灵与诗意的看守者与祭司。不过，要是以为他们仅仅懂得皈依与封闭那就错了，在这些诗人的笔下，我分明看见他们对于现代世界的清醒认识。在发星的编辑思想和意图中，独立的人格和自由精神，闪现于每一个策划之中，十六期中的"知识分子群像"栏目、"西域专栏"、"中国民间诗人笔述漂泊精神史访谈"等，都是这种鲜明的现代意识的佐证。

诗人之死与悲剧之年

死亡事件每刻都在发生，所以我并不想把个别事件本质化，但2010年确乎是一个不幸消息频繁的年头，至少有五位出生自五六十年代的有影响的诗人相继辞世。他们中的邵春光（后改笔名邵挪）和张枣都是堪称影响很大的第三代诗人。让我依照他们辞世的时间顺序将这几条来自报刊媒介的消息罗列在这里：

> 梁健，1962年11月2日生于杭州。在安吉度过童年和少年，1979年考入浙江化工学院分析化学系，1983年毕业分配到安吉化工厂工作。之后辗转新疆、河南、安吉、绍兴、杭州、北京等地工作。1996年调入浙江教育电视台；2000年入浙江长城影视公司；2008年入香港阳光卫视。2010年1月20

日17时30分，因病抢救无效，在故乡安吉逝世。

邵春光，笔名邵挪，1955年1月5日生，山东青岛人，早年随父母迁居长春。一生爱好文学创作，曾著有《阿图瓦的冬夜》《加农炮》《水手情潮》《民族唱法》等十六部诗集及同名CD专辑。1985年创办民刊《太阳》。部分经典作品影响广泛，至今仍在网络中流传，中央电视台曾播出过专题纪录片《黑土地的春光》，向世人展现了他不平凡的一生。2005年后邵春光因病中止了创作。2010年1月23日，因突发脑梗住院抢救，27日12时39分，因抢救无效离开人世。

张枣，1962年出生，湖南长沙人。1983年湖南师范大学英语系本科毕业，考入四川外语学院攻读硕士。1986年后留学并旅居德国，任教于德国图宾根大学。2006年后受聘于中央民族大学文学与新闻传播学院。著有诗集《春秋来信》等，代表作包括《镜中》《边缘》等。2010年3月8日4点39分因病逝世于德国图宾根大学医院。

史铁生，1951年生于北京，1969年赴延安插队，1972年因双腿瘫痪回京。1974年始在某街道工厂做工，七年后因病情加重回家疗养。1979年发表第一篇小说《法学教授及其夫人》。成名作《我的遥远的清平湾》获1983年全国优秀短篇小说奖。小说《老屋小记》获首届鲁迅文学奖。2002年获华语文学传媒大奖年度杰出成就奖。90年代后期因患肾病并发尿毒症，一直靠透析维持生命，自称"职业是生病，业余在写作"。2010年12月31日凌晨3时，59岁的史铁生未能度过这一年的最后一天，因脑溢血在北京宣武医院去世。根据生前遗愿，史铁生的脊椎、大脑将捐给医学研究，肝脏将捐给有需要的患者……

早在80年代中期，邵春光和张枣就分别以一首《太空笔》和《镜中》而享誉诗歌界了，这两位风格迥异的诗人，某种意义上也可以代表着第三代诗歌中的传统与流行、精致与狂放、雅与俗的不同流向，而今他们一前一后告别了他们一生深陷其中的诗歌，再度书写了关于诗歌和命运的悲剧与传奇。关于张枣，今年已有太多的纪念文字和诗学讨论，我不再饶舌，在这里我想引用的是邵春光辞世前不久的一首《当尸布盖在一个人的身上》，它可谓传神地体现了这位一生追求旷达与谐趣、狂放与跳脱诗风的诗人至死不改的写作态度，读之不由让人叹息，邵揶，真诗人也，死亡想象也比别人牛——

> 当尸布盖在一个人的身上
>
> 我们就会想起他的生动
>
> 他的生动比他尸布下的缄默
>
> 更能让我们涌出泪来
>
> 他站立时的眉飞色舞
>
> 加剧了我们的泣不成声
>
> 其实我们是在为自己哭泣

有一天我们也会躺在尸布下

一生的灿烂都凝聚在这一刻

被泪水溅得光彩四溢

"我们垂下头和手臂/我们的手指下意识地弯曲着/攥不成拳头/是的，就算尸布托起的灵魂/曾经的罪过/谁愿意再记起//死亡的苍凉/能让丑恶变得美丽/让我们撒些花瓣//在即将被掩埋的棺材上"。这确乎是邵挪对自己设身处地的想象，是一首诚实而有趣的自悼诗，不是让自己因为死亡而完美，而祭上神坛，而是将死亡也变成一次灵魂对话与人性揭秘的机会，一次充满隐秘精神探究的过程，一次不予回避的旷达真实的自我塑造。你不得不服气，只有诗人才能够拥有这样的睿智和勇气，才会有这样的睿智与能力。

特别要提到的还有作家史铁生，他不只是一位享誉广泛的充满哲学智慧与宗教情怀的小说家，同时还是一位相当专业的诗人。2010年我至少读到了他的两组诗歌作品，这些作品也让我由衷地生出尊敬。本书选入的他的四首诗几乎都是绝命诗，是对他一生磨难的感人回味与血泪总结。他的写作和人生实践让我们相信，确有这样的一种人生，他来到这个世界就是来受苦受难的，喜怒悲欢的人生百味在他这里只化为了一种 —— 那就是苦难。在青年时代就双腿瘫痪，进入中年又患上绝症，其间慈母撒手，人间失爱，从此再无依靠和牵挂，悲莫悲兮生别离，苦莫苦兮身不由己，在轮椅上度过了不到60年的人生之后，史铁生为我们留下了如诗如谶的厚厚文字。请让我引用他在《永在》中的诗句，

185

以此来作为对他的怀念："我一直要活到我能够/坦然赴死，你能够/坦然送我离开，此前/死与你我毫不相干。//此前，死不过是一个谣言/北风呼号，老树被/拦腰折断，是童话中的/情节，或永生的一个瞬间。"

> 我一直要活到我能够
>
> 入死而观，你能够
>
> 听我在死之言，此后
>
> 死与你我毫不相干。
>
>
> 此后，死不过是一次迁徙
>
> 永恒复返……

　　他活出了境界，比我们这些肢体健全的人更远离了行尸走肉。从来都是这样，用自己的苦难来赎救别人罪孽的人，必定会获得真正的永生 —— 在不朽的诗歌中，在世道和人心的传奇里。

　　值得纪念的还有在10月间猝然辞世的诗人刘希全，他是一位从未高声说话的诗人，一直到他安卧在鲜花围绕的告别大厅里。他给人的印象永远是谦逊、温和和沉默的，他的诗和他的人一样真诚和朴素，但也一样长久回旋、回响在我们的心间。

　　再次鸣谢这一年中向我提供资料的朋友们。在年末我得知，春风文艺出版社在进行了恰好十年的《21世纪文学大系》的编纂工作之后，打算告一段落，这意味着我编选了十年的年选也有可能告一段落。在这里我要对春风文艺出版社的朋友们、特别是直接参与该大系编辑工作的韩忠良社长、常晶副总编、黄梅主任等表示感谢，他们提供的合作和友情同样是值得珍藏和纪念的。

多种声音的奇怪混合

——2011年诗歌印象

　　　　有另一个轻浮的人，在梦中一心想死

　　　　这就是我，从山上飘下平原

　　　　轻得拿不定主意

　　　　　　　　　　——李亚伟：《风中的美人》

　　　　今天我看见黑暗起舞

　　　　哦重金属的黑暗

　　　　在空掉的世界舞台中央

　　　　跳着舞

　　　　　　　　　　——于坚：《悼迈克尔·杰克逊》

　　按下键盘的第一个字符时，我便告诫自己，要写短序。

　　就在人们刚刚还在为"新世纪"的到来而亢奋和惊悸的时候，第一个十年已是流星一样一闪而去了。不管人们是否愿意，"新世纪"确乎已经不再"新"了，狂欢与喧哗的节日情绪渐趋沉落，网络带给人们的新鲜感也已不再那么强烈。因此，我们所看到的诗歌的景观也悄然发生了变化，它正回到一种"常态"。其标志是，标志性的事件和噱头不见了，作为"行为艺术"的诗歌不见了，张牙舞爪的或裸露癖式的诗歌不见了，亢奋的、狂躁和尖锐的情绪与语言，也不见了。

这当然不全是好事。对于正准备书写"诗歌史"，将历史"知识化"的学者和批评家们来说，这意味着他们所喜欢的符号性的载体正在减少，他必须额外花时间，从近乎无限的"文本现实"中去提炼所需要的知识，而不再是通过对"标志性事件"的命名与叙述，或通过某种背景氛围的渲染和烘托，把历史轻易地拎出。甚至他们的诗歌阅读的背景与氛围，也发生了令人难以捉摸的变化。眼下我的处境也是这样，我所指望出现的可以成为"历史的痕迹"的极端化和标志性的作品并未出现，而满眼映入的是不忍错过和删除的"好诗"，而这使我手中的剪刀几乎变成了多余的东西，"选"的意义正在消失，而"佳作汇集"或"好诗大全"的味道正越来越浓。

这也正是问题的所在，是我阅读的喜悦中伴随着失落的原因。因为职业性的病症总是使我在"好的诗歌"和"具有意义的诗歌"之间倾向于后者，并逼迫我想象它与"时代"之间的某种隐秘的回应关系，并且最终可能会扭曲我的感受力……这是我在选诗时一直游移不定的原因。

假如一定要找一首"重要的诗歌"的话，王久辛的《安魂阿拉伯海》也许是值得一提的。但这首关于"拉登之死"的作品（刊载于《天津诗人·秋之卷》），因为我并无十足的政治与伦理把握而最终错过了它，有些遗憾。不过我相信，它从拉登这一特殊人物身上延伸出来的关于信仰和生命、强权与恐怖、邪恶与正义的纠结混合的思考，还是会给人以多重和深远的启示。

"小诗"在这一年中似乎出现了繁盛的局面，我不知道此种感觉是否准确，但我个人确实读到了比以往要多得多的小诗。虽然迄今为止并没有人对于什么是"小诗"进行过权威界定，但笔者斗胆以为，十行以内或许应该是一个合适的尺寸——假如以此为限，那么今年入选的小诗将是历年来最多的，其中朵渔的作品我甚至创纪录地选入了七首。没办法，在"写小诗令人发愁"（借用朵渔的诗句）的时代，推崇言之有物、能够以最少的笔墨触动读者的心弦、甚至时代的神经的作品，当然是有充分理由的。

　　顺便说一句，我似乎突然意识到了"70后"乃至更年轻一代诗人日益成长和显著的成熟迹象。除了朵渔，我还要向读者推荐这几位：孙磊、轩辕轼轲、晓川、丁成、王东东，在我看来，他们的语言表现出了日渐坚实和准确的力量，所展现的经验和思想也比过去显得更加深刻和清晰。即便是管党生这类有争议的作者，其诗歌也是有敏感的及物性的，值得玩味的。还有一些似乎是"新人"，由于我并不了解他们具体的年龄，所以只能权且列入这个名单而已，他们是西原、碎岁、艾傈木诺、吉狄兆林、阿克鸠射等，这些作者的作品和他们的名字一样给人以新鲜与陌生的冲击；另外，一些女诗人的作品也值得推荐，如谭畅、舒羽、夏花、金铃子等，夸赞她们作品的深邃、睿智和大气也许会有人反对，但至少我以为，她们的诗中并无通常易见的"小女人气"，同时也不止是以感性和"优雅的抒情"见长，而是以饱满充盈的精神性和冲击力为标记的。

　　还需特别提到的是一些成名已久的诗人，他们同样令人喜悦地拿出了优秀的作品：李亚伟、陈东东、胡冬、潞潞、大解、雪松、长征、陈超、耿占春、哑石、发星、徐江……他们要么写出了依然才华逼人的作品，要么写出了练达老到而令人服膺的作品。特别要提到的一位是胡冬——假如我没有搞错的话，他应该就是"第三代"群落中"乘一艘慢船去巴黎"的那一位了，如今他手执个性独具的诗句再度归来，依然光彩四射。我同时还要表达对于身兼批评家角色的陈超的祝贺和敬意，他在近年写出了一批凝思从容、让人怦然心动的作品，并且其中还不乏"以诗论诗"的"元诗"作品，展示了诗歌写作的"可开放性"的质地，令人玩味不已。

"列名单"当然不是一个好办法，历来"列名单的批评家"可谓备受讥讽，但没办法，我这里无法不列出他们令人艳羡和钦敬的名字 —— 虽然列得越多也就越是不全，让更多的被遗漏在名单之外的诗人倍感不悦。

岁末我才经友人提示，读到臧棣的《北岛，我不是批评你》的长篇访谈。本来不打算在这里谈及，但因为这一年度中"事件"的缺乏，便只好列在这里，也冒充一下不算孤陋寡闻的人士。也许列位诗人和感兴趣的朋友都值得去看一看，不是要从中读出对错，而是要引发一些关于当代诗歌历史流脉、关于其存在场域与文化环境、关于诗人当下的写作身份等问题的思索。如果非要表个态，那么我要为臧棣一反常态幽默洒脱的文风、也为老北岛淡定处之不做回应的大佬之"范儿"鼓掌 —— 为他们在如今一团和气得有些庸俗的诗界掀起了一点敢说话、说难听话的批评之风，而喝声彩。

不过，如此也许又显得有点世故滑头的意味了，因为我的确拿不准两位大佬大侠到底是真正地唇枪舌剑，还是故意合演了一出"双簧"，给寂寞良久的诗坛带来些许谈资与动静？谁知道？如果真是那样的话，我忙着表态岂不是很傻。不知这是否可算得上北岛先生所骂的"犬儒"之一种。平心而论，我差不多能够认同他对于国内诗歌界气场和诗人精神状况的批评，批评嘛，自然是大而化之笼而统之的，此类论调在国内也时常能够听到，但问题就出在"批评者的身份问题"上 —— 国内的从来不读诗又有权威的人士批也就批了，没人会与他们计较，可是作为栖身海外的诗人，且是有诸多背景和身份的诗人，北岛批评国内的诗歌自然是有点"站着说话不腰疼"的嫌疑。他的诗如今也就那么回事了，名声如此之大，已经是超出了他文本的价值和资质；假如不声不吭悄悄来去，不对国内诗歌界状况评头论足，反倒会到处受人尊敬，若是贸然说三道四便是有点犯糊涂了。20世纪90年代而下诗歌界的情境已是如此天翻地覆沧海桑田，多年客居在外的人又如何能够真正把摸得到？所以他的批评也便有了逻辑上正确而事实上却难说、身份上又尴尬的错位，而臧棣的批评也便有了一丝"关公战秦琼"的味道，虽是言辞过瘾，替自己和国内的诗人出了一口气，但火力过猛，有时反而让人觉得有些气盛了些，让人暗暗担忧"失了范儿"。

不过，要是认起真来考虑这个问题，不管臧棣的批评是否适度，我认为倒是有可能引发人们对于当代诗歌历史的重新思考，引发国内外重新评价北岛、重新认知国内诗歌状况与作品成就，并且最终改变以往的谱系与定见，这就不是小事情了。因为无论从哪方面看，北岛这一代诗人为中国当代诗歌所提供的思想与美感经验，基本上已经"固化"为历史了，而"活在当下"的是更为丰富和新鲜的东西，因此北岛如果是以一个"自由或公共知识分子"的身份讲话，自然是一回事，但假如他还以自己的写作为准则来发言的话，便会显得很有些落伍了。

夏季时，我因被友人相逼，为一家报纸写了一篇题为《多种声音的奇怪混合》的短文，来试图笼统地描述一下近十年来诗歌的状况，显然这是不得已的耍滑。但如果非要通过某个"整体性的修辞"来指称这些年的诗歌状况的话，我仍然会坚持这个比喻。在今天，假如一个选本有什么意义的话，我想它最终就是隐喻或者模拟了这样一种"奇怪的混合"，假如读者从中读到了类似的感觉，那么也就意味着它的意义也就得到了确认。

需要另外用"名单"提到的是新添的数种诗歌读本，它们是潘洗尘主编的《读诗》、泉子主编的《诗建设》、普冬主编的《新诗》、罗振亚主持的《天津诗人》等。这些读本多是以出版社正式出版的形式问世的，它们与原先大量存在的民刊如《女子诗报》《诗参考》《葵》《独立》《太阳诗报》《活塞》《灵魂小组》等一起形成了看似"非主流"、实则已然成为主流的诗歌景观。不过，鉴于如今"官刊"和"民刊"之间界限的模糊，诗歌界早已不存在任何二元对立的可能，也正因为如此，民刊的意义也同样被缩减了。这意味着，当代诗歌的传播媒介正在一种奇异的混合中，完成重新洗牌的过程。

仍旧要感谢多年来赐赠各种资料的朋友们，你们的信任和鼓励是我继续第二个十年的工作的动力。也感谢凤凰传媒集团、江苏文艺出版社的朋友们，他们接手了这个已经存在了十年的选本，让它持续焕发生命，我没有理由不继续努力，好好守护它的信誉。

2011年末，北京清河居

喜鹊于怒或凤凰于飞

——关于2012年诗歌的三言两语

除非心碎与玉碎一起飞翔，

除非飞翔不需要肉身，

除非不飞就会死：否则，别碰飞翔。

——欧阳江河：《凤凰》

换一种喜鹊惊弓还是鸟样。

丢三落四之后，乱枪

近乎乱伦，揍出更多敌人。

羽毛美得无用。

——杨小滨：《愤怒鸟主义》

这片丛林中有葳蕤的一切，形形色色的树木花草，掩映着彼此召唤的婆娑枝叶，树杈间不同颜色的鸟群，在发散着新奇怪异的声音。但它们最终合成了一个东西 —— 就是生机。对于文学、对于诗歌来说，这是最重要的。说了多少年，如今终于有了这样一种不受干预和约束的、几近自然的美学与语言的生态，对于每个写作者的权利而言，对于更年轻一代写作者的成长，对诗歌的未来而言，这都是至为关键的条件。

编纂一本诗歌选集是一种奇特的经验：当我用剪刀和糨糊，

以个人的趣味与并不总是自信的眼光，把这些各自散落的诗篇撮合到一起的时候，不免产生了一种虚拟的暴力体验，一种捆绑、并置、互动的关系在它们中间无辜地产生出来，也使它们互相之间产生了新的意义，一种奇怪的"互文关系"——它们彼此因为对方而放大、丰富、延伸或转换了意义，变成了互相召唤、互为映衬和"因为对方而存在"的诗歌。我的工作也就因此而产生了奇特的创造性，这些单个的诗篇彼此呼应地成为一座生气勃勃的丛林，或者花园。

　　当然，对于阅读者来说也几乎同样如此，当你从头翻下来，或者是偶然地从中间的某个部位将其打开，或者倒着来读，都会有着很不一样的感受。而这也是一部诗集、是诗歌本身魅力的一种，偶然性、奇异的意义生成或者延迟——德里达所说的"延异"，都是诗歌创造力的一部分。

　　我享受着这个过程，它隐秘的快乐我无法尽述。

　　诗歌界陷入了持久的安静——请注意，我说是"诗歌界"，不是诗歌本身。诗歌本身永远处在语言的激流与变幻的动荡中，这个年份尤其如此；而在诗歌界，自从世纪之交以来的观念纷争、意气相斗、怪异表演和游戏狂欢，在今年似乎都一一偃旗息鼓，硝烟散尽了。虽然有热心的人也费尽心思，评出了不同版本的"2012十大诗歌事件"①，但这些事件在我看来，都并未有特别

---

① 关于"2012年十大诗歌事件"，有来自新华网、《西安商报》等不同媒体有多个统计说法。见 http://news.xinhuanet.com/xhfk/2012‑12/17/c_124105253.htm；http://www.hq.xinhuanet.com/fukan/2012‑12/26/c_114167536.htm

的含义。如果非要说有，那么就是它们所表明的我们时代诗歌的日益多元，以及"文学行动的疲乏症"。公众对于"文学行动"的疲乏与漠视，也反过来淡化和释解了诗歌界那些五花八门的行为冲动。

这当然不是一种简单"进步论"的评价，而只是对于"时代"的某种描述：面对网络时代生成的新环境，诗歌界确乎发生了深刻的渐变，一方面是最初的嬉戏与狂欢——在世纪初的几年中这种狂欢与热闹甚至曾让人瞠目结舌，而接下来，则是这兴奋的渐渐被抑制和释解 —— 在最近的几年中类似的动静是一年比一年少了，但属于诗歌的那一部分，却在渐渐地提升或复苏。例证之一，是在岁末我参与了"北京文艺网"发起举办的一场"网络生态与诗歌写作"的研讨会，期间对这一点体会尤深。一方面，这个时代的"诗歌精英"们似乎正前所未有地、近距离地审度网络环境下的诗歌写作 —— 由杨炼、西川、翟永明、唐晓渡等担任评委，一场网络诗歌大赛正如火如荼地进行；另一方面，网络环境下的写作质地与质量，按照多年留居海外的诗人杨炼的说法，是"出乎意料"的，参与人数之多、作品质量之高，令他感到了"震动"。

这当然只是一个例子 —— 类似的活动恐怕还有很多，只是这场大赛的规格格外高些罢了。事实上，这些年关于网络诗歌的选本也早已多的不可胜数。需要我们思考的是，所谓"网络生态"对于诗歌而已到底意味着什么？很多人都意识到，并指出了其对诗歌的深远影响，但究竟带来了什么则莫衷一是。在我看，网络环境或者生态下诗歌的变化，最主要的一点乃是主体"身

197

份"的变化，写作者获得了前所未有的自由与平权，在心态上便可以摆脱原有的一切规制与门槛。这看起来当然是种进步，因为某种意义上"写作的自由权利"比"文本的水准"要更重要，就像"民主的程序"比"选举的结果"更重要一样。但另一方面看，"自由"不只是一种权利，更是一种无处不在的空气，而空气一旦有了便不再重要，其结果怎样则会上升为更显在的期待，就像人并不仅仅满足于有空气可以呼吸，而希望有更精彩的人生一样。很显然，自由的真正意义在于是否由此诞生了优秀的文本，如果没有，那么这种自由的价值便会遭受质疑。因此，新的写作环境下仍需要建立一种选择和淘汰的机制与秩序，只有这样，好作品才会最终水落石出。

另一点是美学的变化。早在世纪初我也曾专门讨论过这种变化，网络环境最初促使出现了一种类似于"隐身的美学"，犹如戴假面者的舞会一样，"狂欢"是必然的风尚与趣味，这导致了诗歌写作中一种新的戏剧性与喜剧气质，也必然会导致此前所谓"严肃写作"的解构，或被逼挤至边缘的格局。随之，诗歌中会出现更多的民粹趣味与草根气息，出现更多在伦理上更为极端的作品——向上是类似于"底层写作"中所显示的道德优势，向下则是类似于"下半身"和"低诗歌"中所显示的反道德与反伦理倾向。这些在最近若干年中都有许多讨论了，这里不再展开。

语言的新的可能性正在被打开，这一点我只是模糊地意识到，并没有更多深思熟虑的看法。多多的几首诗令人震撼，值得推荐。因为他的语言显示了一贯的巨大张力，一种试图"撕开"

汉语固有的弥合力的破坏性，这是很多人想做而难于做到的。汉语中深厚的文化沉淀和美学惯性，在使我们的语言成为世界上最深厚成熟的语言的同时，也使其深陷于文化的泥潭之中。这一点，早在"第三代"诗歌运动时期就已被许多人意识到，但真正能够对汉语中这些根深蒂固的传统语义构成实践意义上的冲击的诗人，则少之又少。多多这些年的诗歌，一直以他独有的冷僻、精警、陌生和坚硬而给人带来震撼和启示，虽然从某种意义上，他的语言也并非是"完成性"的，与当年海子的长诗中所传达的一样，是一种撕裂的、横空出世的、试图"重新创世纪"的语言，但这种语言所产生的"拟喻"的力量，要远大于其"实际传达"的力量——说得直白些，是让人"看不懂"的，要比"看得懂"的多得多，但即便看不懂，它也同样产生了巨大而奇异的效力。这当然不是最理想的状态，但却是唯一通向语言的创世纪、通向新的创造可能的途径与方式。

这涉及极端复杂的诗学问题：文化 —— 语言 —— 表意 —— 诗，这几个不同范畴的问题在这里交汇一起，从哲学本体论的意义上，要讨论这些问题，需要海德格尔和维特根斯坦那样庞大精微的思辨与理论分析，方能说得清楚，我们只能在外围提出一点点可供思考的角度。当我们看到某种"破坏性的表达"的时候，反而看到语言的天幕上出现了一丝让人惊异与醒目的光亮，更形象一点，用多多早年的一首《我始终欣喜有一道光在黑夜里》中的诗句来说，便是"把砍进树林的光，磨得越来越亮……"但这样的状态并不总是如约而至，更多的时候是如泥沼中出现的一座断桥，它让我们爬出了固有的困境，却不知最终要走向哪里。这是问题的另一个向度与可能。

　　或许从更简单些的角度，可以将问题看得更清楚些。在语言中使用某些"策略"，可以使表意过程出现意想不到的效果。在几位旅居海外或身居台湾的诗人笔下，语言似乎出现了新的意义疆域。杨小滨的一组以"主义"或者"指南"、"后……"、"伪……"等为标签的诗歌，都足以给人带来新鲜感，这种写法在近些年臧棣的诗歌中也同样大量使用，但相比臧棣诗歌中精密的晦涩与观念化的细节，杨小滨的语言中有更多的诙谐跳脱的成分，有更多鲜活的在场感。限于篇幅，我不能选入他太多作品，这里我愿再举一首他的《愤怒鸟主义》为例来说明其活力。此诗单是标题的含义就颇有游移处——是"愤怒鸟"加"主义"呢，还是"愤怒"加"鸟主义"？一个来自芬兰、流行于全世界的动漫"愤怒的小鸟"，似乎是"全球化"或"网络时代"带给我们的一种无法回避的流行符号，但"主义"则是更加古老且带着权力意味的经典文化标签，因此这首诗所带给我们的想象前提，便有了类似于"后现代"的荒诞与丰富。其中的诗句也由此而更具有诙谐与多义的意趣，诗中历数了各种争斗的鸟类、鹌鹑、乌鸦、喜鹊、鹦鹉，它们的欢乐与愤怒、群居与争斗缠结于一起，亦如人类一样，无论是怎样的状况都同处一种扰攘的困境之中："微笑更像合谋，死也要叫春"，"横眉怒目，洒一地冤魂，却是满腹虚无"……这些看似都是在说鸟，但又无一不是在说人，它们确乎比一般的比喻或拟人都更加充满歧义与混搭的"后文明"气息：

不舍身很难，鹌鹑在美景中

令人心碎，也能聊博一笑。

愤怒没理由。

　　欧阳江河的长诗《凤凰》，大约也堪称在语言实验与扩展方面的一个典范，但这里我却不想将其放入语言的范畴来谈，而想以其引出另一个关乎"中国经验"的话题。虽说限于篇幅，本书未将其选入，但它的重要性却使我不能不在这里专门提到。该诗本来在2009年以前就已经问世，且在圈内产生了广泛影响，但2012年却有两个理由使我不能不重新审视它，一是由香港牛津出版社出版了单行本，二是2012年夏在北京，还由旅美学者李陀和哥伦比亚大学教授刘禾夫妇主持举办了关于《凤凰》的讨论会，虽然会议规模不大，所谈的深度与重要性却值得留意。而且有意思的是，在与会者发表了对于该诗的意见之后，欧阳江河还"从善如流"地增加了谈议李白等古代诗人，以及郭沫若诗中出现的凤凰意象的部分，使该版本的《凤凰》增加了两个章节，这使得这首重要的诗歌更获得了一种文化意义上"谱系感"，使其主旨更有了历史纵深。

　　《凤凰》一诗有一个重要的"前文本"——即装置艺术家，中央美术学院教授徐冰在2008年开始创作、在2009年完成的两只用城市垃圾和建筑废料等装配而成的巨大的凤凰，其大小分别为28和27米长，8米宽，重12吨，完成后吊装于北京东三环一带巨大的CBD建筑群中，白天远观，所见是两只五色斑斓的凤凰，在夜空中，则因为灯光的照射而幻生出更加璀璨夺目的光彩。当然，靠近审视，它们却仍是一堆废料和垃圾，所有斑斓富丽的景致都是色彩与灯光制造出的幻觉。显然，创作者是要用这样一个现代的"材料与形制的悖反模式"，创造出一个文化隐喻，以展示对于时代的思考：从全人类的意义上，它可以看作是对于"后现代文化"的一种讽喻；从民族与时代的意义上，它可以看作是关于"中国经验"的形象概括，总之是关于"现代""时代""后工业""当下中国"等文明与文化范畴的一个整体性喻指，即，它全部的美感与形式都来自于它的粗鄙、拼装与幻感，来自于它"内外之间的悖反关系"——外观越是宏大，内部越是空洞；外观越是美妙，内部越是粗鄙；看上去越是神奇幻异，实际却越不值钱。同古代文化中"凤凰"的传说与意象相比，同郭沫若当年对于涅槃中再生的凤凰——关于"未来中国"的壮美想象相比，徐冰所创造的凤凰中显然有巨大而潜在的"文明批判"意义。该装置据说曾在2009年的上海世博会现场吊装展出过，效果轰动，之后又在其他地方展出，均有不俗反响。由于体积庞大，加之材料本身的质地限制等，没有一个室外环境与场所可以将其永久安放，不过，它们最终却被来自台湾的财团用三千七百万元的价格买走，最终完成了一个资本与现代艺术的完美结合。

显然，欧阳江河的《凤凰》是基于徐冰的《凤凰》的激发，作为一个互文性的文本而诞生的，但某种意义上欧阳江河的《凤凰》却使得前者获得了意义的拓展和升华，他"从思想的原材料／去取出字和肉身"，用了他一贯擅长的思辨性分析，打开了"凤凰"作为历史、神话，作为文化与文明隐喻的复杂内涵，也通过打开概念、设计者、建筑工人、诗人与预言家，资本家与购买者、革命者与权力等完全不同的参与角色与角度，展开了这一符号的巨大的价值悖论，赋予这一先行获得了形制与材料的"艺术作品"以精神和灵魂。

要想说清楚作为诗歌文本的《凤凰》，如同欧阳江河阐释装置艺术《凤凰》一样具有难度，但我可以举出其中一些"箴言"或"格言"式的句子，来显示作品本身的思辨性与概括力，显示其不俗的"整体性与碎片性同在"的思维表现力。比如："劳动被词的臂力举起，又放下/一种叫作凤凰的现实/飞，或不飞，两者都是手工的/它的真身越是真的，越像是一个造假"；"人类从凤凰身上看见的/是人自己的形象/收藏家买鸟，是因为自己成不了鸟儿/艺术家造鸟，是因为鸟即非鸟/鸟群从字典缓缓飞起，从甲骨文/飞入印刷体，飞出了生物学的领域"；"如果这样的鸟儿都不能够飞/还要天空做什么？/除非心碎与玉碎一起飞翔/除非飞翔不需要肉身/除非不飞就会死，否则，别碰飞翔"；"郭沫若把凤凰看作火的邀请/大清的绝症，从鸦片递给火/从词递给枪：在武昌，凤凰被叩响/这一身烈火的不死鸟/给词章之美穿上军装，/以迷彩之美，步入天空/风像一个演说家，揪住落叶的耳朵/一头撞在子弹的繁星上""人，飞或不飞都不是凤凰/而凤凰，飞在它自己的不飞中/这奥义的大鸟，这些云计算/……它从先锋飞入史前物种/从无边的现实飞入有限"……这些句子足以显示出欧阳江河非同凡响的概括力，一如他在《玻璃工厂》《汉英之间》《傍晚穿过广场》等诗中所表现出的一箭穿心般的语言才华。这些句子或者言说的角度，展开了"凤凰"这一事物纵横捭阖的全部的意义扭结，也给读者斧砍刀削出一个词语与想象的广远而多维度的世界。

最后一节是必须要引的，与海德格尔所说的"作品使大地成为大地"一样，《凤凰》在我们时代的落成，完成了一个确立：关于这个躁动的、虚浮而脆弱的时代，关于这个充满不确定性的世界，关于我们民族日渐迷失的信念与未来，它的出现虽不能说是一种救赎，却是一种自我的描述与确认。"凤凰把自己吊起来/去留悬而未决，像一个天问……/大地的心电图，安顿下来……"读到此，仿佛真的有了一种"安顿感"，它似乎真的确立了这座装置艺术的凤凰的意义根基，也与装置的凤凰一同，给了这个时代以命名和阐释，使这个无名的时代有了一个名称：

> 神抓起鸟群和一把星星，扔得生死茫茫。
>
> 一堆废弃物，竟如此活色生香。
>
> 破坏与建设，焊接在一起，
>
> 工地绽出喷泉般的天象——
>
> 水滴，焰火，上百万颗钻石，
>
> 以及成千吨的自由落体，
>
> 以及垃圾的天女散花，
>
> 将落未落时，突然被什么给镇住了，
>
> 在天空中
>
> 凝结成一个全体。

的确，如同徐冰将成千上万的材料的碎片凝结于一体，生成了这辉煌富丽的凤凰形象一样，在这一刻，成千上万的词语的碎片，这无边的意义的碎片，也被欧阳江河神奇地凝结成了一个全体。尽管我们确乎已经处在一个碎片化的时代，但某种"有限度的整体性创造"也似乎在两个《凤凰》的文本中间隐约闪现，这不能不说是一个艺术和语言的奇迹。

另一个话题似乎俗了，几个月来总有人问，莫言得了诺奖，文学会看好吗？诗歌的将来会怎样？这些提问让我一时难以作答。可能文学从来就是好的，也可能从来就没有被看好，可是不管你看好还是不看好，它都是如此，存在而且绵延着。文学和诗歌的处境就是这样地奇怪和暧昧，就看你从什么样的角度，出于什么样的目的看待它了。

还有人还会猜想：下一个得奖的中国人可能就是诗人了吧？谁知道呢。假如把中国的小说家和诗人加以比照，就会发现诗人的地位可能是更加尴尬的。诗人中不乏学养和修养极好的，好到也许会超过最好的小说家；但是，不要说他们被理解和认知的程度无法与小说家相提并论，便是从世俗的角度看，他们所享有的"社会名望"和"福利待遇"，比起小说家来也要可怜得多。当然，或许诗人注定是边缘和异类，他们也许注定不会在世俗中得到的太多，就如施蛰存先生的一篇《今天如何纪念屈原》的文章里说的，"我们总是在纪念上一个时代的屈原，又制造着自己时代的屈原"。这大概是规律了，社会在算总账的时候总是这么奇怪，它给俗人给得多多，给诗人给得很少；给计较的人给得多多，给不计较的人却给得很少。

还有，中国的事情总是和文学本身的事情一样复杂，或许诗歌的思想水准、精神含量都是超高的，但"中国经验"本身的丰富性却又可能是思想本身难以匹敌的。某种意义上中国的小说家更能够引起西方人的注意，或许不是因为别的，而是因为他们作品中所包含的"中国经验"的独特性与生动性，甚至其负面价值。因此，也许中国的诗人比小说家还要优秀，但他们作品的载力却无法像小说家那样与世俗经验靠得更近，相形之下，便显得略逊一筹。很显然，诗人无论怎样施展功夫，去试图揭示和再现这个"时代的秘密"——如同欧阳江河在《凤凰》里竭力去展现"中国经验"的内部构造与秘密一样，似乎都难以与小说本身感性与繁杂的优势相媲比。这大约是没有办法的事情，是命。

不知道西方人会怎样看，他们会把下一个诺奖评给中国的诗人吗？我不敢预测了。虽然我十年前就曾预言过，要么莫言要么余华，他们应该、也有可能会得诺贝尔奖——这个预言也确实在2012年"应验"了，但是如今我似乎有了更多的疑虑，我终于悟出，中国作家的作品也许是有足够水平和分量的，但就中国作家的素养和影响世界的人格力量来说，却总有理由让人质疑，中国的诗人大概也同样如此，像北岛，从个人修养方面看，他差不多就算是一个圣人了，可他的创造力和影响力却似乎始终有着某种难以逾越的局限；至于其他的诗人，可能不乏有创造力和才华远胜于北岛者，但就影响力而言，却又远不及前者。所以，中国的诗人什么时候得，还确实难以预言。

说到底，对于一个心中没有神祇的民族而言，或许她的"经验"是最复杂丰富的，可是她的道德高度与精神品质，却又总是免不了被人质疑和诟病的。但文学就是这么奇怪，你那里好像有一切的精神高度，但就是出不了不朽的作品。当然，问题反过来也完全有可能成立——你那里出得了好的作品，但精神却永远没有与之相称的高度和品质。

这大约也印证着宋人严羽说的"诗有别才，非关理也"吧。

鸣谢一年来所有惠赠各种材料的朋友们，感谢十多年来一贯支持的读者和朋友们，你们的信任和鼓励是我继续将这个年选编下去的动力。也特别感谢张晓琴博士和冯强两位，他们分别作为我的进修生和博士生，为本书的编纂付出了很多劳动。

遗忘与记忆，悲怀与歌哭

——2013年诗歌札记

死之弦一弹再弹

由仇恨一挥而就

我担心

这世界最后连晒太阳的墙根也会消失

——杨键：《哭庙·八咏》

我们依然没有绝望

盲人将盲杖赐予路人

最寒冷的茅舍里也有暖人心的宴席

——朵渔：《夜行》

　　每逢岁末，诸事都觉匆促，但有一段时间却是属于诗，属于诗的慢节奏。长夜里，青灯下，翻阅着那些新鲜的或是稍旧的、有时是蒙了些许灰尘的杂志与诗集，努力摒除杂念和扰攘，静心享受这个过程。而且，不时地回想着一年中它们陆续来到我的书房和案头的情景，那其中有闪现的熟悉面孔，当然也不乏有陌生的想象与设定。我不时地为他们的句子所撞击着，或心弦暗动，或翻然神合，或忍俊不禁，或哑然失笑着。

　　然而这样的时候也不免会有些感慨，因为倏忽之间类似的情境已是十数次了，从2001年的岁暮至今，几乎每个岁末都是如此度过。便想起东坡的诗句，"东风未肯入东门，走马还寻去岁春。"去岁手持剪刀和糨糊的情境还历历在目，而今忽然就又到了盼春与忆旧的时刻。我在书丛与纸缝间怀想着去岁此时，恍若梦中。正是"已约年年为此会，故人不用赋招魂。"一年一度不负此约，自然也感怀良多，只是如我等粗陋之人，既不曾有苏轼般的细腻感受与旷达胸怀，更不可能有那一语致命的才情，只能是眼睁睁看着一年年的日历雪片般翻过，被西北风吹散得无影无踪。

　　我当然很清楚，在一本年选的序言中，无需来传达个人的琐屑感喟，因为这明显是一个公共话题的区间。在这里兜售私己的些许小伤怀，未免是幼稚和矫情、酸腐与浅薄的。但推己及人，我想到这心态又未必只是个别 —— 时间对每个人而言都是一样的，世间唯独这点是公平的，造物主不会因为某种特权或优势而额外赠予任何人多余的时间 —— 当年青春飞扬的叛逆者，自称为"崛起"或"断裂"的一代人，而今也终于迎来了秋色渐浓的岁月。我此时读着他们的诗，也感受到那些相近的体味与感慨。所以借题借机发挥一下，也算是情理之中的事了。

　　这也算引出了首要的一个话题，就是"遗忘与记忆"。这两个截然相反的词语，其实有一体两面的性质，有些时候记忆是遗忘的一种方式，有时则反之亦然，记忆是遗忘的另一种形式。写作其实某种意义上就是为了抗拒遗忘，但一经书写和虚构，写作者其实也是完成了遗忘。这仍似苏东坡的诗句，"人似秋鸿来有

209

信，事如春梦了无痕。"在记忆与遗忘之间，人其实永远处在一个微妙和尴尬的境地。个人是这样，群体也是如此，这就需要用某种方式抗拒遗忘，当然，最终也是为了完成遗忘。

需要说一说的首先是关于"六十年代人"的话题。过去人们是习惯用"新生代"、"第三代"或某个限度范围的"中间代"之类的名称，来指称这代写作者，但如今，这些说法已随着历史固化在某个年代或者瞬间了。换言之，当年的"新生代"如今已经深入中年 —— 有的甚至已英年早逝，作了古，不止海子、张枣、阿橹、邵挪（邵春光）、杨春光等第三代中广有影响的几位，也因为各种原因相继离世。因此，当人们继续说"新生代"的时候，就意味着一直是在说历史，而很难涵盖这些人后来和眼下的写作。从这个意义上，潘洗尘和树才两位编选的《生于六十年代——中国当代诗人诗选》（上、中、下三册，长江文艺出版社，2013年6月版）所给出的命名是更为客观的。顺便说一句，本来我也曾被洗尘邀请参与该套书的编纂，洗尘还曾命我作论为序，只因我的怠惰拖拉，误了出版时间，也错过了这次机会。但这套书我以为是具有总结和纪念意义的，它在展示了历史的同时也展示了现在，显示了这一代人所走过的漫长而又闪光的路。

我这里抄录一下当初编选者拟定的约稿函中的两段话，大致可以反映出这套书的基本动机与意义所在："……北岛一代，为现代汉诗闯出了一条道路，我们有幸跟随其后。但时至今日，中国社会在三十余年间已发生了深刻的变化，汉语写作也正在向纵深处裂变。反抗意识形态话语，曾是'朦胧诗'一代的写作动力，但其语言方式又沾染了另一种'意识形态'。这对汉诗写作既是一种'愤怒的'打开，同时又带来某种潜在的危机"。"'六十年代出生'的中国诗人，凭着艰苦而耐心地长期探索，既承接了'朦胧诗'一代所开创的道路，又勇敢地把写作的重心拽回到各自的语言个性上来。正是他们，把诗的命运托付给了个体生命与母语活力的奇异相遇……汉诗写作的最新进展，不再是意识形态话语的对抗性表达，而是对语言潜能的创造性妙用。"

　　这段话大致可以概括出60年代出生的这代诗人的艺术特质与历史功绩，即，堪称是真正的"个体写作"，真正使诗歌回到了个体和常态。这无论如何也不是一件小事。而且更重要的是，他们也同时贡献了成熟的写作与文本，创造了汉语新诗诞生以来最为丰富的写作风格与样态，创造出了最为复杂与成熟的诗歌文本——包括贡献了海子这样伟大的诗人。这是需要研究新诗历史的人留意和纪念的。

　　作为这一年诗歌记忆的另一事件，是世纪老人纪弦在7月22日的谢世。生于1913，卒于2013，他穿越了整整一百年，在古往今来往往短命的诗人行列中可谓罕有的寿星了。作为中国现代新诗继往开来的一位，纪弦在20世纪30年代即已闻名诗坛，曾与戴望舒、徐迟等一起创办了《新诗》月刊，并以"路易士"的笔名发表过许多现代派作品。1953年，四十岁的他重整旗鼓，率领台湾的数十位年轻诗人发起成立了"现代派"，引发了声势浩大且旷日持久的"现代诗运动"。可以说，20世纪五六十年代的台湾之所以能够成为汉语新诗的真正中心，能够兴起持续一二十年的现代诗热潮，首功在纪弦。与之相对照，同期大陆的诗歌则由于

211

政治的过多干预，无论其在历史的意义上有多么重要，在艺术水准与质地上却显得相对贫乏和稚拙，乏善可陈。因为它们在与中国古典诗歌、西方现代诗歌以及五四以来的新诗传统的续接关系上，均采取了鲁莽割裂与简单背弃的态度。从这个意义上，无论怎样强调这位世纪诗翁的作用和价值，都是不为过的。

而且重要的是，纪弦先生还留下了太多脍炙人口的诗歌作品，他犀利而冷硬、诙谐而俏皮的艺术风格，使之在新诗历史上称得上独领风骚；他对于现代社会之文明病、都市生存的异化的尖锐批评，可以说是有着先见之明的；他崇尚智性同时也不乏抒情的诗风，语言跳脱奇崛而又充满幽默感的修辞，都给汉语新诗注入了新鲜的活力，带来了深远的影响。他的《狼之独步》中所描画的那只独行于现代都市的困兽，《春之舞》中描摹的作为现代文明之病态化身的骷髅舞者，都体现了里尔克或艾略特式的观照方式，显现了其作为"现代诗"典范的批判立场，以及充满反思与反讽意味的现代主义艺术精神。另一方面，类似《你的名字》《一片槐树叶》等抒情诗中所体现的世俗情感与文化乡愁，也在汉语新诗中刻下了难以磨灭的痕迹。当我们回首一个世纪新诗的历史，即将迎来它的百年诞辰的时刻，应该记下纪弦这个名字，并从他的身上发现更多启示。

我偶然自网络上读到了另一位老诗人郑愁予为纪弦送行的一首诗，叫作《我穿花衫送你行，天国破晓了》，非常准确和生动地回顾了纪弦的一生，也再现了他的风格与个性，特抄录其片段，作为共同的纪念，读者若是感兴趣，可去网上查看全文："您一磴一磴踏上云端一百零一层，／自少年就摘罢各色的星子，

/肩背记忆璀璨的行囊，/跨越二十世纪令诗人流泪的盼望，/登上无云的巅峰处，/天国破晓了……"

> 踢踏后现代地球之舞台，
>
> 挥手杖以为礼，替超现实风尘谢幕，
>
> 当塑造都市成抽象之旷野，
>
> 唯见彼狂者天狼之独步。
>
> 逾越以物质为生的人烟所谓云端，
>
> 你的独步背负青空扶摇向永恒……

今夕何夕，此翁何人，悠悠苍天，他所歌唱过的银河中应又多了一颗星子。

此翁之外，还有一人值得纪念，便是顾城逝世二十周年。1993年10月9日，年仅三十六岁的顾城在波涛浩瀚的太平洋深处，在新西兰的希基岛上涉嫌杀死了自己的妻子谢烨后自杀，终结了一段由朦胧诗开创的青春神话，也给诗歌随后在1990年代的某种艰难境遇蒙上了"命运"的色调。虽然，迄今为止"顾城杀妻"这一说法也并未有完全的定论，但随后的很多回忆文章以及批评文字，几乎都肯定了事件的性质。人们似乎在将之作为一个孤立的个人德行的失据之举，与将之作为一个文化象征意义上的悲剧事件这样两个看法之间游移不定，难以调和。如今事件过去了二十年，所有的恩怨纠结似乎都已变淡，人们似乎更愿意在某种平和而带着淡淡伤怀的意绪中来回忆其音容笑貌，述说交往的点滴。我注意到，在北岛主编的《今天》上，一下刊登了舒婷、毅伟、王安忆、陈力川、大仙、顾晓阳、德国汉学家顾彬、法国翻译家尚德兰等九位作家或故友的文章，从中似乎折射出了一个更多细节也更加细碎的影子。但在笔者看来，故人也好，同行也罢，似乎仍然没有完全厘清很多让人疑惑的谜底——诸如，为什么顾城这样一个温和甚至懦弱的人，会做出这样血腥冷酷令人惊异的举动，为什么顾城的诗中既有着"童话"一般的纯真，又充满着深渊一般死亡意识的幽暗，并且由此而生成了一个历久弥深、不断生长的谜一样的诗歌世界？

这些问题当然不好回答，其中既包含了历史大环境的设定，也包含了个体复杂微妙的精神气质的暗示，既借势于艺术潮流中所暗含的某种逻辑，又是个性才具的自然衍生，其中有时代的激荡碰撞，也有个体精神世界的潜滋暗长，总之是一个复杂的精神现象。这大约也是顾城悲剧命运中的某种幸运所在，因为历史上几乎一切重要的诗人，几乎都构成了某种精神现象，而一旦成为精神现象学意义上的诗人，这个人的文本就具有了不断延伸增值的可能——哪怕在其死后，其诗歌仍然会活着，还会不断生长。在这个意义上，顾城或许终将还能在这一代诗人中脱颖而出。因为他诗歌话语中的社会痕迹是如此之少，而精神含义却是如此之多，而且能够重叠于数个不同范畴，有童心也有哲学、有梦幻也有死亡、有本能也有超我、有自毁更有谵妄，而这正好极大地折射和丰富了他诗歌中的潜在语义。

以上是笔者所搜寻的可以作为当代"诗歌历史"记忆的重要

事件，而在文本意义上的记忆，要数杨健未出版的《哭庙》。2013年好作品很多，但我这里无法一一列举，只能选一个代表谈一谈。《哭庙》在我看来，既可以读为一部长诗，也可以读为一部诗集。从编订的方式体例上看，它似乎可以看做是1990年代于坚《0档案》的扩展版本，中间加了更多的细节，并且以一种刻意杂乱无章的方式，记录了个体所感知的历史与成长记忆。只不过与于坚比起来，杨健的记录方式更为细节化，事件与人物、场景与背景更为具体和形象，可谓长歌当哭，全景以现。这是一部歌哭之作，哭的是文化的颓圮、精神的沦丧、家园的凋敝、民生的多艰……与余华的《第七天》一样，它也是为这时代的卑微者书写的求告书，为冤魂们书写的亡灵书，为破碎的世道人心与社会伦理刻写的纪念碑。这样说来，它或许又与《离骚》一样的作品有某种内在联系——记录下了一个诗人的悲伤与感怀。它刻意用了纷繁无序的形式来装载和记录这一切，每首诗是讲究的，但整体上又带有一定"叠加"和"堆积"的意味，这也隐喻着我们历史的无数歧路，时代的杂乱无章，以及精神世界的无处安放。

用"时代记忆"或"中国经验"的说法来解释《哭庙》，或许是最简单和有效的。这部巨制某种意义上可以看作是一个"敏感而全息的记录器"——借用美国新历史主义理论家的说法，它可以看作是用了诗歌的方式，碎片的方式，记录下了"时代洪流"中那些微不足道的漂浮物，那些"人民群众"中渺小而无名的个体，那些无法掌控自己方向与命运的泥沙渣滓、鱼鳖虾蟹们，他们或麻木或尖锐、或悲凉或荒诞、或高声尖叫或逆来顺受的林林总总与形形色色。从微观看，生动形象、可触可感，从宏观看，又有着清晰的框架与方向感。确乎是一个合适和必要的写法，一个合适和必要的文本。从这个意义上，我无法漠视它的价值，因为时下的中国确乎是这样的中国：她混合着一切喜剧与悲剧，意义与荒谬，前行与蜕变，正面与负面……我们无法清晰地说出，但又切近地感同身受着，所以，哭庙之"哭"是歌哭，哭庙之"庙"是祈求，"哭"与"庙"放在一起，是为了凸显对价值祈求和灵魂栖所的强调，凸显对悲伤和绝望的传递。

当然，《哭庙》也并非没有问题，作者试图用中国传统社会、传统文化作为一个理想家园，一个参照，来悲叹如今的家园丧失与伦理颓毁。这种"失乐园"的悲叹，与其说是一种现实批评精神与确切的历史观，不如说是一种隐喻的需要，毕竟中国传统社会也并不是什么真正的桃花源和理想国，传统文人与科举制度同样不能给中国人以安身立命的精神抚慰与生存承诺。中国人的未来还是取决于现代的自觉：包括在政治、文化、伦理与物质等一切层面，只有科学和现代的方式，才能挽救这个多难的民族，以及她那丰厚与沉浊的文化与文明。

值得赞赏的是情怀，以及作品中饱蘸的激情，它让人想起三闾大夫的"长太息以掩涕兮，哀民生之多艰"，确有悲情浩荡、上下求索的气势与意味，让人感动。这就是好诗了，毕竟作家和诗人不是神仙，不能开出包治人间百病、社会弊端的良方，而只能给读者以灵魂的震撼和感动，这就够了。

其他能说且需要说的话题就不多了。实际上本集中所选的作品，与上述话题之间几乎没有多少关系，我只是在其中选入了杨健《哭庙》中的几首短诗。这也表明了一个困境，即，通常意义上的"好诗"和"历史的痕迹"之间可能并没有太多的关系。一本所谓的"年选"其意义有可能是可疑的。因为可以在历史上成为"事件"的，却未必能够成为通常意义上的"好诗"；一个诗人费劲心力写出的炉火纯青的"好作品"，却未必能够在诗歌历史上刻下一点点印痕。因此，我理解欧阳江河的说法，即，对于一个成熟而有抱负的诗人来说，只是追求写出"好的诗歌"，可能并不是一个正确的选择。有效的写作必须是要与时代构成"有效的对话关系"的写作。这个说法看起来很残酷，但有时候却很真实。

出于各种各样的原因，人们总喜欢怀念过去，包括《哭庙》，似乎也在冥冥中设定了一个过去年代的桃花源。这当然自古而然，"黄金时代"的说法便是这样产生的。然而神话就是这样，黄金骑士与理想国永远属于遥远的逝去的年代，置身其间的眼下总是充满缺憾与无奈、世俗与矮化的"黑铁时代"。但我并不这么看，或许时代是有缺憾的，但诗歌的品质和疆域却是无界的。我一直认为我们正处于诗歌本身的一个"准黄金时代"，看看这些文本就应该相信，它们不但是"好的诗歌"，与时代之间也同样或明或暗、或强或弱地构成了回应关系，能够隐约见出写作者的精神或者襟怀 —— 虽然我们不会将这样的说辞与荣誉轻易地奉送于"活着的诗人"，与我们同时代的诗人，但我们应该清楚，历史上一切写作都是这样生成的，在某个普通的阴郁的日子里诞生，最终在历史的长河中成为传奇。那些怀念顾城的人们也不要忘记，八十年代也好，九十年代也罢，都同样不是最初的和最终的黄金时代，同样只是传说，我们真正拥有的，只有灰暗但却丰富的现在。

我们应该好好地拥有它。

而它，或许就在这本并不起眼的诗集中。

感谢朋友们一年来慷慨提供的大量资料。因为书房的逼仄，我不得不在年末做完年选之后，将其中的一些赠人或是处理掉。我怀着强烈的犯罪感，眼睁睁地看着他们散失，但也只能狠着心，闭上眼，由它们去，因为这书房里实在已无法下脚。我只能在心中默默祈求朋友们的原谅，并期待着来年你们一以贯之的慷慨赐予。

2013年12月30日草，2014年1月27日晨，北京清河居

决绝的死或坚忍的生

——怀念逝去的2014，以诗歌的名义

> 而这是预料之中的事：
>
> 桃花刚刚整理好衣冠，就面临了死亡；
>
> 为了理想它乐于再次去死，
>
> 这同样是预料之中的事。
>
> ——陈超：《我看见转世的桃花五种》

> 水还在流，但是没把落花载走
>
> 这让我相信了世界有多么奇妙
>
> 如果你活着，请你在地狱等我
>
> 如果你死了，请你在天堂等我
>
> ——卧夫：《水里的故事》

大风吹散了冬日的雾霾，也吹散了愈来愈显短促逼仄的岁尾时光。我在这荒芜的尽头捡拾着，将它们当作黄金的麦穗，或是时光的尸骨，反季节的果实。心中泛起莫名的喜悦与悲伤。确乎，世间每种收获中都包含了大片的死亡，这本是诗歌中恒久的命题，多少杰作都是因此而诞生，无需我来絮聒饶舌。但拾穗者确乎无法抑制许多身临其境的感慨，无法不因为一些具体的人与事，而生出悲喜交集的或忧愤混杂的意绪。

我在记忆和文字的恍惚中断续记下了这些感受，并且一直拖到了春风刮起的时候。

1

那桃花不是我的，那影子不是我的

那锄头不是我的，那忧伤……

……不是我的

一位叫作余秀华的诗人的《心碎》中有这样的句子。我无法不谈到她，当然也无法摘录她更多的诗句。在这早已是无主题变奏的时代，文学界居然又罕见地出现了公共性的话题。岁末，这个乡村女性在被冠以"脑瘫诗人"的符号之后，以一首叫作《穿越大半个中国去睡你》的诗走红于网络。随之，各种媒体一哄而上，连篇累牍地报道转载，使得她的诗集一天之内居然销售逾万册，几近创造了诗歌卖点的奇迹。在媒体轰动之余，数家官方机构还联合召开了关于她的诗歌与草根写作的研讨会，"余秀华"一下成为一个"热词"，一个妇孺皆知的名人。

我无法简单地用好与坏、正面或负面来判断这一事件。包括对于余秀华本人，大约也有同样的难题。或许她艰辛贫寒的农家生活会因此得到意想不到改善，然而她本来平静的思考和写作，或许同时已荡然无存。平心而论，我宁愿这样一个农妇的生活在物质上会有些许改善，但假如她再也不能安静而独立地写作，抑或即使写也渐渐失去了本色 —— 那种与他人的写作有鲜明区别的痛感与质感 —— 的话，也同样是一个无法挽回的损失。因为古来文章憎命达，皆因诗穷而后工，这个逻辑恐很难有人能够逾越。但愿她是能够经得起"做名人"考验的人，是经得起媒体热捧和公众关注的诗人吧。

我认真阅读了余秀华的部分作品，觉得确实不错，可以说是相当专业，有饱满而控制得很好的意绪与情感，有充满质感与疼痛的语言与形象，笔法与修辞也相当老道，富有表现力，称得上是个成熟的诗人。之所以没有更早得到关注，是因为她还没有被大众媒介"符号化"，它的生存背景与内心苦痛还没有更多人真正了解。而"脑瘫诗人"这样的名号，再加上她"农民"与"女性"的身份，加上她诗歌中某一点奇异的"性想象"……这样诸般因素之后，便不一样了，她的诗歌具有了不胫而走的性质，有了非同寻常的消费价值。

不过，这对于她来说究竟是一种帮助还是矮化，还是很难判断。首先这要取决于公众的理解力与诗歌观，同时更重要的，还要看她本人的价值立场与精神定力。假如都能够处理得好，或许就是一种帮助了；但如果公众只是将之当作即时刷新的新闻噱头，那么对于诗人来说，便无疑是一种搅扰和伤害了。

这当然就涉及另一个更为宽阔的问题，一个自世纪之交以来一直争议不断的，如何看待"底层"或者"草根"写作的问题。说到底，这个问题之所以存在广泛的歧义，是因为涉及写作者的身份与文本的关系、公共伦理与写作伦理的关系、社会意义与美感价值的关系等问题的不同认识。要想辨析清楚，谈何容易。但这里既然提出了问题，免不了就要费一点笔墨，稍做一点讨论和辨析。

先说身份问题。中国诗歌传统中，诗历来分为两类，如冯梦龙《序山歌》中所说，"书契以来，代有歌谣，太史所陈，并称风雅"。风和雅，是诗歌的两个大类；自然写作者也就有了两个身份 —— "文人"、"人民"。文人当然也是人民，但由于他们写作的专业性和个人性，就常被看作是一个单独的群体了。文人写作通常体现了写作的专业性与难度，也体现了更鲜明的个人性格与襟怀，情感与意绪，风格也通常是比较典雅或高级的。"人民"这里更多是指一般民众、底层的或草根的，"沉默的大多数"的部分，既然是"沉默"的，自然是沉默的，无需写作的。但人民有时候也会兴之所至地"写"一点，《诗经》中大部分的作品 —— 至少是《国风》中的大部分，从风格和口吻看，是属于民歌的。民歌的作者当然是无名的草根族。冯梦龙说，"但有假诗文，无假山歌。"可见民歌的根本属性是在于"真"。

现代以来民歌其实一直处于被压抑的状态，虽然我们口口声声说"贴近群众、贴近现实"，但人民一旦写作，就会感到惊诧，就会受不了。最近媒体的大呼小叫，提出各种看似煞有介事的问题，其实都说明了对于人民之写作的不习惯。20世纪五十到七十年代，民歌看似大行其道，其实也不曾存在，《红旗歌谣》是民歌吗？是不是大家都很清楚。很多情况下不过是文人和政治合谋，假借了"人民"的口吻去写的，人民最终还是沉默的。

余秀华的作品体现了一个底层的、也是常态的书写者的本色。她书写了自己卑微清贫然而又充满遐想的日常生活，书写了疾病带来的苦痛与悲伤，书写了一个女性和所有女性内心必有的丰富与浪漫。当她书写这一切的时候，没有矫饰，没有刻意将自己的身份特殊化，甚至也没有过多的自怨自艾、自哀自怜，一切都显得真切朴素、自然而然。她甚至时常有因"忘我"而"忘情"的境地，她也不会总是记住自己身体的不便。也可以说，她所表达的爱情与一个通常的女性相比并没有任何不同，一样是纤细而敏感、丰富而强烈的："这个下午，晴朗。植物比孤独繁茂／花裙子在风里荡漾，一朵荷花有水的清愁……""蝴蝶无法把我们带到海边了，你的爱情如一朵浪花／越接近越危险"。

> 危险的是她。我依旧把门迎着月色打开
> 如同打开一个墓穴

这是她的一首《我所拥有的》之中的句子。如果没人说她是一个"脑瘫"患者，谁会从中读出任何疾病的信息呢，她就是一个常态的诗人，一个常态的女人，一个"再正常不过的人"，一个非常优秀的抒情诗人。这样的诗人难道还需要额外有一个什么身份吗？从这个角度上说，我既认同她是一个特殊的、作为农妇或身带病残的写作者，同时又不愿意用"底层"或"草根写作"的符号、更不愿"脑瘫诗人"的标签来装裹她，来提升或矮化她的写作。

其次是伦理问题。这个问题讨论了十年了，十年前，我最早参与了讨论底层写作的伦理问题，遭到过表扬，也荣受过转述和批判。我的基本想法，是要分为两个问题来看，一是作为"公共伦理"或者社会话题，底层写作确应值得我们大呼小叫，因为人民实在是太苦了——现在当然要好得多，十年前，中国的矿难数字比全世界的总和还要多，类似"富士康十五跳"那样的事情也才过去五六年，地方政府对这件事至今有没有调查和说法，谁也不清楚。这种情况下，沉默的大多数还有办法沉默吗？他们等不得了，本来轻易不会写作却终于写作了；这种情况下，我认为"文学"本身已经算不得一回事了，比起社会公共伦理来，比起人民的生命、生存来，文学算什么呢？别计较人家写的怎么样，你写得好，写得美，高级和专业，能够给人民一个公平吗，解决一点点生存的问题吗？在那种情况下，作为一个有一点社会伦理关怀的写作者，就应该让所有的问题退居其次。

然而另一方面，写作终究还是个"文学问题"。我们仍然会寻找底层写作中那些更感人的、写得更好的作品，郑小琼就是这样被发现和被重视的。余秀华之所以被专业的批评家和诗人们重视，也是因为她写的相对要好些。自然，将她与狄金森比，与许多经典化程度很高的诗人比是没有必要的，至少目前没有必要；但与一般的诗人比，与我们对于一个写作者基本的期许比，她写的还是很出色的，有感染力，有基本的专业性，这就足够了。甚至从重要性上，我还会觉得她与一个专业性更好的诗人的作品比起来，也许要"重要"些，我必须在年选中多多地选入她的作品，因为与一切作品相比，她更能够成为"这个时代的痕迹"。

还有美学问题。这个问题更复杂，只能简略谈及。在今天，它首先表现为一个共性特征，即"泛反讽性"——这是我的一个命名。泛反讽，首先是说"反讽的广泛存在"，这是一个普遍的原则，在今天的社会语境中，文学场中，传播情境中，郑重地"端着架子"抒情或者叙事，常常是不合时宜的。如果写得太"紧"和太雅，便显得活力不够。相反，如果加入一点诙谐与幽默，加入一点反讽因素，情况会大为改善。其次，泛反讽的意思是它"暗自存在"，或隐或显，并不那么明显，有一点点元素在，不易觉察，但仔细体味它是有的。余秀华的诗就是如此，我体会到了她作品中固有的悲怆与孤单，固有的坚韧与意志，同时又欣赏她适度的诙谐与颠覆性。当我读到她的"穿越大半个中国去睡你"的时候，觉得这是修辞上的一个相当妙的用法，没什么不妥之处。在有的人看来，或许会认为有"粗鄙"之嫌，要改成"穿越大半个中国去爱你"才好。但这样一来，意思虽然没有变，但却不再是同一首诗了，其中所承载的敏感的时代性的文化信息就被剔除了。很显然，在这个语言呈现出剧烈动荡与裂变的时代，裸露比含蓄要来得直接，力要比美更为重要，但这裸露和力反而更显示出沉着和淡定 —— 这是一个写作的秘密，一个美学的辩证法。

关于身份的验证、生命处境的见证性的问题，还有另外的认识角度，即：我们也当然可以用生存的艰辛与痛苦，去见证性地理解余秀华们的诗，为她"摇晃的世界"和艰难的生存而悲悯和感动，也为她也拥有那么好的爱情而百感交集。这也同样也符合我所"猜测"过的"上帝的诗学"。假如上帝也读诗，他一定是知人论世的，一定是将诗歌与人一起来考量的，一定会给予更多的公正与体恤，而不是教条主义的理解。

因为他是上帝。

2

桃花刚刚整理好衣冠，就面临了死亡。

四月的歌手，血液如此浅淡。

但桃花的骨骸比泥沙高一些，

它死过之后，就不会再死。

古老东方的隐喻。这是预料之中的事。

有人在病痛中顽强地活着，有人却断然决绝地去死，并无清晰可见的理由。

世界就是如此奇怪，生命在轮回中繁衍并且死去，犹如诗歌的变形记，词语的尸骨与感性的妖魅同时绽放于文本与创造的过程之中。仿佛前世的命定，我们无法躲避它闪电一样光芒的耀目。多年以后，诗人用自己的生命重写或刷新了这些诗句，赋予了它们以血的悲怆与重生的辉光。

我在悲伤中翻找出了这些诗句，《我看见转世的桃花五种》。发现在经过了二十余年之后，它们还是盛放在时光与历史的黑暗与恍惚之中，那么充满先知般的睿智和预言性，谶语一样充满不可思议的验证性，还有宿命般不可躲避的悲剧意味……作为一位批评家，陈超不止留下了他思想深远的批评文字，也留下了传世的诗篇，这是一个足以让人慰藉而又悲伤的结局。

我是在11月1日这个阴冷的秋末初冬日，听说这不幸消息的。

在前往机场去外地参加一个学术年会的路上，一位河北籍的诗人发来了这让我难以置信的消息。我努力搜寻着记忆中因由的蛛丝马迹，觉得没有什么理由是能够如此残酷地终结一切——用了如此残酷的方式，带走了他那安静而深沉的思想，那睿智而又坚定的生命。我一直希望能够求解，是什么力量巨大到能够战胜他对生命的热爱，对亲人的责任？在二十几年的交往中，我一直认为他是一个理性而强韧、始终持守着一个知识分子的精神节操与处世原则的人，他既不会轻易地沉沦于世俗世界，又缘何会如此突然地听从于死亡与黑暗的魔一样的引力？

让我还是小心地回避这些敏感而无解的话题。我既不能像尼采那样放着胆子赞颂"自由而主动的死"，也不愿意像世俗论者那样去无聊地谴责自杀是一种罪过。没有谁能够真正清楚他所承受的不可承受，他所抗争的不可抗拒。一个人活过了知命之年，如果不是无法承受的疼痛，不会取道这样的终局。在海子走了二十五年之后，一个原本比他还要年长的诗人，不会是怀抱着他那样的青春壮烈，而是怀着深入中年的荒寒与悲凉，在彻悟中飞跃那黑暗的一刻，那存在之渊的黑暗上空的。

要想在这里对陈超的诗学思想与诗歌成就做一个全面评述，很难。但我隐约感到，他的研究与创作可以从若干个时期来认识。虽然他很早即涉猎诗歌写作和从事诗歌批评，但真正的升华期应该就是20世纪90年代初。作为第三代诗歌运动之后逐渐成长起来的批评家，他的诗歌理想与这一代诗人宏大的思想，繁杂的诗歌策略，理想主义与智性追求相混合的知识分子精神，达成了一种内在的统一，形成了他世界观与诗学思想的根基。很显然，

90年代初期精神的艰难与压抑，反而诞生出了一个金子般历史的转换，精神涅槃宛如桃花转世，也诞生了陈超此刻以历史的忧患为动力，以知识分子精神为特质的诗学思想。他的"深入当代"的说法，自然有春秋笔法在，但与周伦佑等人主张的反对"白色写作"，与更多的诗人主张将自己"嵌入历史"之中的说法也至为接近。这是一个必然和必须的反应，诗人不能错过他的时代，负疚于他的使命。在20世纪90年代中期以后，陈超开始了他的"生命诗学"的论说，这当然也是前者的自然延伸，诗人应用生命实践去承当一切书写，用生命见证一切技艺与形式的探求。他深入而执拗地探究了意象、经验、结构、语言，一切内在的和外部的要素与形式的问题，这些分析可谓独到而精湛，核心依然是他的"个体的乌托邦"说——写作之中个体精神的独立性与生命的承受。我只能说，陈超对现代诗的理解，从未单纯在观念和技术的外壳上，从技术的细枝末节上去陈述，而仍是从诗歌作为"生命——语言现象"的合一的永恒本体上，从人文主义的必然承担上去理解的。因此我以为他是正确的，找到了最根本和内在精义与真髓。

陈超的评论自然也是充满思想与诗学智慧，充满语言魅力的，不只表现在他随处可见的思想阐发与升华上，还有知人论世的体贴洞察，还有他格外强调的个人与历史的对话关系——在他近十年来对"文革"地下潜流诗歌的研究中，对于食指等重要诗人的研究中，他贯彻了历史主义的思想，同时也充溢着对于诗人人格、对诗歌精神现象学的真知灼见。尤其是，在对于任何即时性的诗人和文本的讨论中，我无数次与他相遇，见证了他对一个批评家的价值底线的坚守，即从不放弃原则去做无谓的夸饰与吹捧文章，而总是从问题入手，小心翼翼地保有着一个读者和批评者的审慎。从这个角度上，说他是当代诗歌批评伦理的楷模，也毫不为过。

记得去夏的最后一次相见，是在杭州的一个诗歌论坛上。午餐间他很亲切地喊我过去与他的太太和儿子见面，我感到了这个有困顿但却充满爱意与温暖的家庭的氛围，由衷地为他感到高兴，丝毫也没有觉察到他身体或精神的某种危境。之前的无数次见面，他给人的感觉都是坚定而温和、智慧而理性的，甚至作为诗人他也从未在世人面前流露过一丝一毫的冲动和"任性"。而不料是在不及半年之后，竟发生了这样的惨剧，怎能不令人震惊和悲伤。

人常说，死亡终结了一切，也使许多东西得以升华。确乎，如今再来捧读《我看见转世的桃花五种》，更能够感受到它先知般的力量，甚至它的修辞都是那么精准和完美。还有《博物馆或火焰》，他在近十年中所写的一些吟咏生命之秋的作品，都更让人感受到，一个好的诗人和学者，他的文字将会长存人间。

值得追怀的人还有一个，这一年中另一个自杀的诗人卧夫。此前我已曾写了一篇短文《怀念一匹羞涩的狼》来纪念他，这里无法不再提几笔。四月初我最后一次见到他，时值海子的母亲和弟弟来京参与商讨海子诗歌奖的事宜，我们在一个午宴上遇见。一如往常，他的脸上挂着沉默的谦恭和羞涩的笑，自然还有几分"酷"，一如往常，他还是肩挂相机，如一个记者那样为大家咔嚓咔嚓地拍照留影，然后匆匆离去。谁也没有留意，这个永远被忽视的朋友，从此永远离开了人们的视线。五月初，传来了他绝命于怀柔山中的消息。据说他是用了饥寒交迫之法，让自己困厄而死的，实践了他对于海子长久以来的膜拜与追随。

我无法确认自己是否是卧夫的好友，因为之前我们虽然也经常在会议遇到，在报章或民刊上看到卧夫这个的名字，但我承认，我的确从未认真细读过他的诗。这次通过网上搜索，也通过诗人安琪发来的整理稿，我才认真阅读了他的作品，觉得确有亏欠 —— 作为读者我没有认真对待一个诗人的作品，或许可以宽宥，但没有认真阅读一个朋友的作品，不免心有愧疚。世上的诗人如此之多，作为读者和选家谁都难以了解周全，但作为相识多年的朋友，当我觉得与之竟然只是在酒桌上相遇，确乎是件让人无地自容的事。这提醒我们，从现在开始，就要重视每一位诗人，珍爱每一位朋友，不要等到有一天来读其遗作，承受盲视的尴尬与愧疚。

卧夫自然不能被称为是多么伟大的诗人，但是他的作品同样有不俗的、让人不能释怀的感染力，而且幽默、诙谐、以轻搏重，以逸待劳。我认为他就是生活中那种最有可能被忽略的人，善良、谦逊，有几分自来的卑微，但同样他也有着丰富的情感与爱意，骨子里的高贵与自尊。而我以为正确的态度就是，愈是谦逊低调的人，我们愈要给予重视。每个人都会遭遇隔膜或者冷遇，当年海子活着的时候，也曾有人贬斥其作品不是诗，然而我们从其"我不得不和烈士和小丑走在同一条道路上……"的诗句中，却能够读出他万古一人的荒凉与高傲。作为海子的追随者，卧夫对于他一定有比我们更深入和到位的理解，但他在写作风格上却并不模仿任何人，他写出了他自己，一个堪称最懂得艺术辩证法的人的风神：轻松但不轻薄，浅白而不浅显，俏皮但不轻浮，狷介但不狂傲。他的每首诗中几乎都充满了自嘲而渺小的口吻，但却让人感到真实和亲切，谦逊而可爱。只有一点让人不解，作为一个内心深处铁定的悲观主义者，为什么卧夫的诗中却很少写到决绝与悲情，写到那些哲学式的悲凉，而总是充满对生命细节的关注，甚至充满此在的温暖与缱绻？他曾声称自己"死不过顾城，活不过海子"，但作品中却并无海子诗中的那种绝对意志的表达。让我举出他的一首《别把我当人》，似乎可以看出他游移而无根的、自虐而无助的人格困顿："还没找到方向？／今天的烟花与明天的雪花／已经被你识破，而且你还清清楚楚地笑过／当你寂寞得把自己感动了／就很容易感动全世界了／找一个温暖的地方，把心放下／我在梦里遇到的晚霞后来转换成了日出"——

> 于是爬到床上继续担任卧夫
>
> 每次洗完澡，都相信自己是新的了
>
> 现在，我像秋风扫落叶一样渐渐安静下来
>
> 人类的特征我的身上也有
>
> 不写诗的时候，我却喜欢正话反说
>
> 你听见狼嗥，那是我就要变成鬼了
>
> 听见鬼哭，是我又将扮成狼了

我们似乎很难在"狼"和"卧夫"这两个汉语词汇之间找到联系，狼的冷酷和隐忍，孤独和骄傲的现代美学意味，与一

231

个奥勃洛莫夫式的忧郁症患者之间，究竟是怎样的一个关系？我始终无解。只能在阅读中猜想了。但在卧夫的诗中，这种分裂带来的游移与犹疑的内心痛苦几乎成为他最基本的主题。另外，他还有很多诗是写爱情的，因为这样的一种自我定位，他的这类诗写得同样有意思。我无法不提到他的一首《水里的故事》，它迷人的感性和感性的迷人，让人无法不流连忘返和自惭形秽——

　　　　水里的美人鱼抓着我的根部
　　　　引导我缓缓下沉。我挣扎着
　　　　窒息了几次才浮出水面
　　　　水还在流，但是没把落花载走
　　　　这让我相信了世界有多么奇妙
　　　　如果你活着，请你在地狱等我
　　　　如果你死了，请你在天堂等我……

　　这只是其中的一节。这样的诗让我们相信，爱情并不曾绕过每一个人，但即使是这样美好的爱，也没有能够挽救一个人的灵魂，将他留在这个世界。这真是一个难解的谜。

3

　　　　长矛刺向空中，谁能记住刹那间空气的伤痕？

无数种愿望，有时虚晃一下。

……风车已杳然。

许多庞然大物唤起你斗争的欲望，有时，连我也攥紧了
拳头。

这是周庆荣的散文诗《想起堂·吉诃德》中的一个片段。许
久以来，我想为散文诗说几句话，但一直没有敢说。因为散文诗
被当作"花边文学"实在是太久了，人们对于散文诗有着太多的
误解与轻视，虽然承认散文诗"也是诗"，但它在各种报刊上的
命运，则是要么暂付阙如，要么忝列末席，被挤在刊缝里或者补
白处。确乎，这与它自身许多年持续的萎缩有关，与人们对它在
文体上的定位的尴尬有关。但毕竟历史上一切文体的伟大，皆因
出现了伟大的创造者，散文诗在曾几何时的辉煌之后的某种衰
落，大约也与创造者的后继乏人有关。

我一直疑惑，"诗"与"散文诗"究竟区别在哪里？最显著
的外在差异，无非是"分行"与"不分行"的区别。而事实上分
行与否，只是表明了现代物质与技术的一种冗余，古代纸张金
贵，中国人很少会分行去书写诗歌 —— 甚至连标点都懒得添加，
但这丝毫也没有影响人们对于诗歌的理解。这样说来，中国古代
的散文诗 —— "赋"的不分行便没有什么特殊性可言。因此，
分行与否，绝不是诗与赋、与散文诗的区别标志。既然如此，那
么区别又在何处呢？应该是在思维方法。或许如瓦雷里所说，诗
歌的跳跃性更大，更像是"跳舞"，而散文诗稍许连贯一些，近
乎"散文"与"诗"之间，是在"走路"与"跳舞"之间？但这

样一来问题又出现了，难道"散文诗"不是"诗"吗？与诗还有什么差别吗？

确乎是个难题，很难有人能够解得开，我们只能说，散文诗不是散文，而是诗，但它又是比较特殊的一种诗。它的确比一般的诗在文字上要更讲究连贯性，讲究一点铺陈和略显繁复的修辞。但这很可能又是误解，因为在波德莱尔笔下，散文诗修辞的重要性固然比通常的诗歌要突出一些，但它们思想的晦暗和复杂并不亚于他的诗歌。从这个意义上说，仅仅在修辞上理解散文诗肯定是舍本求末的，这也是散文诗长期以来被当作花边文学的一个原因。如果从鲁迅的《野草》这个传统看，它的源头或许还可以追溯到叔本华、尼采和克尔凯戈尔，因为其中的许多哲学寓言式的篇章，实在是太像他们了。还有那些充满象征的、暗示的、梦魇和神经质的、晦暗的修辞，其思想的传递与载力实在是太强大了。

我当然不能说鲁迅之后散文诗是一片荒芜，这自然不客观，中间还有很多重要的和值得研究的散文诗人。但也有一种可能，就是散文诗确乎在长久徘徊，在浪漫主义的遗风和现代主义的沟壑之间，一直没有找到从鲁迅的道路上继续前进的通途。当然也还有一种说法，即九十年代之后的钟鸣、廖亦武、西川等许多诗人，都使用过散文化的文体，如廖亦武的《巨匠》、西川的《致敬》《远游》《深浅》等体制较长的作品，以及近作《小老儿》等，看起来都"像"是"散文化的诗"。但西川本人可能并不认可这种看法，他的诗刻意写得拉杂、不分行、不押韵，但若将其当作散文诗，他也不会接受，因为它们并不具有通常概念中散文诗的刻意的"修辞感"。如果排除了这类诗人作为散文诗作者的可能性，那么散文诗在当代，的确经历了一个大家阙如的时代。

之所以会出现这样一种尴尬，原因固多，但我以为最重要的原因是散文诗在当代一直缺乏一个"现代性转换"的契机 ——上一代写作者大都未曾脱开浪漫主义的抒情思维与修辞积习，较少强大的思想能力，以及叔本华、尼采和克尔凯戈尔式的寓言表达形式。这大约是散文诗仍旧以"抒情"为本位，而未曾以"思考"或者"智性"为指归、因而徘徊不前的一个缘由。既未曾获得这样的高度，自然也不可能有更好的多元格局。而以周庆荣为代表的"我们"散文诗群体的持续生长，或许在一定程度上改变了这一局面。当我读到了他的《一截钢管与一只蚂蚁》这样的作品的时候，这种意识忽然变得清晰起来：

> 整个下午的时间可以给予一只蚂蚁。
>
> 直径10公分，高10公分。一截钢管，把这只行进中的蚂蚁围在中间。
>
> 哈，小国的诸侯。一只蚂蚁与它的封地。
>
> 风吹不进来，疆界若铜墙铁壁。初秋的阳光垂直泻下，照亮这片100平方公分的国土。
>
> 青草数丛。放大镜下，看到江山地势起伏……

他将自古以来权力的表现形式及其虚构的本质，通过一个微观化的寓言的表述，戏剧性地呈现在我们面前。这样的作品可否看作是一种标志？表明散文诗重新又找回了鲁迅式的哲学寓意与人性寓言的表达？找回了那种充满魔性与吸力的语言？如果还不足以证明，我还可以举出他的另一首《数字中国史》："一千年的战争为了分开，一千年的战争为了统一。一千年里似分又似合，二千年勉强的庙宇下，不同的旗帜挥舞，各自念经。就算一千年严丝合缝，也被黑夜占用五百……"他用了一个数学的模型，彻底地颠覆、重新解读和归纳了所谓五千年的文明史。我们这个五千年的文明史中全部的光明和黑暗，全部的罪孽和苦难，全部的辉煌与渺小，一切的人生的悲欢离合，历史所能容纳的一切，在他的这首诗中彰显无遗。这类作品表明了散文诗的思想力，决不仅仅限于小世界与小修辞的范畴，而是可以深入到历史、现实、伦理、正义等颇为宏大的命题之中，这当然依赖于作者的思想能力，但它也确实证明了这种文体的承载力，决不仅仅只是"花边文学"的性质。

这个叫作"我们"的散文诗群体，悄悄崛起于北京的北土城路一带。其成员有很多，灵焚、阿毛、爱斐尔、唐朝晖、亚楠、黄恩鹏、箫风、沉沙、语伞等，另外，潇潇、安琪、徐俊国等也是其外围成员。他们已经出版了若干套散文诗丛，在近年中确实形成了一个不大不小的阵营，一股不大不小的浪潮，产生了相当的反响。

散文诗的前景，我仍然没有把握预言，但至少目前它确乎是出现了一个"小小的复兴"。但愿这能够成为一个持久的现象，能够使之真正获得长久生长的动力。

拉拉杂杂已说了很多。一个人的阅读和知觉是有限的，经验的边界可能很小，我自知也很难将关于这样几件事与人的感慨，作为2014年的诗歌的一个概观。但是在我的视野中，可能这是最应该说到的几个例子。"究竟发生了什么？"我此时又想起美国的历史哲学家海登·怀特的著名发问。在时间的河流中布满了无数的事实或镜像，但能够记录和说出的，需要记录和说出的，终究只有一点点。这些被记录和说出的，最终生成了"关于历史的一种修辞想象"，充当了关于历史的叙述。当然，我也试图通过这些个别的人和事件，来辐射到其背后可能包含的意义，关于社会的，关于诗歌本身的，或者关于诗歌的精神现象学的，希望它们能够唤起读者的一点思考或记忆，如此便足够了。

2015年元月，北京清河居

价值分裂与美学对峙

——世纪之交以来诗歌流向的几个问题

　　谁都看到了世纪之交以来文学及诗歌的新变，这种变化之巨，已经超过了20世纪70年代与80年代之交的那种转变，也超过了1986年"现代主义诗歌大展"带来的转变，更超过了20世纪80年代与90年代之交的转变。考察其变化的原因，大概不外乎是这样几个因素的影响：首先是市场化程度的加深进一步将诗歌的社会功能边缘化了；二是迅速发育的大众文化借助网络与其他传媒载体，以娱乐化和行为化的方式对诗歌写作与传播的介入，改变了诗歌的社会与艺术职能，使之成为公众舆论与娱乐的方式；三是社会的深刻分化导致了大量显著的民生问题，如底层民众生活的贫困化和社会分配的不公等，也促使诗歌的道义力量骤然上升。上述三种因素的交错互动，决定了诗歌所表现出来的艺术与社会价值的趋向的互为分裂和矛盾。

　　在不久前的一篇文章里，我已就新世纪以来诗歌附着在网络等因素之上的娱乐化趋向、基于底层生存状况而出现的道义呼声与伦理力量，还有依据于市场化、个人化与其他因素所出现的中产趣味等做了一些描述[①]，因此一些具体的外部现象我就不再重述，这里只想从内部和根源的意义上，就两种诗歌美学向度的对峙，诗歌社会价值的分裂这两个问题做一些阐述。另外，也对于

---

① 参见拙作：《持续狂欢·伦理震荡·中产趣味——对新世纪诗歌状况的一个简略考察》，《文艺争鸣》2007年6期。

我前一个时期的文章观点遭到的质疑和批判做一些回应。

"知识分子性写作"：语境转换中的意义悬置

　　1999年"盘峰诗会"之后的被弱化最严重的写作向度，可谓是"知识分子性写作"。请留意，我这里用了"知识分子性"这一概念，因为"知识分子写作"这个词，经过"盘峰诗会"这一事件，已经被舆论"矮化"了。我说的"知识分子性"是从启蒙思想性和人文批判意义上说的。而"被矮化"，不是指被划定在"知识分子写作"群体中的诗人个体的能力被弱化了，也不是说这一群体的写作水准出了问题，而是说他们在与现实的关系上出现了问题，因为这个关系的变化，他们的"身份"随之被悬置，因为这个身份的模糊化和几近丧失，写作的人文性与批判性当然也大为缩减。很显然，在20世纪90年代的语境中，"知识分子写作"这个说法具有相当丰厚的"隐形语意"，当欧阳江河在他的那篇文章中系统阐释这一概念①的时候，它和现实、历史之间的紧张关系中所孕生出来的丰厚的人文内涵是不言而喻的。它所隐含的批判意识，以及"启蒙悲剧的角色想象"意味，使它在这一时代语境中的合法依据和现代性价值具有很强的"自明性"。与80年代初期受围剿的"朦胧诗"一样，当受到现实政治和已有文学权力的双重压制的时候，他们的写作不但出现了强烈的意义增

---

① 欧阳江河在《89'后国内诗歌写作：本土气质、中年特征与知识分子身份》一文中，曾经对"知识分子写作"和"知识分子诗人"的内涵做了详尽阐释。

殖，而且备受社会和读者关注 —— 某种程度上说紧张的社会环境成就了朦胧诗人也不为过。然而，当1985年中国的社会情境陡然一变，乍暖还寒的政治环境忽然时过境迁风平浪静的时候，朦胧诗却失去了方向和力量。用那时批评家朱大可的话说，是"从绞架到秋千"①的一种戏剧性延迁，这样的情境与身份变迁，使得朦胧诗人由"受难者"的英雄形象，一下滑落为"尴尬的话语嬉戏者"。朦胧诗人没有这样快地预计到社会季候的变化，没有时间和思想准备及时调整转换自己的角色，所以只能纷纷出国找寻另一种身份去了②，或者留守国内痛苦地忍受"被忽略"的命运。

　　20世纪90年代前期是诗人非常自觉地对自己的身份认同做出调整的一个时期。所以这个年代的诗歌阵营内部异常平静，出现了一个非常重要的文本积累时期。许多诗人在自觉的边缘化生存情境中始料不及地被经典化了 —— 成名了。这种情况有两方面的原因，一是确实像欧阳江河所说，他们已不再相信诗歌是一种政治冒险，而相信其"写作已经带有工作和专业的性质"，"是一门伟大的技艺"，所以他们的文本相对于80年代后期"反文化"的躁动时期更为成熟和专业；另一方面，他们仍然带有不易觉察的"身份优势" —— 欧阳江河说他们已经终结了"群众写作和政治写作这两个神话"，告别了福科所说的"普遍性话语的代言者""以及带有表演性质的地下诗人"这两种角色，但实际上这个年代的诗人身上仍寄予了读者的许多神圣想象，他们仍被赋予

<hr>

① 朱大可：《燃烧的迷津——缅怀先锋诗歌运动》，《上海文论》1989年4期。
② 1987年，北岛、顾城、江河、杨炼等朦胧诗的代表人物先后都出国到欧美澳等地定居。

了受难者的内涵和普罗米修斯的气质。所以，某种程度上也可以说，他们又经历了与朦胧诗人近似的历史境遇，这个处境给他们提供了适时和必要的背景，不但加速了他们的经典化过程，也给他们涂上了一层想象的油彩 —— 就像欧阳江河在文章的结尾处所说的，在人们的想象中他们已经变成了"一群词语造成的亡灵"。①正是这样一种"活着的亡灵"式的身份继续了他们的传奇，为他们找到了一种合适的诗意的叙事。

上述的这个说法也许会被认为是"不厚道"的解释，但确实，来自现实的压力使90年代的诗人有机会成为一群真正具有"知识分子气质"或"知识分子性"的写作者 —— 这和朦胧诗人当初的境遇是有相似之处的。比如，以个人场景书写同外部现实构成了某种隐性对峙，以克制和带有孤独与悲情意味的"叙事"为特色，还有日益成熟和深沉的"中年之慢"的节奏，强调"本土"生存但又坚忍地守望着"彼岸"（西方）的文化，以专业化的角色保持了精神独立和技艺优势，以"亡灵"一样的决绝姿态与现实构成了紧张和拒绝关系……试想，这样的姿态和身份所构成的意义内涵，当然会使这些诗人成为时代至高精神价值的寄托者与想象体。而且，由于逐渐被国际间的文化交往接纳和被汉学家认可，某些诗人的"国际影响"也反过来促进了其在国内的声誉。但是，到了临近世纪末，中国的现实环境再一次发生了深刻改变，市场化程度的加深，使意识形态对文化的控制变得越来越间接和富有弹性，诗人与现实的紧张关系忽然变得有些"不真

---

① 见《89'后国内诗歌写作：本土气质、中年特征与知识分子身份》一文。

实"起来，"亡灵"式的身份甚至变得滑稽起来，换句话说，"绞架"再一次向着"秋千"滑落。特别是当经济崛起导致了新一轮民族主义情绪的高涨之时，以西方文化背景为精神底色和思想支撑的知识分子精神便陷入了孤立的境地。类似1999年北约"误炸"中国驻南联盟使馆那样的事件，就引起了中国知识界和青年学生对西方愤怒的抗议浪潮。在这样的情境下，90年代前期的那种写作惯性、为欧阳江河所描述和界定的相当欧化的知识分子写作，确已到了难以为继的地步。

正是这一次价值调整的滞后，和相对于某些外省诗人在经典化过程中的"被亏欠"，知识分子写作群体变成了外省诗人眼中的"过度获益者"。因为20世纪90年代初期他们的某种悲情处境，已被日益广泛的国际知名度和相当显赫的权威身份所代替。艳羡积聚为了愤怒，外省诗人们联合了一群更年轻的写作者，祭出了"民间"的旗帜，来借以对他们的合法性提出质疑。很明显，"知识分子写作"的一方在这次论争中处于相当"被动"的地位，而外省诗人则更像是有备而来，不由分说地把这顶"过时的帽子"扣在前者头上，树起了"政变的假想敌"。现在事情过去多年，我并没有翻旧账、评是非的意思，主要是想把此前和此后诗歌界的问题联系起来看待。如果说"知识分子性的写作"曾经是20世纪90年代中国诗歌的中流砥柱的话，那么这个安泰是怎样因为与大地之间的疏远和悬空化而失去了力量？让我们来回顾一下，当初欧阳江河的一番定位是多么有远见，他说："苏联政体崩溃后，那些靠地下写作维持幻觉的困境是值得深思的。我认为，真正有效的写作应该能够经得起在不同的话语系统（包括政治话语系统）中被重读和改写。"这是说，诗人应该努力使自己的作品成为在政治语境和纯粹人文话语意义上都经得起检验的东西。但他同时又说，"这一命题中的'自己'其实是由多重角色组成的，他是影子作者、前读者、批评家、理想主义者、'词语造成的人'，所有这些形上角色加在一起，构成了我们的真实身份：诗人中的知识分子。"为了区别于另外的一些身份，他还强调说，"从某种意义上讲这是迫不得已的。我们当中的不少人本来可以成为游吟诗人、唯美主义诗人、士大夫诗人、颂歌诗人或悲歌诗人、英雄诗人或骑士诗人，但最终坚持下来的人几乎无一例外地成了知识分子诗人"。①我想任何人都会明白，欧阳江河在这里讲的"诗人中的知识分子"或者"知识分子诗人"的含义，应该是"专业性"与"人文性"的统一，而不是历史上那些比较类型化的诗人角色。正是因为这样一种内在的统一性，使他们在20世纪90年代获得了成功。但是，在世纪之交以来，这样一种身份是否还能够有效地保持呢？这是一个问题。首先，相对单一化的语境变得多元、暧昧甚至混乱起来，在这样的情境下，诗人的身份自然也模糊和暧昧了，声音被迅速淹没或者扭曲。批评家程光炜早在1996年就相当敏锐地意识到了一个"多声部时代"的来临，他说，"当社会运作出现哈贝马斯所说的'总体性价值系统危机'时，民间话语就有可能在夹缝中一跃而出，表现为一种'语言的狂欢'"。②他似乎不幸"预言"了几年后诗歌界的情形。

---

① 见《89'后国内诗歌写作：本土气质、中年特征与知识分子身份》一文。
② 程光炜：《误读的时代——90年代诗坛的意识形态阅读之一》，《诗探索》1996年1期。

当这种民间话语蜂拥而出，并且以其另一种兼有合谋与摧枯拉朽的暧昧属性大行其道、与主流文化构成了共存与游戏关系的时候，知识分子被确定无疑地边缘化了。还是在这篇文章中，程光炜指出，当他们自觉地"放弃了与权威话语激烈对抗的古典人格"，"通常以社会中介的角色出现"时，"在外在形态上"也便"具有了某些中产阶级的色彩"。而事实上，当大众传媒所起到的中介作用对于他们的帮助越多的时候，他们所书写的"个人日常生活审美化"的内容，就越接近于"中产阶级的趣味"——当我再次梳理这个概念的时候，发现多年前的好些批评家就早已在使用它了——这也许并非他们的初衷，但在当代中国社会的含混乃至混乱的语境中，鉴于知识分子使命的尖锐性不时会显现出来，而他们又急于要实现"转型"，放弃紧张性与批判性，他们所受到的误解和批评也必然要比实际情况严重得多。

事实证明，曾经为有的批评家所首肯和称赞的20世纪90年代知识分子写作的"文本的有效性"，在世纪之交以后被严重削弱了，"特定时代的知识气候"——程光炜用了这样一个词，来解释文本的及物对象①——仍然存在，但这部分诗人对它的触及却似乎变得不那么有效了。为什么呢？还是那些人，如果论技艺，他们只能是更高和更好了，可是为什么影响力却变小了，这个问题值得我们深思。我想最简单化地说，也许可以归纳为这样几点，一是因为水已被"搅浑"，由网络支持的大众娱乐化写作倾向和"粗鄙美学"的冲击彻底改变了这个时代的"知识气候"，

---

① 程光炜：《90年代诗歌：另一意义的命名》，《学术思想评论》，1997年1期。

使原来有效的价值向度变得很难再继续有效；另外，诗人的处境在世俗意义上的"好转"是又一个重要的原因，当身份离"事物的焦点"（欧阳江河引述福柯的说法）越来越远、其个人经验对公共领域的积极介入与影响相应衰减的时候，"个人日常生活审美化"的书写的合法性与审美价值便越来越值得怀疑了；第三，从内部主体的原因上，我以为是没有，或者也真的无法对自我的精神定位与价值认同做出新的调整和确认，这恐怕只能归因于这批诗人身上本来的"知识分子性"的游移、含混或稀薄了——在这样的时代"诗人何为"？仍然是一个没有过时的命题，而对这个命题的回答，他们显然没有让读者像20世纪90年代那样满意。

粗鄙美学：合法性与限度

1999年以后中国诗歌发生的最明显的变化，莫过于美学上的粗鄙化。表现在这样几个方面，一是以日常性与世俗化的内容，夸张地表现道德图景的崩溃与对精神价值的贬损；二是欲望与无意识世界的活动成为主要的诗歌元素，作为精神现象的诗歌再也不以关注形而上学世界为荣，而下意识世界中的诸种隐秘经验，则成为诗歌复杂精神含量的替代品；三是所谓的"口语"化表达，极致的说法是"只要分行就是诗"（杨黎语），在这方面，网络载体的一次性阅读与消费成了其合法的理由支持。写作者在将以往不能入诗的题材、领域、语言统统纳入诗歌写作方面，展开了激烈的竞赛。

请注意，当这里说"粗鄙"二字的时候，并不首先是贬义的。粗鄙是一种相对而言的趋向，其中程度也非常不同。就像当年雨果富有诗意的浪漫主义美学宣言中说的，"近代的诗神"是"以高瞻远瞩的目光来看事物的，它会感觉到万物中的一切并非都是合乎人情的美，感觉到丑就在美的旁边，畸形靠近着优美，粗俗藏在崇高的背后，恶与善并存，光明与黑暗相共……"（《克伦威尔·序言》）适度的粗鄙也是美学的一种，否则我们探讨它也就没有什么太大的意思了。另外，粗鄙也是德里达式的"解构""关于存在的形而上学"的"文学行动"。在本文的语义里，它同时包含了近代和现代两重意义上的美学精神内涵。但是另一方面，"粗鄙也就是粗鄙"，它不是精细和优雅之美，不是崇高和悲剧之美，不是宏大与庄严之美，而是荒诞与滑稽之美，是粗俗与丑陋之美，归根结底这是现代的一种畸变的美学，一种最终会离开美感本身的粗陋的美。但是在诗歌领域中承载这一粗鄙美学的，又是向度各有不同的复杂集合，伊沙早期的诗歌具有相当鲜活的粗粝之美和解构主义艺术快感，和其随后大量生产的口语叙述并不一样。与早期韩东的《有关大雁塔》《你见过大海》、于坚的《尚义街六号》、李亚伟的《中文系》之类的作品相比，他在20世纪90年代初的《结结巴巴》《北风吹》《反动十四行》等更有意思，不只是观念的累积和叙述，而是在语言的层面上更有心机，在颠覆和处理历史的经验范型方面更富戏剧性意味。但这都是1999年之前的粗鄙之美的代表性文本。之后的"粗鄙"具有了更世俗和直接的内涵，总的来说，它表现为"常态"和"极限"两种情形，常态主要是就一般趋向而言的，以叙述日常与世俗经验为主要特征，它们与知识分子写作的主要分界差不多只是语言方面"口语"与"雅语"——即书面语的区别，另外基本不关注形上世界与精神命题，1999年之后大众文化借助网络世界的迅速发展蔓延是其基本的支撑平台。这个复杂集合中的一个典型例子是赵丽华，她在2006年导致了一个影响广泛而轰动的所谓"恶搞"事件，被命名出一种基本无难度、无含量的，随意性、口拈式的"梨花体"，据说有数以十万计的人参与了这场游戏，在网上张贴自己的"随机创作"，或者参与了抨击漫骂。当然赵丽华本人的诗未必是无难度和无含量的，她在关注某些无意识世界的瞬间经验方面，甚至是相当独到和"健康的"。因为她并不以"性"和裸露式的欲望叙述为能事，她所揭示的无意识经验世界的某些东西有其灵敏和细腻之处，少量的也有不可言传之妙。但公众所理解的这个"梨花体"——无论是趋之若鹜还是猛烈抨击——则代表了目下"一次性消费""无深度构造""分行就是诗"的网络写作趋势。

极端的情形是"下半身美学"。①这一趋向以欲望陈设式的"下半身修辞"为载体，以"性话语"的恶意张扬为刺激力，刻意以刺眼和尖利的感官冲动来吸引读者的眼球，并刻意亵渎一般人的道德底线。因而可以说是素有恶名。但问题在于，不管是存心还是巧合，这种"下半身写作"又因为其与当代中国某种敏感的文化情境相联系和应和，又有一定的可解释性和阐释空间——

① 2001年我在为《21世纪文学大系·2001诗歌卷》写序言时，就"下半身写作"一类现象提出了"下半身美学"的说法，当时是为了探察这一极端性戏谑化口号背后较为认真的一面。

它与巴赫金在其"狂欢节"理论中所描述的情形十分相似，这使得我们不能完全以道德审判的方式简单化地对待它。巴赫金说，拉伯雷的"非文学性"某种意义上即是他的"民间性"，这种非文学性有若干表现，其中之一，便是使用粗鄙话语来"取消一切等级关系"，使之具有"贬低化、世俗化和肉体化的特点"，而他"对崇高的东西的贬谪绝不只具有表面的性质……在这里'上'和'下'具有绝对的意义和地形学的意义。上是天，下是地（人世）；地有吐纳的本能（坟墓，肚子）……从纯肉体的方面来说，上就是脸（头），下就是男女生殖器官、腹部和臀部"。"贬低化既是埋葬，又是播种"，"贬低化意味着靠拢人体下身的生活，靠拢肚子和生殖器官的生活，也就是靠拢诸如交配、受胎、怀孕、分娩、消化和排泄这一类行为。贬低化为新的诞生掘开肉体的墓穴，因此它不仅具有毁灭、否定是意义，也具有积极和再生的意义，它是正反同体的。"①这种表述几乎是为这伙人准备的，当然，巴赫金的理解偏重于人类学与民俗学角度，但观察当代中国的文化现象，也不可不注意到它们"取消一切等级关系"的诉求与冲动，"下半身"之所以称得起是一种"美学"，我想根据也应该是在这里，也只能是在这里。因此我们就可以对照一下沈浩波的说法，他认为有人说"下半身"的只是标注了"性"主题的说法是"屁话"。他辩解说，"强调下半身写作的意义，首先意味着对于诗歌写作中上半身因素的消除。知识、文化、传统、诗意、抒情、哲理、思考、承担、使命、大师、经典……这些属

---

① 巴赫金：《〈弗朗索瓦·拉伯雷的创作与中世纪和文艺复兴时代的民间文化〉导言》，见《巴赫金文论选》，佟景韩译，中国社会科学出版社1996年4月版，第96—120页。

于上半身的词汇与艺术无关……所谓下半身写作，指的是一种坚决的形而下状态，指的是诗歌写作的贴肉状态，追求的是一种肉体的在场感，意味着让我们的肉体体验返回到本质的、原初的、动物性的肉体体验中去。"①可见他们自己也认为"下半身"的说法更接近一种比喻，是以"下"来反对"上"、以"贴肉"来消解"知识"、反抗等级的一个修辞或者隐喻。因此类似这种态度或口号也需要小心地辨析对待。

关于粗鄙美学的合理性问题大概已无需讨论，正像小说界评价20世纪80年代以来的一种类似趋向一样——"民间"、"喜剧"和"狂欢"如今也已经成为讨论当代文学最重要的关键词。人们对王朔一类作家已经实施了许多次审判式的批评，但还是无济于事，他前期那些作品对我们的时代而言几乎已成为了另一个经典化范例。诗歌界的状况当然更加难以判断，在文本的价值辨认方面更加良莠不齐。从理论上讲，其合理的一面最大程度上还是建立在与当代中国的文化情境与价值逻辑的关联上，因为它应和了世纪之交的某种"节日"氛围，应和了与"知识的等级"相对立的"写作平权"的冲动，应和了当代中国文化的持续瓦解转型……特别是应和了网络媒介的兴盛。上述因素当然都是不言自明的，但关于网络的作用，我们却似乎并未给予认真研究，事实上也许粗鄙最终将产生并且定位于一种特有的"网络美学"，因为网络传播的"隐身"性质，正使我们的生存建立并且依赖于一个"虚拟的社群"空间，从文化性质上，我将这一世界称为

---

① 沈浩波：《香臭自知——沈浩波访谈录》，《诗文本》（四）2001。

"高科技的民间世界"，它和中国传统社会中的"江湖"空间有相似之处，同时更接近西方文化中的"狂欢节"气氛。在这样的空间里，传统的文化规则与交往伦理几乎完全失效，因为它的每个成员都可以使用一个符号化的假性身份——用临时虚构的"网名"来进行交际，通常情况下，他或她，无需用自己的真实身份为自己的言论负责，故可以纵情恣肆地表达他的看法甚至冲动。这样，实际上便是开演了一场没有结束的狂欢喜剧。这种气氛深刻地影响和改变着这个时代的文化主体——人的心态和伦理边界，改变着时代的美学。使整个民族的语言都空前地戏谑化、时尚化、噱头化了，诗歌自然也不能幸免，况且它还是这种语言变化的敏感的记录器。

所有这些，都使粗鄙化美学和类似"下半身"式的写作的口号具备了合理的依据。但随之，另一个问题是更重要和更需要回答的，那就是作为一个巴赫金所说的"正反同体"之物，粗鄙美学的限度在哪，它是否应该有界限和"底线"？这个问题的答案当然应该是肯定的，内容则是常识。因为只要稍微回溯一下历史，问题就会变得比较清楚。以1986年的"大展"为例，那其中虽然罗列了各种名目的观念和口号，听起来振振有词，但就文本而言相当多的却是鱼目混珠的"非诗"，原因就在于它们已突破了"诗"的基本底线，或成为观念的传达工具，或是为粗鄙而粗鄙，为痛快而粗鄙。这样的尝试"进入历史"的努力当然只是逞一时之快。如果再往前，还可以追溯到1958年的"新民歌运动"，那种观念化的简单拼凑与复制，当然不会有任何的价值。还往前推，便几乎可以推到五四"白话诗运动"了，在语体与文体的转换过程中，"尝试"和"创造"在某些诗人那里变成了没有技艺依托的涂鸦，即便是一些很有名头的新文化运动的参与者，也只是留下了一些"无厘头"的不知所云或不只所终的文字。人们在很多时候对新诗的非难也正是因此而起。很显然，无论怎么变，诗歌还要具有基本的诗质，这个诗质就最低限度来说，既是一个"表"与"里"的呼应关联的结构，在其外部可以尖利、粗鄙甚至粗俗，但内里却一定要有一个比较严肃和认真的命题，仅限于外部的粗鄙是假粗鄙，从外到里的粗鄙才是真粗鄙。

还有一个边界和底线是"词语的暴力"使写作者变成了"语词流氓"或者"网络暴民"。随意地滥用亵渎性和言辞侮辱的性话语，是将粗鄙变成了另一种优越权 —— 本来是要反对"知识等级"，结果自己还是要建立另一种君临一切的等级 —— 我是流氓我怕谁，将身份放至人的底线以下，文字也必然会是垃圾。

娱乐化与伦理性：面对两种分裂的社会价值向度

2006年包括"恶搞"与"梨花体"事件在内的急剧增长的网络文化事件，似乎确证了我们的生活和文化必然的娱乐化走向，这大概不是以哪些人、哪个阶层的好恶为转移的。因为娱乐不但是人民的权利，更是看起来健康和升平的文化景观，是常态和社会生活。所以这个趋势在短期内大约不会有什么变化。在今天，诗歌写作和人们对它的功能认知，已经不可避免地带上了娱乐化倾向。这当然不完全是坏事，娱乐本来也是文学和诗歌艺术的社会功能中的应有之义，"兴观群怨""多识于草木鱼虫"大概已经包含了娱乐。况且从现代社会的观点看，网络写作也是"写作平权运动"的有效实践形式，单是这一点，它的合法性就很难予以质疑。然而，为波兹曼所说的那种由于过分强调娱乐而导致"文化枯萎"的危险也确实存在。前文中已谈及，世纪之交以来诗歌粗鄙美学的蔓延与网络传播媒介也有着密不可分的关系。如今，网络环境已经成为我们时代语境的典型载体，甚至连反对娱乐化的言论一旦在网络环境下出现，也成为娱乐化的一部分，成为新的娱乐话题与噱头，这方面2006年底的"天问诗歌公约事件"就是一个例子。当我在相当偶然的境遇下以认真又不无"从众"的心理在这个公约上签下自己名字的时候，没有想到不久之后也变成了被戏谑和嘲弄的对象，其哭笑不得的尴尬，使我对网络环境有了一次真切的认识。

同娱乐化的趋势构成对应甚至是对立景观的，是伴随着"底层写作"而彰显出来的道义力量与伦理诉求。这种现象其实并不是始自眼下，也不是仅限于这一两年，只不过在最近的几年中有凸显的趋势，主要原因还是由于社会的分化、底层民众的相对贫困、种种社会的不公现象等引发。2005年《文艺争鸣》杂志推出了关于"底层生存写作"的专题讨论，随后便陆续看到了一些讨论和争议。

关于"底层诗歌"与"写作伦理"问题，我已经写过专门的文章①讨论，这里就不重述我的观点了。我想进一步阐述的

---

① 参见拙作《"底层生存写作"与我们时代的诗歌伦理》，《文艺争鸣》2005年3期。

是，当我将它与"娱乐化"现象放在一起、并且和前文所谈的两个问题加以对照时的一些新感受——它们是这样地互相联系和不可分割。这样问题也就有了宽度，我想在对之做整体观的同时，也顺便回答一下有人对我此前几篇文章的观点的质疑。本来，娱乐性和粗鄙化几乎就是一对互为因果派生的双胞胎，如果"娱乐至死"，粗鄙必然永难挽救。"知识分子性写作"本是可以区别于娱乐化写作的，但现在的问题是"知识分子写作"的"知识分子性"越来越处于衰弱的局面，所以娱乐化的趋向也终于无人来抵制和改造。如今表现出与之反向的道义与伦理担承的，反而不是知识分子写作，而是一些身份比较边缘的底层生存者，一些没有什么名声的写作者。这是很有些令人诧异的。他们的身份也遭到了一些人的质疑，其理由是，真正意义上的底层生存者根本不可能写作，也无需写作，他们只是"沉默的大多数"而已。这当然没错，但关注底层并不只是底层生存者自己的责任。为什么这几年中，呼吁关注底层民众生存境遇、权利和尊严的呼声有渐行高涨的趋势？还是因为现实、因为社会公正问题激发了人们的道义感与社会良知。当2007年山西的非法佣工问题、监禁受雇佣劳工的"黑砖窑事件"暴露出来的时候，底层写作的某种热度还会让一些人感到那么奇怪吗？有人又会说，诗歌只与永恒与普遍的生存有关，而"底层生存"并不能构成单独的诗歌理由；诗歌只表现生命的体验，而无需去区分这些生命的社会成分……是的，这也许是事实，但另一个事实是，社会又是一个有机体，社会出了问题，诗人作为一个知识分子当然也可以、并且应该责无旁贷义不容辞地担当道义与公正，这不是什么"道德归罪和阶级符咒"①，而是最基本的人之为人、诗人之为诗人、知识分子之所以能够成为知识分子的理由。因为"正义是一个社会制度的首要价值"，什么是正义？正义就是"否认为了一些人分享更大利益而剥夺另一些人的自由是正当的，不承认许多人享受的较大利益能绰绰有余地补偿强加于少数人的牺牲。"②我不明白，有的人为什么不愿意别人谈论一下"底层生存"、谈论一下"写作伦理"的问题？一个写作者确实不会因为谈论了一点底层生存、社会不公的问题就有了优越权，就成了好的诗人，谁会天真到这一步呢？那我们反过来也可以问一下，难道谈论和关注一下这类问题，就会使一个好的诗人失去了技艺和纯粹性吗？《兵车行》和《卖炭翁》难道会使杜甫和白居易降格吗？要知道，社会的不公正出现在诗歌里不是诗人的耻辱，社会的不公正本身才是诗人的耻辱。

所以我主张在"时代"的整体观中来理解"写作伦理"问题。单纯从个别事件来放大问题是缺乏意义的。为什么号称"民间"的写作陷入了粗鄙和语言暴力的泥淖？为什么"娱乐至死"的倾向愈益明显？为什么诗人的知识分子性越来越弱化了，为什么"中产阶级趣味"成为一个问题？皆与我们社会和时代整体的道义冷漠、伦理失陷有关。某种意义上这些问题和山西的"黑砖窑事件"有相同的社会文化根源。我以为知识界的自我检视省察，

① 参见钱文亮：《道德归罪与阶级符咒：反思近年的诗歌批评》，《中西诗歌》2007年6期。该文对笔者在近两年的几篇文章中谈及的"底层生存写作"、"写作伦理"和"中产阶级趣味"等问题进行了批判。

② 约翰·罗尔斯：《正义论》，何怀宏、何包钢、廖申白译，中国社会科学出版社1988年版，第3—4页。

和多年前被迫接受原罪观、极端的民粹主义的价值观是完全两码事，这个问题我认为是无需讨论的，强加于人是险恶的。"荆苛刺孔子"①这种帽子说白了是一种恶意的暗示，如果说批评一下广泛存在的伦理冷漠、中产趣味便是"荆苛刺孔子"，而对揭示社会不公的"底层写作"给予了肯定和同情又被视为是"道德符咒"，那么我也忍不住要反问，你的立场又是什么呢？为什么连一个体现社会正义的基本命题都要指责和反对呢？如果你认为我批评中产阶级趣味是在攻击"知识分子写作"的话那就错了，恰恰相反，我的出发点正是，真正的知识分子性永远是反对中产阶级趣味的，反对中产阶级趣味就是为了维护知识分子性。反过来，如果你认为你是在维护知识分子写作的声誉的话，那相反你是在为这个词语抹黑。请查一下关于"知识分子"这个词的论述，我相信它永远不会是站在与"底层"相对的另一端。人们都知道，如今在西方也有学者在颠覆传统的"知识分子概念"及其伦理，但即便是这种持有怀疑和批评态度西方学者也指出，"知识分子与领导阶级的关系是……相辅相成的。知识分子越是显得对那些统治、管理和创造财富的人的关心无动于衷，那么后者就越是会放纵地表达知识分子令他们感到的蔑视或厌恶。特权阶层越是显得反对现代观念的要求……"②当冷漠和麻木变成了一个社会见怪不怪的常态的时候，这个社会的文化体系才会出现

---

① 参见钱文亮：《道德归罪与阶级符咒：反思近年的诗歌批评》，《中西诗歌》2007年6期。该文对笔者在近两年的几篇文章中谈及的"底层生存写作"、"写作伦理"和"中产阶级趣味"等问题进行了批判。

② 雷蒙·阿隆：《知识分子的鸦片》，吕一民、顾杭译，凤凰出版传媒集团、译林出版社2005年7月版，第224页。

这样畸形与分裂的状况。

这里我不想把讨论的问题个人化，本来批评和反批评、就批评谈问题是正常现象，但断章取义、故意误读他人意思的做法，却使我不得不借此回答一些问题。我不是什么"道德主义诗学"论者，我的诗歌观念本来是强调生命人格实践与文本的互证，推崇的是用生命人格印证和实践自己作品的诗人，像春蚕吐丝、蜡炬成灰一样把人生和写作变成同一件事情的诗人……我将这称为是"生命本体论的诗歌观念"。但另一方面，我也的确认同和赞美诗歌对一个时代、一个民族的精神与道义承担，因为诗人就其本质而言，就是一个民族最核心的知识分子 —— 中国古代知识分子的角色和精神，主要即是由诗人来担当的。不论他是用口语还是雅语，住在京城还是外省，显赫于世还是流落民间，我们需要和看重的是他身上的"知识分子性"，而不是他的外表身份。在这样的主体前提下，再来谈诗歌写作的伦理是比较可靠的。但什么是诗歌的伦理，这不存在一个统一和恒定的框架和定义，诗歌的伦理是具体的，依据于时代语境而定的，也是有"大"有"小"的。从大处说，文学性本身即与伦理性有关，在"国破山河在"的时候，"白头搔更短"就是伦理；在"山外青山楼外楼"的时候，"不肯过江东"就是伦理 —— 人的伦理和诗的伦理不可避免地变成了一个东西；在专制和"合唱"遮覆一切的时候，黄翔的"独唱"和食指的"疯狗"就是伦理；在90年代初，欧阳江河思考现实，反讽"一个软体的世界爬到了高处"就是伦理；在黑煤窑和黑砖窑泛滥、底层劳动者的利益受到侵害时，"关怀底层""底层生存写作"也是伦理。这样的问题难道还需要讨论吗？难道关注一下这样的写作就是试图占据"道德优势"吗？况且我也并没有用这样的伦理来否定其他的写作，我一直赞美着荷尔德林那样的大伦理 —— 他热爱的是神、人类和大自然，还有海子，他热爱的是土地、世界的核心和生命本身，他们的伦理也将人类提升到更加诗意和形而上学的高度。但诗歌的伦理本身就是多重的，没有谁会傻到认为只有"底层写作"才体现诗歌伦理。从这个意义上，我认为诗歌的伦理精神确与它的生命同在，就像知识分子的伦理精神与他们的生命同在一样。

原载：《文艺研究》2007年第9期

先锋诗歌的终结

——答羊城晚报问

记：说到中国当代的先锋作家，小说领域的代表人物比较明确，诗歌似乎比较模糊，您心目中认为先锋诗人的代表大致有哪些？

张清华："先锋文学"或者"先锋诗歌"在我看来是一个"历史概念"了，当年的"先锋作家"或"先锋诗人"现在已经不再"先锋"了，某种意义上，先锋文学作为一个运动在20世纪90年代中期以后就已经结束了，因为支持先锋文学的两个最重要的元素消失了：一是精神思想方面的叛逆性与形而上追求；二是形式与艺术方面的异端与实验诉求。1997年我出版《中国当代先锋文学思潮论》（江苏文艺出版社）一书时就已经"预言"它的终结了，十几年过去，我认为自己的这个看法是基本准确的。所以，现在再谈"先锋作家"，我认为也是从过去的意义上来说。

当然，"先锋性"仍然是在一定程度上存在的，有的人声称自己"先锋到死"，可以"在牛B的道路上一路狂奔"，但很难说他或她就一定是先锋作家或先锋诗人，只能说他们某种程度上还有一些"前卫的""异端的"特征，有一些类似"先锋"的属性，但"先锋文学"作为一种运动式的存在与景观，在历史上并不总是存在的，或者说，它不是文学的常态，有没有先锋文学，不是由作家自己决定的，而是由历史的大势、由历史本身的运变逻辑决定的，就像哲人对文艺复兴的评价——是"需要巨人并且产生了巨人的时代"，如果是一个注定不会诞生先锋的时代，想成也没有用。我认为我们的文学已经进入了一个平缓的常态，充满激进变革的先锋文学运动时期已经成为了历史，文学存在的时间性已经被空间性代替了——变得日益多元和平静，类型越来越多，但形式和思想越来越少创造性和变化。但这并不是说没有好作品，好作品也许有得是，但好作品与是否先锋却是两码事。先锋文学中不乏重要的和符号学的文本，但真正从"好作品"的标准考量，则并不太多。总之，"符号性的、重要的作品"同"完美的、好的作品"是两个不同的类型和标准。

"诗歌领域中的先锋人物"，如果从历史的角度看，20世纪70年代末、80年代初期的朦胧诗人如北岛、顾城、舒婷、江河、杨炼都是，比他们更早的20世纪60年代或70年代初期的食指、黄翔、根子、多多、芒克也是，20世纪80年代的"第三代"诗人，如"非非主义"的周伦佑、蓝马、杨黎、"莽汉主义"的李亚伟、尚仲敏，"他们"的韩东、于坚，"新传统主义"的欧阳江河，女性主义的翟永明、伊蕾、唐亚平等，都可以算是先锋诗人，海子也是20世纪80年代最优秀的先锋诗人——只是那时他还没有什么名气，但他的所有作品都是诞生于这个年代；到20世纪90年代，除了前面的一些诗人"继续先锋"以外，还有王家新、西川、伊沙、臧棣等，也都是具有明显先锋气质和品质的诗人。到20世纪90年代后期，随着先锋文学运动的终结，我以为已经很难找出典型的先锋诗人，充其量是有一些先锋的特点。这并不是贬低之后

259

的诗歌和诗人，相反我认为在这个时期之后，中国的诗歌进入了一个更为多元、丰富和成熟的时代，有很多优秀的诗人出现，但他们并不是非要戴上"先锋诗人"的帽子不可。

记：有评论认为，昔日的那一拨先锋诗人会成为"遗老"，您怎么看？

张清华：成为"遗老"也没有什么不好，每一代人都会老，也都会成为遗老，这是正常的。一个人在年幼的时候"撒娇"是很可爱的，但到了成年、到了五六十岁还撒娇，就是很不得体的和令人生厌的；人到了该老的时候还不愿意承认自己老，是不明智的；嘲笑别人的正常的成熟和老化也是浅薄的。当然，艺术和写作也确乎存在着衰退，在某些写作者那里确会有这种情况。但作为20世纪50年代到70年代出生的几代诗人，他们都渐渐步入了中年，最老的甚至已开始接近老年，他们中的有一些确实已经很少写作或不再写作，这也无可厚非。芒克现在的主业是绘画，他因此生活得很好，这有什么不可以呢？舒婷几乎停笔了，北岛现在也主要写写散文，这也是他们选择的权利，我们无权嘲笑和指摘他们。

当然我也不是反对批评，年轻人对于前代的批评和超越也是正常的，只要不是人身攻击和嘲讽。沉舟侧畔千帆过，长江后浪推前浪，文学和艺术的历史就是这样，江山代有才人出，各领风骚数百年，你可以创新和超越，但不要忘了，所有后代的创造都是在前人的基础上诞生的，再伟大的天才也是站在前人肩膀上的。

进化论的评价方式已经不再是永恒不变的定理，"青年必将胜过老年"也不再是绝对正确的预言。艺术创造是一个包含了多种因素的精神劳动，需要真正呕心沥血的过程。不要试图简单地否定上一代人的创造。不过，另一方面我也相信，既然一代人有一代人的经验和记忆，那么一代人也就有一代人的文学，年轻人尽可以大胆地超越，创造属于新一代人的文学。

记：诗歌创作与年龄似乎有着比较密切的关系，诗歌创作是否能抗拒这种年龄导致的精神上的衰老？

张清华：诗歌创作从某种规律上看，确乎与年龄有关系，海子在25岁以前就已经完成了他的创作；更早先的浪漫主义诗人们很少有活过40岁者，许多伟大诗人在很年轻的时候就陷于精神异常的境地，或是因患病、冒险、自杀而身亡，他们都是在比较年轻的时候就写出了代表作，或者结束了写作，这看来是一个悲剧性的规律，荷尔德林、拜伦、雪莱、济慈、海涅、普希金、莱蒙托夫等。在中国也一样，屈原是第一个自杀者，李贺死的时候也不到三十岁，李白死的时候也只有五十多一点，当然也有例外，杜甫、白居易、苏轼都是坚持到了晚年、并且越是在晚年诗艺才越是炉火纯青。在西方也有例子，那就是歌德，雅斯贝斯说，与很多"毁灭自己于深渊之中、毁灭自己于作品之中的诗人相比，歌德是成功地活到了老年并且躲过了深渊的一个例证"。不过这也使我们想起另一个例子，年轻的荷尔德林曾经来到魏玛拜访在那里居住的歌德和席勒，那时他像一颗冉冉升起的新星出现在欧罗巴的上空，已经写出了光芒闪耀的诗篇，但是歌德和席勒却并没有意识到他的价值，他们一个表现出得体的傲慢，另一个则待之以好为人师地喋喋不休，而与荷尔德林相比，那时他们的才华和经验都已经显得有些日薄西山了。

所以，在总体上我还是愿意承认，诗歌是年轻人的事业。当然，如果上了岁数的人还愿意继续玩，那也是他们的权利。

记：在您的研究当中，是否有昔日的先锋诗人在今天写诗转型，或者或改变风格比较明显的个案？您认可他的转变吗？

张清华：多数人都在变化中，早在20世纪90年代初期，欧阳江河就已经描述了他们这一代诗人的总体变化，那就是"减速"，一方面由激进和急速的"青春写作"进入了沉着和减速了的"中年写作"，另一方面是建立了其作为思考者的"知识分子"的诗人身份。这个转变和转型已经成为历史，并且被证明是自然和必然的。从那以后，中国的先锋诗人经历了又一个大的历史性的变化，就是政治紧张的消失与市场时代的来临，这种转换导致了大部分"先锋诗人"身份的最后终结，他们曾经的异端形象失去了存在的土壤——和他们的前辈"朦胧诗人"的命运相似，他们同样经历了"从绞架到秋千"的历史。西川在美国被追问："你为什么不流亡？"而他只能反问"我为什么要流亡呢？"这种尴尬透示出当代中国诗人身份的变化，如果还要继续保持自己的"先锋身份"，就会夸张地扭曲自己的姿态。所以，我认为与曾经的先锋小说家们所面临的情形近似，曾经的先锋诗人们如今也是挣扎和沉浸在"中国经验"的复杂与丰富的现实之中，他们唯一的、也是最好的出路，就是准确和敏感地书写出这种中国经验的丰富、复杂和混合的状况——仍用欧阳江河的话说，就是书写出这种经验的"异质混成"性。

记：诗歌的探索精神似乎比小说的探索精神要活跃得多，您认为今天的诗坛是否存在先锋？他们的先锋性跟20世纪北岛、海子那一拨，有没有很大的区别？

张清华：诗歌的"文本多样性"确实比小说要多，"极端文本"出现的可能要多得多。在今天，如果说还有"前卫"，或者"先锋性"的写作的话，我认为主要是体现在"极端性文本"的写作方面，但极端性文本并不一定就有思想和艺术上的超越性，不一定必然具有引导诗歌潮流的先锋性，它的作用和性质甚至可能是破坏性的，这是一个奇怪的现象和悖论。所以我主张用"极端性写作"的概念取代"先锋性写作"的概念，这样比较客观一些。

我认为，那些刻意"崇低"和"向下"的写作，如"下半身""垃圾派""低诗歌"，都可以划入到极端性写作的范围中；那些刻意"向上"的、居于"道德高地"的写作，如"打工诗歌""底层诗歌""地震诗歌"之类，也可以划入到这一范围；还有某些"行为性"很强的娱乐性的写作，如网络恶搞、"梨花体"，诗歌行为艺术，都可以看做是极端性的写作或者文本；除此之外，最有可能具有先锋性的一种，是具有一定的精英底色的"解构主义写作"，在写作观念和文本形式上比较前卫的，具有试验性质的写作，但总体上这种写作已经缺少强劲动力，像90年代伊沙那样的写作已经难以为继。进入新世纪之后，新一代诗人中的轩辕轼轲等人曾经势头很好，他写了很多比伊沙的诗歌还要有味道的解构性作品，但现在似乎也已经不再那么新鲜。西川一直在文体方面坚持"破"，坚持消弭某种界限，比如把诗歌写成了不分行的文字，有颠覆性，但也有争论。总之我认为，"先锋的时代"已经终结，在一个惯常和平庸的时代"硬要"成为先锋，也许注定是一厢情愿的事情，只能写出一点极端性的文本罢了。没办法，认命吧。

娱乐化时代诗歌何为

——答问

反对娱乐化的行动也必将被娱乐化

记：不久前16位诗人在哈尔滨参加"第一声—— 让诗歌发出真正的声音"主题诗歌活动的时候提出了《天问诗歌公约》，您是参与者之一。这个公约后来在诗歌界引起了很大的反响，其中的几条，如"一个坏蛋不可能写出好诗"，"诗人是自然之子。一个诗人必须认识24种以上的植物"等还引来了不少争议。作为公约的参与者之一，您是怎样看待这些争议的？

张清华：主办人提出这个想法，大家都同意赞成。我觉得这个活动不能说不严肃，其中一条是"诗人天生理想，我们反对诗歌无节制地娱乐化"，其中"反对无节制地娱乐化"是我提出来的。这次活动每个参与者大概都提出了意见，经过权衡最后斟酌、合并、选择了8条。"诗人要认识24种植物"是一两位据说对动植物学有了解的诗人提出的。他们所说24种是植物学上一种比较大的概念，不是指具体的24种植物。我理解这是个象征的说法，即强调，诗人首先是一个热爱生命热爱自然的人。现在有些诗歌遭到读者的反感，就因为他们把人的生理欲望反复书写，对周身的一切是怀了"恶意"的，是缺少了健康情感的写作。所以我认为强调诗人对生命的尊重，应该没有什么错，如果理解不到这一层，将这一条认为是诗人的"幽默"也未尝不可。

"一个坏蛋绝对写不出好诗"这一句，我理解并没有所指，既不指名道姓也非指桑骂槐。只是说要想做一个诗人，就要争取做一个好人，或者至少不是一个恶人。现在的情况是网上、社会上很多写作者以做恶人或表面上做恶人为"酷"，他觉得这样很优越，我是流氓我怕谁。一旦宣布"我"是恶人，那么对"我"便不存在道德底线或戒律。现在有些人以此为荣，我觉得这一条是针对"以做恶人为荣"这种现象的，对事不对人。

《天问诗歌公约》作为一个倡议，首先是面对前一个时期不严肃的娱乐现象提出的一种反思，包含了一种参与诗人的自律的批评。当然叫"公约"是否合适，值得讨论。但是现在问题是，即便是一个严肃的、看起来无懈可击的文化文本或文化行为，一旦出现在网络环境、出现在娱乐化的语境当中时，你自己也把握不住方向，控制不了事态。就是说，你必然会被娱乐化 —— 任何反对娱乐化的行动也必将被娱乐化，我认为这是问题所在。我本人没有想到会在网上引起那么大的反响。

记：去年的赵丽华诗歌事件、诗人裸体朗诵等好像也超出了诗人的控制，并对诗歌造成了不小的负面影响。

张清华：目前的消费文化格局，决定了在当前和今后的社会形态当中文化的娱乐倾向必然是一个不可避免的问题。美国早在60年代这个问题就很突出了。很多人读过尼尔·波兹曼的《娱乐至死》，这本书就是批判美国20世纪五六十年代以电视为载体的大众娱乐文化。现在电视文化虽然仍很重要，但网络传媒的功能更全，它的娱乐性更强。这个问题怎么看呢？不能简单化地判断。诗歌作为一种艺术形态，它的"群众性"古已有之，《诗经》中的国风就是民歌，汉魏六朝乐府、词曲等最初都是比较通俗化的艺术形式。现在诗歌的这个"群众性"很大程度依赖于网络传媒，它是以"娱乐化"的形式体现的。网络降低了写作的门槛，也提供了交流和碰撞的场域，这种碰撞是"在线"形式的，在同一时间、不同空间，诗人通过在线形式形成一个虚拟的社群，大家可以共时态地互动，所以网络诗歌现象非常普遍，很多人靠网络写作成名，这样也促使娱乐化的氛围变得越来越突出了。

我觉得不应该孤立看待"赵丽华事件"本身，首先要从娱乐文化或文化的娱乐化这样一个问题谈起。诗歌的娱乐化倾向在最近几年非常明显。最初是所谓的"盘峰论争"，知识分子诗人与民间诗人形式上的决裂，然后就出现了70后、下半身、垃圾派，解放的程度越来越大，写作的伦理底线越来越下降。这个问题不能简单地判断为堕落或腐败，它是一个必然现象，必然现象当中存在着问题。就赵丽华而言，我前些年就关注过她的写作，她的诗写得相当不错，其特殊之处在于，在语言非常口语化的同时，包含了很多机智的东西。这种机智主要是通过"下意识的经验"来呈现，不是通过思想、观念、甚至感情，不是通过我们比较习

267

惯的经验层面去写作，而主要是通过下意识经验去写作。下意识就是比严肃的经验和严肃的思考要低一些，但又不是完全的"欲望与本能的无意识"的赤裸裸表现。比如她的一首诗《死在高速公路》："有一天我会死在高速公路上/像一只鸟/那些穿黄色背心的清道工/会把我拾起来/抚摩我的羽毛/让我在他们手上再死一次"。鸟被飞驰的汽车撞死了，这本身是一个悲剧，这个悲剧已然发生了，路过的维护道路的工人又把他放在手上把玩，或许还想把它带回去做成美味，这样的一首诗，大概没有特别严肃的想法在其中，但还有一些的意思的，似乎在潜意识中让人那么"咯噔"一下。

记：是唤起读者对生命的怜悯吧？

张清华：接近，但没有这么"严肃"。我感觉她甚至还含有要取消掉你所说的"怜悯"的那层意思，她要将意思变得很淡，只是下意识的。很多网络诗歌和比较新的诗歌，都着眼于表现下意识和无意识世界的经验。这里边如果表现的"比较健康"的就不错了，有些表现是赤裸裸的，就是把一个"黄色的话语"泛化为一种社会指涉。知识分子的话语、政治的话语，都可以作"泛黄色化转喻"，变成一种黄色表述，变成一种暴力的、侵犯性的和欲望化的语言。现在网络上娱乐化和欲望化的写作成为一种趋势。在这种环境下，很多诗人为了获取轰动效果或吸引眼球，就故意把表层的东西放大。这个表层的东西往往是一个欲望化的外壳。其实比如有的"下半身写作"也并不是那么黄，但他偏要把题目搞得很黄。尹丽川有一首诗叫《为什么不再舒服一点》，听上去是在说一个性话题，但实际上不是。故意让你受一次捉弄。

在这样一种总体的环境下，娱乐的夸大其词，或通过夸大其词来娱乐，就成为一种时髦。

转型过程中的颠覆与复古

记：那娱乐化的后果会怎样？

张清华：娱乐化肯定是有问题的。就像波兹曼所说，有"两种危险"可以使文化枯萎。一种是出现一个专制的局面，再一种就是出现了无限的娱乐的局面，将一切都变成了游戏。

记：为什么后者也会使文化枯萎？

张清华：因为这个社会的人民再也不用、也不再相信思考。为了迎合一般受众的最低需要，文化都成了"低端产品"，人们不但乐于享受低等文化，还反过来嘲笑高等文化。那这个社会内部的文化结构肯定就有问题了。

记：现在诗歌界低端写作太多了。

张清华：现在存在一个矛盾，就是网络实现了"写作的平

269

权"。这看起来是一个好事情，写作不是某些人的特权了。每个公民当然都有写作的权利，现在有了这么一个平台，为什么不写？这是一个进步。但同时带来一个负面的问题，就是写作的门槛一旦降低，那么"无效的文化生产"、垃圾的、低端的文化生产就非常普遍严重了。这种文化的现实，反过来又给我们造成一个幻觉，一方面认为这就是文化的应然，就是应有的状况。另一方面就会给我们一种暗示，既然已经这样了，那么我们就要娱乐至死了。大家对严肃的高端的文化产品不仅排斥，而且要捉弄亵渎，以亵渎为快。这是这些年出现的一个负面文化现象。这个东西也不能简单地看。巴赫金在讨论拉伯雷的《巨人传》的时候，提到中世纪的狂欢节，狂欢化诗学实际上也是讲一个时代的文化转型。文化的转型要经常体现在节日化的狂欢里。它不光是一种文化的转型，文化的生命也体现在不断地进行狂欢。这种破坏经常表现为人类的集体无意识。狂欢节实际上是人类的集体无意识表现，文明社会里人们渴望返回原始。怎样返回呢？就是通过狂欢节，把胡闹、亵渎、瓦解秩序权力，变成一种合法的娱乐形式。文化本身也存在不断地向上再向下，建设再破坏，高雅再通俗这样的二元对立过程。这个在历史上也是很经常的，比如西方的文艺复兴就是复古，不过是借复古之名来行今天之实。我国古代每过若干年也会有一个复古的文化运动。不断地复古，回到一个理念、原点，然后再突破、生长，这是文化和文艺运动的一个规律。所以今天这样一种狂欢或娱乐化的局面，我们既要对他们保持警惕和反思，但也不能单面看作是一种堕落。公众对于这样一种现象是缺乏一种"历史眼光"的理解的，只能是当下化地来理解问题。这个时候，批评家或知识分子、媒体，有责任向他们做出一些解释，告诉他们这种现象的局限性。

隐形世界里的假面舞会

记：我们现在是不是正处于张扬一个文化转型的时期？网络也使诗歌发生了较大的转变？

张清华：转型并不是非常当下的话题，而是已持续了很多年，一直在一个过程当中。如果说最近有一个比较明显的转型，就是在世纪之交。这主要是因为网络平台介入日常生活达到了一个临界点。比如在此之前使用网络的人很少，网络影响日常生活、影响文化的力量相对还比较弱。从世纪之交之后，主要的影响因素是网络。网络导致写作的转型是很明显的，表现在几个方面：首先网络使得写作主体的角色意识改变，以前"为工农兵写作"也好、"为人民代言"也好、"为历史代言"也好，都把写作当作一种很严肃的职责，要承担比较多的社会使命。就是不承担社会使命，也要为自己的人格负责。每一个个体都是有人格的，他要对得起写作的名称。这个作者的名字，当你署上的时候，你是要对你的作品负责的。但是，网络不一样。网络完全可以使用网名、化名写作，化名则在潜意识里意味着，这个产品和我这个人是两码事，我在写作这个文化产品的时候，我在整个文化结构里面是一个并不重要的角色。在家里为人夫、为人子是一个很正派的角色，但是上了网，借助聊天室或在线交流，就可以把话说得很放肆。网络写作改变了写作主体的角色。

记：但这种改变在网络普及之前已经发生了，整个社会文化的转型也是一个重要因素。

张清华：但没有现在严重。网络好比一个"隐身世界"，还好比一个"假面舞会"，身份模糊化，等级不存在，角色也不存在了，隐身世界肯定会产生一种完全不同于以前的伦理。这是我说的转型的第一点。其他的都和这个有关。

第二个就是美学的粗鄙化。这个跟整个的文化解构运动、文化解放运动有关系，跟整个文化的娱乐化趋向有关系，更重要的是受到网络这样一种环境的暗示和诱导。20世纪80年代中期开始，诗歌就开始粗鄙化了，第三代诗和朦胧诗之间就是一个粗鄙化的关系，但这只是一个观念之争。如果朦胧诗主张意义的建构或一种形而上学的虚拟，那么第三代就要用特别实在、特别形而下、特别物质的价值观来反讽和嘲笑你，就像韩东嘲笑杨炼的《大雁塔》、用《你见过大海》嘲笑舒婷的《致大海》一样。粗鄙化早就有了，但那时候的粗鄙化是相对的，语言粗鄙化的程度远远没有今天这么厉害。今天有些诗人喜欢而且习惯于使用下半身、日常化、肉体化的语言，使用一次性消费的语言。无需再在语言下面潜藏更多的东西。

与此相连的就是"一次性消费"。传统的文化是需要反复阅读的，具有反复阅读的价值。但是现在网络写作、网络文本反对、也无需重复性阅读，就是一次性的消费。所以诗歌变得没有什么内涵，只需要你在语言层面上有一种愉悦或过瘾，得到一点刺激或暗示，像读赵丽华的诗那样，心里感到"咯噔"一下，就可以结束了，追求小机智、小幽默、小调皮，到此为止。

记：这与传统的著书立言流传后世的文学追求差距很大。是否可以说一次性消费就是网络写手的追求？他们难道不希望自己的作品被经典化吗？

张清华：在网络上无需反复阅读，而且不允许。就是说，翻网页和翻书页是不一样的。在网上，大量的垃圾文本充斥其间，你要进行文化信息的搜寻，你的速度必须要快，不快你的劳动就失去了意义，快成了第一重要的。快就要求网络文本信息要便于人的了解。所以外部张力很大，语言很刺激吓人，内部却被压得扁平，言之无物。

记：但一次性消费可能就要求诗人要不停地创作。

张清华：对。不停地创作，不停地浪费。网络，大众娱乐本身是无法回避的，这个前提始终是存在的。为什么波兹曼有"娱乐至死"的说法呢？这一方面包含了一种愤怒和诅咒，另一方面也包含了一种无奈，他看到了这一天，这样下去只有到死，娱乐到极限，没有回头之路。这是对人类传统文化遗产价值的灭顶之

273

灾，无可回复的破坏，本身问题是很严重的。尤其是我们现在从整个社会体制到媒体人，都对这种文化现实缺乏足够的反思和抵抗能力。严肃的文化生产和文学生产也要娱乐化，或不可避免地受到娱乐化的冲击。可以看出，世纪之交以后，一些很严肃的作家、小说家，他们的作品现在也正在受到娱乐化的影响甚至控制。余华的《兄弟》问世以后引起了很大的反响，不少人认为他这部小说写得不够严肃，而且从整个作品的策划、包装到销售都渗入很多商业因素，和作品中所表现出的狂欢化特征正好形成一种呼应。也许他的原始动机是严肃的，但现在就是给了人们"不严肃"的印象。

记：诗歌在这方面表现得似乎更为明显。

张清华：应该从两方面看。严肃的写作仍然存在，写作的严肃性、心灵性仍然没有完全丧失。不过任何文化都是一个"结构面"，都有中间地带和边缘地带。诗歌的边缘地带，和娱乐化是接轨的和比较大众化的那块，现在看上去问题比较多。

记：严肃写作中的一些优秀作品可能成为经典，一次性消费的诗歌作品是否也能产生经典？现在海量的网络诗歌写作将来的命运如何？是被其他海量的信息淹没，还是能够留下一些值得我们经久阅读的作品？

张清华：经典的第一标准不是高雅与否，而是阅读量。经典就是"在不同年代里被不断地反复阅读的作品"。经典并不一定是高雅的，四大奇书最初就是大众文化产品，尤其小说比较明显。大众化的东西也有可能成为经典，关键是要和人类的共同经验肯定有一种内在的比较严肃的关系。文本看起来是通俗的，但实际上就其艺术经验、就其所揭示的意识的广度、深度以及经验性来说，一定和人类的普遍经验相联系。我很难说今天哪些东西能成为经典，但有一点可以肯定，那些很下流肮脏的写作，不管自以为多么大胆，但都很难成为经典，因为它不是"文化产品"。它必须首先是文化产品，有艺术的审美含量，然后再说经典化的可能。

"传统"由无数曾经鲜活、曾经年轻的生命共同创造

记：不久前举行的"十大新锐诗歌批评家"评选中，您位列首位。在授奖词中，有这么一句评语："在一个低俗、昏聩、虚幻、物欲和工具理性癫狂的时代，张清华以他连思想者也少有的清醒和洞察，审视这个时代在某些方面，某种程度上，同样低俗、昏聩、虚幻的诗歌现状和语境，呼唤文本与人本双重见证、承担的诗学建构"。我觉得您的诗歌批评一方面有很强的现代、后现代理论视野，但同时也体现出对优秀传统文学观念的坚守。

张清华：评价虽然感到受用，但也还是惭愧。关于诗歌标准

问题，我的评价角度比较注重人格参与。我一直认为，伟大诗人是用生命来完成写作，像屈原、李白、拜伦、荷尔德林等，他们是用生命人格实践参与到文本当中，包括海子，他用他壮烈的死实践了他的诗歌理想，这是我心里崇敬的诗歌理想。其次，比较优秀或重要的诗人，也都是有生命人格参与其中的。优秀的诗人是很苦的，比如俄罗斯白银时代的作家诗人，他们用生命承担理想，脑子里一直想着人类，承担着底层悲惨生存者的命运。中国古人强调"读其文想见其为人"，做"道德文章"，人生和写作不可分。诗歌必须用人生书写，如果一个人的经验是相对平庸的，他确实难以写出什么好东西。所以，我们用什么来评价诗歌呢？只有参照诗人的生命。当然技术也会很重要，但没有积极的生命人格实践参与，写作就没有灵魂，没有灵魂的写作当然也就谈不上技术。所以也有必要重新学习古人。

记：年轻一代会接受认同这样的诗歌观念吗？

张清华：可能和年龄有关系吧。年轻的时候，对这些经验不仅仅是怀疑，而且是理解能力无法达到，但当你个人的经验越来越成熟的时候，你对传统的理解会越来越深化，你会知道传统是不可忽视的。当然这里包含了"可耻的衰老"，但如果仅仅把传统当作腐朽的东西，那是很浅薄的。传统是稳固可靠的经验，它是无数个曾经鲜活、曾经年轻的生命共同创造的，而不是"老人"创造的。李白写很好的诗的时候，他还很年轻，他那些诗留给我们今天的不是老人的东西，而是生机勃勃的东西。

所以传统是无数个曾经年轻的生命创造的、最好的、最优秀经验的留存。当你越来越成熟的时候，你会尊重传统，但要警惕自己的老化。

问者：金涛，《中国艺术报》记者

关于年度诗歌选本的答问

记：您的年选《21世纪中国文学大系×最佳诗歌》持续了多少年？或者说自哪一年开始运作的？作为主编，您是否了解、在意销量情况？因为这个问题似乎跟诗歌的传播关系密切。

张清华：自2001年开始编选大系诗歌卷，到今年已经出版了7卷，今年还要编2008卷。第一年曾叫"最佳诗歌"，后来因为大家一致不同意这个说法，故从2002年改为"诗歌卷"，以突出"大系"之意。我几次在序言中提到，所谓"大系"是要记录下"最有代表性"的作品，而不一定是"最佳作品"，它应该是"历史的痕迹"，而不只是沙里淘金。

该选本的销量一直在8000册左右，有时略少，主要原因还是有时候出版社操作得稍晚，出版时间滞后到次年的四五月份，这样也影响一些销量。一般来说在2月底以前出书在最佳时机，刚过春节，春天的气息刚刚开始，这时候人们对觉得更新鲜，有购买欲望。我当然很关注它的销售情况，读者越多，编者当然越高兴。

记：您掌握的编选原则、价值取向主要是什么？比如，是否在倾向性和兼容性（包容性）方面实行过所谓"平衡"？是否存在"经典意识"，还是奉行所谓"好作品主义"？这些原则是否持续体现在您的编选过程中？

张清华：原则主要有两点：一是代表性，即能够成为"历史的痕迹"，所以有些作品可能略有极端感，但这类作品也要照顾到一般读者的审美趣味与道德准则，有些比较"过头"的很难最终过关，其实，所谓代表性原则也就是有兼容性。一般来说我个人的趣味偏于"典雅"，但对富有智慧与文化意图的口语化作品——包括部分有意味的"下半身写作"——也尽力选入。

我认为经典化是一个漫长的过程，现在不必过于考虑这个问题，否则判断必然偏差。另外，许多唯美的、虽然不具有特殊的"文化意义"却属于一般意义上的"好作品"，也会考虑选入一些，这其实也是大多数选本中最主要的篇幅。

感到略有些值得骄傲的是，七八年下来，发现大多数最重要的、应该在将来有经典化可能的作品，在我的选本里比较多地保存下来了。

记：通过编选这些年度的作品集，您认为当下汉语诗歌的整体状况如何？是否存在什么新的"增长点"或某些比较突出的问题？它们分别是什么？

张清华：当下汉语诗歌的整体情形，对这点的评价比较难。我曾经对媒体的采访记者说，现在是"汉语新诗诞生以来最好的时期"，但这个说法应该是有前提的。说"最好"，首先是说写作

279

的自由度，当下中国的诗人所拥有的写作自由，是过去任何一个时代的诗人都不能比的，民刊、自费出版，又有了网络，发表的门槛基本拆除了，谁也不能垄断写作和发表的权力。这是一；第二，写作的技艺整体性地提高了，现今任何一个训练有素的写作者，其作品的技艺含量与80年代初期大名鼎鼎的朦胧诗人比起来，也要高明得多，复杂得多；第三，文本的数量与质量都不容小觑，如果我们要选一个"年度最佳选本"的话，可以非常之厚了。

但是问题也明显存在，"自由"是个好东西，但学会运用自由，特别是在网络条件下合理使用自由对中国的写作者来说是一个检验。把写作与资讯活动（自我宣传或借助噱头成名）、与语言暴力、与娱乐狂欢等同起来是应该警惕的。另外，诗人除了文本，还要有与之对应的人格成长与确立，这是诗歌这种特殊文体的特殊需要，"立人"与"立诗"（在古代即"立言"、"立德"的具体形式）应该结合起来，才能互相见证和确立。

记：这些年下来，您个人如何评价或者认定由您编选的年选《21世纪中国文学大系·诗歌卷》的价值或者意义？您是否获得过某些（读者的、出版社的、同行的、诗人们的）反馈意见？

张清华：很多读者给予了褒奖和肯定，在我印象中，广东、桂林、北京等一些地方的报纸、刊物或网站上都陆续有一些评价，河北石家庄的《诗选刊》今年年初还给我评了一个"中国第二届最佳报刊诗歌编辑"奖，我的身份其实不太符合，因为我不在报刊担任编辑，只是给《上海文学》等一些文学刊物策划或主持过一些诗歌栏目。我想他们主要想要鼓励我的，应该是这个选本。多数肯定它的朋友，一般是认可我"比较民间"的眼光——主要是在民刊、网站、诗人自印诗集中，而不是一般地"在面上"发现和选择作品。

当然也许有人也骂我，但迄今我确实没有听见。

记：您是否关心过其他一些选家的选本？有人以"有限的共识"或者说"多元""弥散"这样的观察结论来评价近十年的几种诗歌年度选本，您是否认同？

张清华：也关注过别的选本，大家的共同之处也有不少，但我还是主张大家各有特点，如果都一样就没有意义了，对出版社和读者来说也没有意义了，好的情况应该是一个默契，大家各自慢慢寻求和建立自己的特点，互相之间区别越多越好。中国这么大，人口比整个欧美加起来还多，他们那么多的强势语种，诞生了那么多影响世界的大诗人，我们这里有十个八个的年选，不是什么景致。所以我认为区别和分歧还不够，越是不同，我越是认同。

记：最后一个问题：网上时常见到这样那样的"排行榜"，我们仿佛一下进入了一个"榜单时代"，有的排行榜甚至采取了公开投票、计票方式，应该说比较透明吧。您怎样看待这种"艺术民主"的率先实现？

张清华："排行榜"是一种有局限的文学行为，和评奖一样，任何评奖与排行，都不可能完全正确，这与程序的透明公正有关系，也没有关系。诺贝尔奖程序可能相对合理，但结果未必总是正确，因为艺术作品的价值无法被完全预知。历史上很多伟大艺术作品在问世之初是遭到漠视、讥讽和反对的，尤其是拙劣的"文学权威"，批评家。李健吾曾经说，一部伟大的作品其敌人不是别人，正是那个时代的所谓的批评家。杜甫骂过的那些非议王杨卢骆的轻薄文人，也属此类。在资讯时代才会产生"排行榜"和"评奖"这样的"文学行为"，因为它可以转化为利益、名声、身价等，所以我并不认为这是"艺术民主"，虽然它看起来像是民主。因为无论什么行为，最终都很难判定一个诗人、一个艺术家、一部作品的最终价值，它需要时间的检验。欧阳江河说的好，它们都必须"经得起语境转换之后的解读"。

提问者为《桂林晚报》记者，青年诗人刘春

图书在版编目（CIP）数据

新世纪诗歌·一个人的编年史 / 张清华著. — 2版. —
成都：四川文艺出版社，2019.4
ISBN 978-7-5411-5298-6

Ⅰ.①新… Ⅱ.①张… Ⅲ.①诗集—中国—当代
Ⅳ.①I227

中国版本图书馆CIP数据核字（2019）第039464号

XINSHIJISHIGE YIGERENDEBIANNIANSHI

新世纪诗歌：一个人的编年史

张清华　著

责任编辑　金炀溟　奉学勤
封面设计　鸿儒文轩·书心瞬意
内文设计　史小燕
责任校对　文　诺

出版发行　四川文艺出版社（成都市槐树街2号）
网　　址　www.scwys.com
电　　话　028-86259285（发行部）　028-86259303（编辑部）
传　　真　028-86259306

邮购地址　成都市槐树街2号四川文艺出版社邮购部　610031
印　　刷　三河市华东印刷有限公司
成品尺寸　142mm×210mm　　　开　　本　32开
印　　张　9.25　　　　　　　　字　　数　190千
版　　次　2019年4月第二版　　　印　　次　2021年4月第三次印刷
书　　号　ISBN 978-7-5411-5298-6
定　　价　42.00元